U0909559

折子戏

林佳 著

译林出版社

目录

第一折
赏心乐事谁家院　良辰美景奈何天

一九三一年，九一八事变，日军开始大规模侵入东北地区，东北沦陷，举国哗然，北平二十万青年学生举行了声势浩大的示威游行活动，要求南京国民政府对日宣战，收复大地。

然而，在北平城，不管学生和工人怎么闹，却总也碍不着那些个达官显贵的风流快活。历史厚重暮霭沉沉的北平城虽比不得十里洋场纸醉金迷的大上海，却也是个达官显贵鱼龙混杂的地方。

时局混乱，谁最容易得势？谁又最容易失势？谁都有可能得势，谁也都有可能失势。

然而现在的北平城，就只一个字——乱。

时局乱，政府乱，生意场上乱，百姓心里更乱。但是，不管现在的时局多乱，总还是有那么一拨人，抽烟、看戏、找女人——越是这乱世，他们便越是活得潇洒快活。

要说起戏园子，北平城里的戏园子也并不算少，气派的，破落的，什么样的都有，只是六安却是最特殊的那一个。

用那些爷的话说——可真真的是个好去处！

这个戏园子，它并不大，也不像上海的百乐门那样处处透着醉生梦死的奢靡无度，它的外表是极庄重的，太过庄重了，以至于第一眼看过去，倒是显出了几分的肃穆来。

大理石与红木雕砌成的大门，门口两尊汉白玉狮子，并无太多装饰，却隐隐流露出一种大气来，门楣处“六安戏院”四个大字一

看就是出自名家手笔。

听说，这个戏园子是前清的某个逍遥王爷建的；还听说，这个王爷爱戏成痴，一日不听戏便坐卧难安食不知味，有个读书的人私下叫他“戏王爷”，他知晓了也不生气，竟还请了那书生到他的戏园子里看了一天的戏；还听说，慈禧老佛爷当年也曾来这里听过戏，那一日唱戏的角儿逗乐了老佛爷，还得了挺多的赏。

所以啊，这六安戏院可算得上是北平城一等一的戏园子了，在北平城里谁都知道，能到六安戏院听戏，那也是个身份的象征。前去看戏的从来都是那些个有钱有权有势的人，最差的，也是那些个前清大家族里的遗老遗少。

晚上六点，六安戏院门口。

沈家的四小姐沈如沐站在门口来来回回地踱着步，表情有些焦急，有些不耐烦，还有些生气。

“明明是一早就说好了五点多到的，这倒好，眼看着都六点了，戏都快开场了，却连半个人影都没见到。”

她沉着俏脸，恨恨地一跺脚，转身向戏院里走。“不等他了！”

丫头沈绿憋了笑，忙跟上去，一转眼间不经意地看到了一个身影，顿时眉开眼笑地长长出了一口气。

“我的三爷，您可来了！四小姐都等得急了。”

来人低头笑道：“瞧，戏都还没有开场，我来得可不算晚。如沐你也太性急了点，来这么早做什么。”

沈如沐停下脚，愤愤地回头瞪着来人。

“让人家在这里等了你半个小时，现在反倒数落起我的不是来了，不想来您就别来呀！回头耽误了三爷您的生意我可赔不起！”

“瞧瞧，我这只不过是晚到了一会儿，你就给气成这个样子，若我今天不来那还得了！你这个丫头向来得理不饶人，真不晓得日后谁敢娶你。”

如沐恼了。“在家当一辈子老姑娘也是我乐意，碍着你什么事了？”

沈如安见状，忙赔了笑，道：“再等下去只怕戏都要开场了，咱们还是快些进去的好。”

如沐哼了一声，一转身当先进了戏院。沈如安在进戏院前抬头看了一眼今日的牌子。

《牡丹亭》

他摇了摇头，又是这出戏。

白骨如山忘姓氏，无非公子与红装。

再看挂头牌的是——淮泗儿。

是了，如沐这几日一直叨念着春申班重返北平城，打的便是这个淮泗儿的招牌。如沐今日死活拉他来一块儿看戏，为的也是捧这个淮泗儿的场。

左右不过是场戏，套上了装，那也是别人的故事，他人的悲喜，何必如此痴迷？他再次摇摇头，跟着如沐一脚迈进了这六安戏院。

外面墙上的牌子挂得很大，“淮泗儿”这三个字，写得异常的大而清晰，像是一种宣告，更像是一种倨傲。

六安戏院里面不是很大，一楼与二楼也是按位子来的，大多好位子是被订了的。在这北平城，有钱有权有势的人实在太多了，为免日后起事端，位子还是自己订的好。

而二楼最中间的那个座位便是沈家订下来的。

沈家？你道是谁，北平最有名的大户！洋行、药材行、木材行、绸缎庄、珠宝银楼……凡是你能想到的，他们沈家就能凑上一脚！二十八省，省省都有他们沈家的分号，在北平城里，那可真真的是财势冲天了。这样的一户人家，警备司令部的见了都得赔笑脸，北平城里不管是官还是商，见了沈家人，哪个都得给上个三分情面。

不过，这沈家的四小姐沈如沐是个戏迷，前些日子，她追恒月班的冯月铃追得可紧了，只要冯月铃出场她就必会出现，给的赏钱从来也不吝啬，别人都说，亏得这沈四小姐是个姑娘家，否则，保不定这冯月铃不会被她给嫖了去！

可这会儿倒是好，冯月铃正在南门的雅兴戏院演出，这沈四小姐却跑来这里等起了春申班的新角儿淮泗儿。啧！到底是旧爱难敌新欢呀！

刚进到里面，扑面便是一片打千儿递名帖的场面，这可是个富人窝，谁不知道今儿来的都是些有头有脸的人物，甭管是认识的还是不认识的，见面先打声招呼，混个脸熟再说，以后也好办事。

这不，刚一进门，迎面便来了一位。

“哟，这不是沈三爷吗？今儿怎么有兴致来看戏？看来这淮泗儿的魅力还真不小，居然引来了从不看戏的三爷。难得难得！”

说话的是城中孙家布庄的少掌柜，与沈家倒是有些个生意上的往来。

沈如安客气地笑笑。“这不是听闻春申班今日在北平开首场嘛，可巧赶上今儿个有空，便陪舍妹来捧个场。有些日子没见过少掌柜了，不知近来可好？”

这孙少掌柜攀起交情来没个完，你回他一句他便跟你近了一步，说着说着便想约了沈如安散了戏后去吃饭，惹得如沐直瞪眼。

只是这还不算完，张家、李家、刘家……生张熟魏的，只一会儿的工夫沈如安便脱不开身了。

好不容易，如沐将他拉到楼上位子上坐好，便听得周围一片的议论，沈如安也就随意地听着。

“嘿，我听说啊，这个淮泗儿是打从咱们这四九城里唱出去的，转了一圈，现在是重回四九城。以前走出去的时候可还是个毫无名气的小青衣呢，啧！再瞧瞧现在这排场，今时不同往日喽！”

“去年我去上海谈生意的时候就看过了，连上海滩那种地方都被她给唱红了，你说这小老板她了不了得？她可比那冯月铃强哟！我可是见过她的，长得那叫一个标致，想叫人不流口水都难！真想叫了她的条子开销了她！”

“听说可还是个清倌儿呢！如今在这北平城，嘿嘿，爷就等着看

她今儿个吃谁的茶了！”

“哎，您说这个我可就不信了，唱成这样背后还能没个强权撑着？甭管她再红再清倌儿，她也得吃茶伺候老斗不是？您别看冯月铃一副清高的样子，背后还不是有刘督军给她撑着腰！这些个唱戏的呀，都这样！”

“这您就不知道了，不是别人不敢动这淮泗儿，而是这个淮泗儿啊，她是个有主儿的！”

“那您说这个就拧巴了，有主儿的还能是个清倌儿？您说的主儿是谁？再大的主儿，您瞧，瞧见北边没，坐着的那位，陈司令！他再大的主儿，还能大得过陈司令去？”

“别说，他还真没陈司令大！这主儿啊，不是旁的，就那边坐着的，沈家三爷！自打上海的时候就捧着呢，据说都上了报纸了，从上海是一路捧回了北平城！在上海时不敢说，但在这北平城，倒也不是别人不敢跟他争，就是觉着为了一个下九流的戏子跟沈家闹掰了，他划不来。您想啊，这沈三爷人脉多广啊，一般人谁也不会为了这个得罪他。您说，这沈家跟陈家一官一商的，关系倒也算得上融洽，无缘无故的，陈司令他会为了一个下九流去跟沈家闹僵？就是看在沈家那些大洋的面子上，他也不会。”

此言一出又是一阵唏嘘。

沈如安打开扇子，轻轻摇两下，嘴角始终含着笑。

如沐挑了挑好看的眉梢，凑到他耳边，笑得不怀好意。“三哥，我可不知道原来你还藏着这手呢，早就捧上啦？有没有点过她的牌子？”

沈如安拿扇子敲了敲她的头，笑道：“这话也是你一个女儿家该说的吗？给妈知道了，回去免不了又要念叨！”

锵！锵！锵！三声锣声响过。

戏，要开场了，而开场，便是这第十折的《惊梦》。

台上那人，莲步、红妆、玲珑的身段，还有那娇俏的笑。

原来姹紫嫣红开遍，似这般都付与了断井颓垣。良辰美景奈何天，赏心乐事谁家院……

朝飞暮卷，云霞翠轩；雨丝风片，烟波画船，锦屏人忒看的这韶光贱……

遍青山啼红了杜鹃，荼蘼絮外烟丝醉软。春香啊，牡丹虽好，他春归怎占的先！

沈如安又打开扇子轻轻地摇着，嘴角始终噙了笑，望着台上秋波婉转的杜丽娘。

默地游春转，小试宜春面。春啊，得和你两流连，春去如何遣……

云袖飞扬妩媚，面含春色娇里带俏，这般的颜色，只消那眉儿眼儿轻轻扫个全场，只怕看客们人人都当自己是她那梦里的郎君柳梦梅了。

如沐轻轻扯了扯沈如安的袖子，悄声道："三爷，这个角儿今个的扮相怎么样，不错吧！要不等下打个赏？"

沈如安看着台上的间梅遮柳不胜芳的杜丽娘，随手拿出一枚润泽无瑕的玉佩交给沈绿。

"等这折结束了，拿去交给她。"

如沐咂了咂嘴，叹道："三哥，这玉跟了你少说也有好几年了吧，我问你要了好几回你都没给，现在这出手就给了淮泗儿，可够大方的啊……"

则为你如花美眷，似水流年，是答儿闲寻遍。在幽闺自怜……

台上娇羞的杜丽娘一个错眼儿，便望进了一汪温润的眼波里。

是那处曾相见，相看俨然，早难道这好处相逢无一言？

小师妹小盐将那润泽的玉佩交给淮泗儿，顺便不忘打趣一番。

"我说泗儿姐姐，我可全看见了，据说，那位北平城里最有名的沈三爷，啧啧，果然跟那些爷说的一样，温润如玉貌比潘安啊！看吧，连这样的一个男子都被咱们角儿给勾去魂了，这往后咱们还怕在这

北平城站不住脚吗？”

淮泗儿看了看手心里的那块碧绿通透的玉佩，笑了笑，随手搁到了桌子上，也不理会小盐的取笑，开始拿下头上的行头。

小盐哎呀了一声，拿起玉放进了淮泗儿随手提的手提袋子里。

“黄金有价玉无价，这么好的一块玉，看起来可是值大钱的呢，可得放好了，否则丢了多可惜呀。”

淮泗儿不在意地抽掉头上的行头，小盐站在她背后，帮着她卸妆，她就不动手了。

“若你觉得好，那你拿去吧，送你。”

小盐看着镜子里的淮泗儿摇头，手下不停地帮她卸行头。“还是你留着好了，这么贵重的东西，我可拿不起。”

班主阳叔哈哈大笑着走进来，看到淮泗儿忍不住地夸道：“泗儿呀，你这一场《惊梦》可是轰动了北平城啊。我听他们说，今儿城南雅兴戏院根本就没什么人，那冯月铃当场气得脸都绿了！北平不比上海，在这儿唱得好的人太多了，想挣名头难。但是有了个好的开头，咱们只要把余下这四场唱好，把这名头挣下，往后这北平城的梨园里，你也算得上是一号人物了。”

淮泗儿理了理头发，轻轻嗯了一声，便再没搭话。

班主接着道：“方才我在后台看啊，今儿来的都是北平城有头有脸的人物，打的赏可比咱们在上海滩唱第一场的时候多多了。哎呀，比着几年前离开北平的时候，咱们可真是扬眉吐气了。这可是全靠了你呀泗儿！”

淮泗儿笑了笑，起身去洗脸换衣服，仍旧没搭什么话。阳叔看了看她，转向小盐。“你姐怎么了？看起来不高兴的样子。”

小盐摇了摇头。“不知道，她不是向来都这样？”

班主想想也是。

淮泗儿洗净了脸，恢复了原来的模样，虽称不上倾国倾城，却也是眉目如画，人比花娇却嫌脂粉污颜色的模样。

“师父，要是没有什么事，那我就先走了。我明儿个一早过来。”

阳叔点点头，对着小盐说：“小盐，送你姐回去。”

淮泗儿却摇头：“我一个人回去就行了，再说了，离得又不远。”

夜里的北平城跟白天相比，显得过于萧瑟。路灯太少，一阵昏一阵暗，路上行人也极少，偶尔有一两个也都是行色匆匆，想必是急着回家，家里可能会有一个温柔的太太和天真的稚儿在等着他们。

她一个人慢慢地走着，心思飘飘浮浮的，连自己都不知道自己到底是在想着些什么。

有拉黄包车的车夫跑到她跟前问她要不要坐，她无意识地摇摇头。车夫无趣地跑开了，路上又只剩她一个人。

青色缎面的旗袍，剪裁得非常合体，将她的身段玲珑地勾勒出来，她抱了抱手臂，觉得这样的夜里有些寒意彻骨。

“淮小姐，请您留步。”

有人拦住了她，她抬起清亮的眼睛注视着来人。来人极为礼貌地欠了欠身，道：“淮小姐，我家三爷想邀您一见，请您移步。”

淮泗儿错开了一步，淡淡地说：“我还有事，不方便。”

来人道：“三爷说，不方便不要紧，他不多占您的时间，只同您说几句话就行。”

她蹙了蹙眉尖，声音愈加清冷了。

“我没兴趣见你家三爷，请让开，我要回去休息了。”

来人后退了一步，给她让开了路，也不拦她。

“淮小姐您不要忘了，我家三爷今儿可是点了您的牌子。”

淮泗儿猛地回头看向来人，冷冽清凌的气息自她身上散发出来，她冷冷地开口：“回去告诉你家三爷，想找妓女，窑子里多的是，若是他钱多想找高级的，六国饭店里的小姐任他选！但是，想侮辱我淮泗儿，他找错人了！”

沈实自少年时就跟着三爷，这几年更是跟着走南闯北，生旦净末善恶奸猾，他什么样的人没有见识过？可是就在这一瞬间，他居

然被淮泗儿身上所散发出来的强大而冰冷的怒意给惊住了，他愣了一下，才回过神来，眼里闪过一抹惊奇与赞赏。

他站到一边，又欠了欠身，这一次的话里带了几分的尊敬："既然小姐不愿随我走，那我也不敢勉强，您请——"

淮泗儿离开时仍然是那不快也不慢的步子。

沈实看了看她的背影，回身向暗处道："三爷，她走了。"

黑暗处缓缓走出来的那个穿着藏青色袍子的不是别人，正是沈如安沈三爷。

他目送着淮泗儿渐行渐远，纤弱的身影带着些孤寂，在这样的夜色里看起来格外地令人心疼。

沈实赞道："这个淮泗儿跟那些一般唱戏的女人还真不一样，居然连三爷的面子都不给。"忽然想起，又问，"三爷，您怎么知道这淮泗儿就一定不跟我走呢？"

沈如安仍然望着淮泗儿离开的方向，嘴角泛起一抹淡淡的笑意，没有回答沈实。

此后一连三场的《牡丹亭》，淮泗儿算是唱红了北平城。有些个遗老见着了淮泗儿的风华，便摇着折扇，感叹道："这个淮泗儿，生生把个杜丽娘给唱活了，一帮爷们儿恨不得挖肝掏肺地把她给捧上了三十三层天去。这小老板，了不得，了不得！"

这话说了，倒也有些人跟着点头。大家伙儿也都看到了，就连那位一向不爱看戏的沈三爷，这几日只要逢淮泗儿出场就必定会出现在沈家的包座上，看起来竟比他那个妹子沈如沐还像个戏迷，但淮泗儿那折一唱完，他撂了茶杯就走人！看来，坊间传闻说的从上海捧到北平城，这事也假不到哪儿去。

其实这事也不新鲜，大家都是看戏的，也当然都有各自要捧的角儿，有的人不嫌远，从关外来北平看戏，不就为了捧自己喜欢的角儿？这看戏的捧戏子，原也无可厚非。

只是沈三爷捧角儿，那就是个新鲜事，由不得大家不说道说道。

淮泗儿唱完了《牡丹亭》，真真的名动京华！便有好事之徒帮她冠了个封号，曰“北平一旦”。

这个头衔可不轻。

阳叔将此事说给淮泗儿听，却只得她淡淡一笑，不置一词。但她在春申班里的那些跑杂的师弟师妹却都极高兴，淮泗儿的这个封号，就代表了他们春申班在北平城的所有戏院、戏班子中的地位。只要淮泗儿一天不离开春申班，那春申班的地位就没有别的戏班子能替代。

唱了几场后，淮泗儿想歇一歇。过几日曲杍要到北平，她要帮他寻个住处，实在不行，就只得将自己的住处让给他，她再回去跟姐妹们挤。

阳叔知道她也累，当下想也不想，便道：“你回去休息几天吧，这几天你累得也够呛，可得注意身体了。我让小盐送你回去。”

淮泗儿道：“不必了，我一个人就好。这些日子小盐也够累的，就让她好好休息吧。”

但阳叔不同意。“你现在跟以前不一样了，是红牌，北平城里想打你主意的人都数不清有多少了。虽说有沈三爷护着你，但他到底只是个生意人，也不免有些个位高权重的不买他的账，我还是觉得，你不如跟小盐她们一块住，这样安全，我也放心些。”

听到他这样说，淮泗儿抿了抿嘴角，没有再说什么，只是提起手提袋，对着阳叔轻轻点了点头。“我会小心的。”

但小盐还是跟着她出来了，她现在身份同之前不一样，自然要一切小心为上。

“姐，这沈三爷倒是真在捧你场呢！我在后面可都看见了，只要是你的场，就算只有一折，他也必定会出现，你下场之后，他转身就走。还有啊，他今天送了新的行头给你，都在阳叔那儿收着呢，都是镶金带玉的，可真值钱呢！”

淮泗儿淡淡一笑。可不是，都说窑子里是个销金窟，其实在那些有钱人看来，戏院跟妓院又有什么区别？一字之差罢了。为了捧角儿，一掷千金，丝毫不手软，捧来捧去，就又为自己捧了个女人回来，跟妓女比，戏子独独多了一副好嗓子。

婊子无情，戏子无义，说的不就是她们这一个等级的女人？

小盐知道自己这个师姐的脾性，说了话倒也不一定非要她回答，自个儿又接着说："我看那沈三爷呀，长得可真是好看呢！他一个人坐在那儿，满屋子里的人就都失色了。哎呀呀，你将来若是嫁了沈三爷，那该多好！也只有沈三爷那样的人才能配得上你呢！"

淮泗儿打断她的妄想："别瞎说了，在他们有钱人眼里，我们是入不了大门进不得堂的。有钱人咱们见得多了，各色各样的，也比我们高雅不到哪里去。"

听得这话，小盐也沉默了下去，过了会儿方才低低地道："说得也是，像咱们做戏子的，干的是下九流的行当，也就是给人家当小的命，哪还能妄想着嫁个良人呢……"

淮泗儿看了看头顶灰蒙蒙的天空，轻轻叹息："唱个几年，等到累了，唱不来了，就找个老实一些的男人嫁了，这才是咱们的好归宿。"

"那……"小盐忍了忍，终于还是问了出来，"姐，你的归宿，是不是就是曲先生？"

淮泗儿冷冷地一笑，说不出是喜还是悲。"对。过些简单日子，虽贫穷，却也舒心。"

在这个战火纷飞的年代里，若能与一人做一对平凡夫妻，白首不相离，便已是人间幸事。还能强求些什么呢？

第二折

原来姹紫嫣红开遍　似这般都付与断井颓垣

沈府在北平城里算不上是最气派的，至少外表看起来如此。沈氏夫妇一直以“韬光养晦，不奢不华”为持家之道。且不管他们在吃穿用度上如何，单单只看沈府的外表，在北平城里绝扎不了谁的眼。

今日的沈家是极热闹的。

长房大少奶奶早早地就抱了长孙铮儿在大客厅里陪着沈老爷和夫人，沈如沐坐在沈夫人旁边逗着侄儿玩。她上身穿了一件水清色的丝绣掐腰大襟宽袖短袄，胸前戴了个翡翠的玉坠儿，腕子上戴了个玉镯子，下身是一条淡绿色的密褶裙子，平日里都散着的头发今日也辫成了两条大辫子垂在肩头，戴了个头箍。娇娇俏俏的样子，乍一看，倒像是个十四五岁的小姑娘。

大少奶奶眉眼含笑地看着如沐，对沈氏夫妇道：“爸妈，你们看如沐，这一身打扮，服服帖帖的样子，倒像是早三年她还在北平女子师范学校读书时候的样子，这些年倒是没怎么变样。”

沈老爷嘴里叼着一个乌沉沉的烟斗，听到大儿媳的这话，倒也笑了。

沈夫人道：“可不是，她刚进来的时候，我乍一看，还以为是你云儿妹妹来了呢！想想呀，这如沐今年都二十岁了，早过了要嫁人的年龄了，我们是不能再留她了，否则都要把她耽误了。你说是不是，老爷？”

沈老爷点头，应道："是该为她打算了，已经多留了三年了，不能再留了。"

如沐不乐意了，冲着大少奶奶道："大嫂，我可算明白你说这话的意思了！你就是怕我在家做老姑娘，烦着你这个大嫂子，所以才急着把我给嫁出去呢，是吧？"

沈夫人拍了她一下。"姑娘家哪能说这种话？真是越大越口没遮拦了！"

大少奶奶佯装委屈地打趣她："啊哟如沐，你可冤死大嫂了！我可是没这个意思的。只要爸爸妈妈高兴，你纵是想要招个姑爷上门，我也没意见呀！"

没等如沐说话，两岁的沈铮突然用手指点着如沐的脸，咿咿呀呀："姑爷……姑爷……"

如沐看着小侄子，脸腾地一下就红了。

于是屋子里，从主子到下人，都笑了起来。

众人正笑着，就有下人一路小跑进来，还未来得及进门便叫道："老爷、太太，三少爷和五小姐回来了。"

所有人都一下子站了起来，沈夫人激动得握了握沈老爷的手，就急着往外走，口中还一迭声地叫着："如涧呀，如涧在哪儿？"

"妈——"

一抹粉白色的身影奔向沈夫人的怀里，哽咽着，又唤了一声："妈……"

沈夫人搂着她，泪眼婆娑。站在一旁的沈老爷、大少奶奶和如沐还有下人们，也都是笑中带泪。

沈家的五小姐沈如涧是沈家最小的一个孩子，比如沐小两岁，三年前出国留洋，在这期间，不曾回家一次。今日算是一别三年来，与家人第一次团聚。

沈如涧搂着沈夫人哭了一阵，又投到了父亲的怀里，叫了几声"爸爸"，那甜甜软软的声音，叫得向来刚强的沈老爷也险些红了眼眶。

这如涧是他与沈夫人最小的一个孩子，也是个自小体弱多病的身子，一别三年，如今再见，竟真如失而复得一般的弥足珍贵了。

沈如安站在一边，看着一家人哭哭笑笑的，心中也颇为感慨。

“不要站在外头了，都屋里去吧。如涧回了家，以后多的是时间叙旧。”

进了屋，沈如安便随手脱了外套交给一旁守着的下人。他平常都是穿长衫的，今天因为去火车站接如涧，穿了一件三件套的西装。外套脱了，露出里面的白色衬衫，套着棕色方格子的马甲。他随手解开领口的扣子，随意地仰躺在沙发上，比着平常出去与人谈生意时，便又多了几分的帅气与慵懒。

如沐与如涧姐妹俩坐在一起，她看了一眼沈如安的样子，便同如涧笑道：“现在三哥越来越少在家里了。今天要不是去接你，只怕又见不到他人影。”

如涧笑道：“那是因为三哥忙生意，自然是顾不得在家里了。”

如沐撇了撇微翘的嘴角，看着沈如安，那脸上笑得别有一番的深意。“我看倒未必，只怕三爷是为了忙别的事吧？”

沈如安懒散地笑了。“如沐最近就是看我不顺眼。”

如沐得意地哼了一声，又转向如涧说话。说着话，便聊到了如涧的归途来，如涧顺便就提到了途中发生的一些事情。

原来，她是跟陈司令的女儿陈方萍一道回的国，先是坐船到香港，然后再从香港转到了上海，再从上海坐火车到的北平。

原本陈司令派了人专门去上海的码头接她们，之前信里面也说定了日期和地点，但没承想她们的船晚了好几天才到上海，派去的人没有等到她们就回来了。她们在上海逗留了两天，往北平发了电报说决定自己坐火车回北平。

从上海到北平的火车上，她们坐的是普通车厢，里面人极多，且乱，充斥着各种味道。沈如涧和陈方萍自小便在北平出入上流社会，

又都是留洋回来的人，在这样的环境里心里自是极不舒服，对望了一眼，均是秀眉越皱越紧。

身着制服的乘务员手里摇着铃从她们身边走过的时候，坐在外面的陈方萍因为受不了那股子汗味和狐臭味，便将身子朝如涧那里挪了挪。不承想，脚边的皮箱却突然倒了，刚好砸在一个倚着过道壁板坐的中年人身上。那人穿着一个破旧的夹袄，袖子上一层厚厚的油垢，本来在闭着双目养神，但皮箱倒在了他身上，压到了他的脚，马上就睁开了眼睛，先是看了一眼皮箱，然后便将眼睛转到了方萍与如涧的身上。

如涧忙说了声“对不起”。

但对方见是两个姑娘家，便一下子来了气势。

“一个破皮箱放在这里，存心砸老子是不是？对不起顶个屁用！”这人嗓门又大又粗，这一声，几乎整个车厢里的人都听到了。

偷眼瞧了一下满车厢的异样眼光，如涧顿时觉得脸上一热。她倒还好，但方萍却恼了，她堂堂司令家的千金，在北平只有她横别人，哪有别人横她的份儿？

于是方萍冷冷瞥了一眼那中年男人，伸手将皮箱归置好，将脸看向窗外，并不理会他。虽说她只是个年纪轻轻的姑娘家，但到底是权贵之家出身，那一眼横过去也是双目凛然气势十足，看得那男人暗自打了个寒战。但他也不想在车厢里被一个姑娘给压下气势，头一昂，叫道：“看什么看！雏毛丫头的不知害臊，盯着个爷们看什么？！”

听了这话，方萍柳眉倒竖杏目圆睁，显然是气到了，正待发作，如涧偷偷扯了扯她的衣角，悄声道：“算了方萍，这里毕竟不是北平，这么乱，我们不要同他争了。”

方萍冷笑一声，北平城警备司令家的掌上明珠几时被人这么当众羞辱过？她侧眼盯了那男人一眼，哼了一声：“你最好祈祷上帝保佑你不要在北平被本小姐看到，否则……哼！”

那男人听到这话也怒了，从地上爬起来指着方萍和如涧骂道：“怎

样？你们以为自己是哪家的小姐呀？坐着普通车厢还摆小姐的架子，也不照镜子看看自己生了个啥模样！”

他这话说出来，如涧倒也是忍不住了，她是不想惹事，便忍了三分，哪承想这人倒是越发嚣张了起来。她皱了皱眉，依旧细声细气地道：“这位先生您何必说话如此刻薄？给他人留三分情面便是给您自己留了一条后路，我们也都道过歉了，您还想怎样？她说的这话倒原也是没诓您，咱们还是息事宁人的好。”

那男人还要说话，坐在如涧对面的一个身着深色西装、面容清俊儒雅的男人突然开口，声音低沉浑厚。“这位小姐说得没有错，大家都是出门在外的，彼此应当忍让一下才是，她们是两位单薄的小姐，咱们理应气度大些，多多照应才是。”

那中年男人本就是看如涧和方萍是两个女人家好欺负一些才这么得理不饶人的，但他也没想到方萍的气势竟比他还大，一时心里也是忐忑了一下，看她们衣服的料子也是极名贵的，也猜着是不是哪个大户人家的小姐。但这边争吵了这么会子，半车厢的人都听到了，都在窃窃私语，盯着往这边看。中年男人便又抹不开面子，被两个姑娘家几句话就给吓退了，也实在丢脸。如今刚好有人站出来说话，便也就借坡下驴，哼了一声，提着自己的包袱去了旁边的车厢。

如涧和方萍见替她们说话的是位年轻儒雅的先生，一时间倒也觉得有些不好意思了。她们在国外上的便是有名的淑女学校，与人交流，矜持是放在首位的。如今竟当着那么多人与人发生争执，实在觉得丢脸之极。

但那男子似乎也并未在意她们之前与人争执时的态度，谈笑间自我介绍。

“敝姓曲，叫曲杼。敢问二位小姐芳名？”

方萍到底比如涧大胆，笑道：“我姓陈，叫陈方萍。她呢，姓沈，叫沈如涧。我们刚从国外留学回来。方才真是多谢曲先生了，让您笑话了。”

曲杼叹道："原来是国外读书回来的，难怪难怪，果然是巾帼不让须眉。"

他这么一说，方萍与如涧反倒放松了下来，便也都笑了出来。

这一路上便是与曲杼说说笑笑到了北平。

"曲杼？"

沈如安细细咀嚼着这个名字，表情有些意味不明，带着高深莫测的笑。

如涧看了他的样子，忙问："三哥你认得曲先生？"

沈如安摇头，笑道："这世上姓曲名杼的人可多了去了，你三哥又不是神人，哪能全认识？只是回头若是见面了，倒是要好好谢谢人家的。"

这话倒是说到了如涧的心坎儿里去了，她羞赧地笑笑，说："三哥这话说的是，回头若是见着了，定要引荐给三哥，可是要谢谢人家呢！"

如沐巧笑道："只怕最近三哥是没空理你的那位曲先生了。"

"我晓得三哥忙公司的事呢，向来是没有时间的。"一时间如涧竟也没反应过来自家姐姐打趣了她，"你的那位"这么几个字，都把她的小心思给点了出来。

如沐转坐到沈如安身边，凑过去。"嗯，那可不一样，三哥最近忙着捧角儿呢，哪还有心思理会你呀！三爷，哦？"

沈如安一脸无奈，对着沈老爷和沈夫人道："爸妈，你们赶紧把如沐嫁了吧，这丫头越来越不像个姑娘家了，你们瞅瞅她说的这话。"

沈夫人含笑说道："方才我跟你爸爸倒还说着这件事呢，如今如涧也回来了，也都到了该嫁人的年龄了，是要好好打算了。上个月杨氏皮革坊的太太还托人来说媒呢，我不太喜欢如沐嫁到皮革坊去，也没同意。如安你人面广，也操着点心，给你妹妹寻户好人家。"

大少奶奶忽然想起什么，笑吟吟地道："妈您这一说我倒是想起

来了。苏师长家的大公子可是有些日子没来了，我总觉得他跟四妹的感情挺好的，处得也不错。跟咱们家呀，倒也是门当户对的，我看着挺好。”

沈老爷点了点头。“嗯，我也看那个孩子不错，听说还是历史学家林天刚先生的高足。而且那苏师长也是个难得的一身正气的军人，对得起他身上的那身军装，对得起百姓。对于苏家，我是非常满意，门风好。”

沈夫人接过下人捧过来的茶递给沈老爷，叹道：“光我们看着好没有用，苏家到现在不下聘，咱们总不好主动去提这茬事啊！如沐呀，你和之平倒是有没有那个意思啊？要是真好，我们去提亲也可以。”

如沐看看一大家子人说着说着便将话题转到了自己的婚事上面，便明白又被沈如安给陷害了，恨恨地瞪了他一眼，道：“哪能光说我呀，三哥比我大那么多岁，长幼有序，他的婚事怎么就不见你们着急呢？反倒是都先说起我来了。”

如此一提，话题便又转到了沈如安的身上。

沈老爷放下茶杯，看着沈如安，问他：“刚才如沐说你忙着捧角儿，我也听说你最近在捧什么唱戏的，天天往六安戏院里跑，可有这事？”

听说？沈如安看了一眼如沐得意扬扬的样子。也是听如沐说的吧？

“最近生意不忙，就去戏园子里调适调适心情。”

“嗯，”沈老爷应了一声，“老三你要记住，咱们沈家的男人，一不许赌钱、抽鸦片；二不许养歌女、蓄娼妓。任何给祖宗丢脸的事情都不能干！你也不是个玩物丧志的人，去玩玩便可，万不能因此而误了正业。”

沈如安口中只管应着。

如沐冲着沈如安得意地笑着，便又拉着如涧。

“五妹你不晓得，我跟你说，三哥捧的那个淮泗儿近来在北平可有名气了，多的是男人拿着大把的钱往她身上砸。但怪的是，到现

在也没见有不好的风评传出来，就连三哥的账她也不买，总是一副万分清高的样子。”

如涧看着沈如安，抿嘴笑了起来。“在北平难得还有女人不买三哥的账的。呀，这个淮泗儿，我倒是想见识一下呢！”

沈夫人不乐意了，瞪了如沐一眼。“这个如沐，自己天天往戏院里跑也就算了，竟然还想把你妹妹也带到那种地方去，真是越来越不像话了，你们谁都不许去。再给我知道了，定不饶你们！”

如沐被沈夫人骂，垮了一张俏脸，错眼便看到沈如安一边逗着小侄儿一边气定神闲地笑，显然是在笑话她，便对着他哼了一声做了个鬼脸。

与沈家的热闹相比起来，淮泗儿与曲杼的相见倒是更显得温情脉脉，相与情深了。

火车站人声嘈杂，汽笛声、叫卖声与吵闹声传进耳朵里面，让人听了便会不自觉地生出几分烦躁来。

但淮泗儿立在出站口外面的一棵老槐树下，表情安然，目不斜视。一头如云的青丝只用一根翡翠的簪子绾住，身上青色的旗袍还是去年在上海的老瑞祥曲杼买给她的，外面披着一条月牙白色的披肩，长长的流苏垂下来，有风吹来时那流苏与鬓边的发丝同时轻轻摆动着，远远地看来，竟有一股子绝代婉约的风情。

曲杼远远地站着看到的便是这样的一种样子，人来人往的火车站口，她一个人清清淡淡地站着，与周边的人格格不入，似乎这人间也只她一人而已。这遗世独立的样子，令曲杼想起了他与淮泗儿初识时的场景。

那是民国十九年夏末的上海，正是天气将凉未凉时节，他从复旦大学毕业还没有多久，因为有着敏锐的政治头脑和很强的时局判断能力，在老师的推荐下，他进了孔家开的报社《时事新报》通讯社做编辑。为了上班方便，他搬到了霞飞路裕仁弄居住，那是一个

极狭小的弄堂，他住在最里面的一幢楼。楼上两间房，楼下两间房，还有一个小天井。而他，就住在楼上的小阁楼里。

他搬过去没有一个星期，在一次下班时路过楼下一直空着的房间，忽然发现门开着，里面有一个纤细的背影，他这才知道，又来了新的房客，而且是名年轻的女子。

他并没有过多在意这名房客，只是依旧照常在阁楼里做饭、吃饭、看书、看报纸、睡觉。

只是第二天一早，他被一阵婉转的嗓音唤醒，摸出手表看了看，才五点三十分。

咿咿呀呀，哦哦嗯嗯。

……你莫不为“黄金浮世宝，白发故人稀”，因此上把旧恩情全不比新知契。则待要百年同墓穴，哪里肯千里送寒衣……

……我不要半星热血红尘洒，都只在八尺旗枪素练悬。等他四下里皆瞧见，这就是咱苌弘化碧，望帝啼鹃……

悲悲切切，凄凄惨惨。

他再也忍不下去，猛地跳下床，愤怒地打开窗户，对着外头大喊：“这么早就吊嗓子，难道不知道这样十分扰民吗？”

楼下站在天井里正摆着手指练功吊嗓子的青衣女子，听到他突如其来的怒喝声，似是惊了一下，她仰起头看向楼上，年轻的面庞就这样显露在了薄暮晨光中，细长的眉、杏子一般的眼，还有那浅浅的唇色、光洁的额头，就这样猝不及防地出现在了他的视线内，让他的心脏如同被重击了一般，狠狠地跳动着。

这是他第一眼看到淮泗儿时的情形，他觉得，他会永生难忘。

然后，他听到了她清淡的声音：“对不住，打扰到您了。”说完她微微欠了欠身。

站在窗前的曲杼低眉望着那个女子，忽然没有了那凌人的气势，他讷讷低语：“不是……我……”

淮泗儿再一次向他欠了欠身，举步就要回房。

曲杼猛然反应了过来，他以极快的速度在她进门前冲下了楼，站在她面前。

“不是的不是的，正好我也要起床上班了，方才不是有意吼您……您……您别生气……”他手忙脚乱地解释着。

淮泗儿微微低了头，道：“是我的不对，我忘记了这里还有旁的住客，这样早便扰了您的清梦，该我向您赔不是的。”

曲杼忙摆手，道：“我真的不是那个意思……您唱得很好听，真的很好听！”

淮泗儿笑了笑，道：“谢谢您的夸赞。”

曲杼忙又道：“我叫曲杼，在《时事新报》工作，就住在楼上！”说着小心翼翼地问，“不知道……小姐贵姓？”

淮泗儿定定看了他一时，似乎是在评估他这样缠着她，到底是何居心。但她还是回答了他，她道：“我姓淮。”却没说她叫什么。

不过曲杼已经知足了，他伸出手，道：“淮小姐，很高兴能认识您。”是真的，他真的很高兴。

淮泗儿看了看他的手，也伸出了手，轻轻与他握了一下，又很快收回，然后朝他点点头，进了屋子里。

曲杼摸了摸与她握过的那只手，似乎那温暖的触感还留在那里。他在她的房间外面站了一会儿，没有听到里面发出什么声音，他轻手轻脚地上楼，收拾了一下，然后去报社上班。

这一整天他的心情都极好，淮泗儿那白皙的面庞不停地出现在他的脑海中，还有那柔软的手指，让他想要紧紧握住，不想再放手。

他想，他是坠入爱河了。

晚上下班时，他飞快地赶回去，站在淮泗儿的门口，听了听动静，安安静静的，没有声音。他犹豫了半天，才伸手敲了敲门，但是没有人应门。

应该还没有回来，他想。

他上楼，一边留意着楼下的动静，一边用心做了几个菜，扣在

盘子里，拿张报纸，坐在楼梯口等着，这一等，便是四个小时。

高跟鞋的声音在弄堂里响起，然后便是开门的声音。

他放下报纸，站在楼梯间探头看。

果然是淮泗儿。只是她的面容略显疲惫，似是很累的样子。

他忙奔下去。

“噔噔噔”下楼声很响，淮泗儿猛然听到，吓了一跳，抬头看到曲杍，她微微皱了皱眉，主动唤了声：“曲先生。”

曲杍跑到她面前。“淮小姐。”

“曲先生有事么？”

“呃……”曲杍似乎不知道该怎样回答，很是腼腆害羞，他胡乱指了指楼上，“我……我做饭多了，吃不完……就想请您……请您一同用餐……”

淮泗儿清亮的眼睛静静地注视着他，似乎已经看透了他所有的想法，这使他的脸更红了。

末了，她才道：“多谢您的好意，我已经吃过饭了。”说完进了房间。

留在门外的曲杍讪讪笑了笑。“没关系，下回也一样。”

一个人回到楼上，吃了一碗白米饭，就着早已凉掉的菜。

吃完饭他又去敲她的门，告诉她：“您明日照旧练功吧，不必怕打扰我，我喜欢听您唱戏。”

淮泗儿微笑道了句：“多谢。”

至于，他们是从何时熟稔起来的，他已经不记得了，似乎是渐渐的，他能同她聊上几句了，虽然大多的时候，都是他在说，她只是听着；渐渐的，她偶尔愿意吃他做的菜了，虽然事后她会以别的方式赠还；渐渐的，她能接受他送给她的戏曲话本子了，虽然她会还钱给他；渐渐的，她愿意听他说他工作上的事情了，甚至他还能同她说时局，但她还是不会同他讲她在戏班子里的事情……

但至少，他们也算得上是朋友了，这让他很高兴。

他忘乎所以时，会同她讲，鲁迅先生的五十寿辰快到了，他要

去采访，如果她愿意的话，他去买鲁迅先生的书给她看；他又同她讲，共产党恽代英在杨树浦纱厂被逮捕了，可能会在上海特区地方法院受审，他可能会去采访；他还同她讲，他的文章写得好，还得到了孔先生的称赞……

他说的这些，她虽然听不懂，但却不会打断他。他有时会问她的看法，她总是说："你说的这些，我都不懂的。"他也因此觉得沮丧，但更多的时候，他还是兴致勃勃地跟她说话。他也愿意去同她讲戏曲，讲戏台上的故事。

联华影片公司要在北京大戏院播放电影《故都春梦》，他得到消息后，很是欣喜，托了许多的关系，才拿到了两张票。当天晚上，他在淮泗儿唱戏的戏园子外等了一个小时，才等到她出来，然后兴奋地举着票，说要请她看电影。

淮泗儿看了看他手中的票，又长久地注视着他，直到他有些不知所措，正想讪讪地收回手时，她接过了一张票，应了一声"好"。

看完电影出来，天已很晚，两人一路走着回去。他看着前面穿呢子大衣的淮泗儿，不快不慢地走着，高跟鞋敲击在地上，发出清脆的响声，不知怎么的，他的头脑忽然就有些发热。

他上前一步，拉住了淮泗儿的手。

"我有话同你讲。"

淮泗儿低头看了看他的手，试图将自己的手从他手中抽出来，但是他没有松手。她只得道："你要说什么？"

"我……"他深吸一口气，望着她的眼睛，开口道，"我喜欢你，我想请你做我的女朋友，你……你愿意么？"

淮泗儿并没有表现出惊讶，却也没有任何的欣喜，她只是极平静地回望着他，沉默了一下，然后问："你知道我是做什么的么？"

曲杼道："我知道的，你是唱戏的。"

"下九流的行当，你不知道吗？"

"知道，可是我不在乎，我不介意的！"说着，他似是怕淮泗儿

不相信他的话，又急急地道，“是真的，我父亲生前便是个理发的！”

下九流是什么？

一流戏子，二流推，三流王八，四流龟，五剃头，六擦背，七娼，八盗，九吹灰。

这便是人们口中常说的下九流。

剃头的虽属第五流，但却也是下九流之一，比起戏子，也没有好到哪里去。曲杼说出自己父亲是剃头匠的事，无非是安她的心，向她表明，他一点都不介意她的身份。

淮泗儿想了想，又问他：“你将来，可有什么打算？”

这话问得突然，似乎与他的表白并不相干，让他有些懵，但他还是诚实地答了：“和你结婚，组成一个家庭。”

这话说出口，淮泗儿的眼珠动了动，似乎是有些动容。这让曲杼想不明白，难道他的这句话比方才的告白还要能够打动她？

然后，他听见她平静地道：“好，我答应你。”

曲杼欣喜若狂，他激动之下想要抱一抱她，甚至亲一亲她，他伸出了手，但是她却后退了一步。

他愣住。

她道：“请容我适应。”

他还在激动着，当然不曾留意她面对这样的情事时与众不同的冷淡和平静，她的要求，他自然是无不答应的。

这夜之后，他们便成了一对恋人，虽然她的性子依旧是冷淡的，但是偶然他牵一牵她的手，或者抱一抱她，她也不再抵触，只是却不能再进一步了。

她从不主动拉他的手，或是拥抱他，甚至他的亲吻她也会避开，初时他以为她是害羞，他给她时间适应，但是后来她仍旧是这样，让他有些不高兴，他问她为什么总是避着他，她却只是说，还没有适应好。

有什么办法呢？他爱她，他愿意给她时间，让她适应，因为他

知道她真的是生性冷淡，不喜旁人碰触。反正他是要与她结婚的，她适应得越好，他自然越高兴。

所以，他愿意等她。

只是让他没有想到的是，他没有等到淮泗儿对他敞开心扉，却出现了一个叫沈如安的男人。

那是一个让他想起来就后悔不已的晚上，他在报社加班到十点才到家，路过淮泗儿的房间时，看到里面亮着灯光，便知道她已经回来，于是，他敲了敲门，想要和她说几句话。

敲了好一会儿，她才开门，他原本以为她已经睡了，等她开了门他才发现，她竟还穿着旗袍，并且她的脚竟是跛的！

他大惊失色，抓住她急问："你怎么了？你的脚怎么了？"

她淡淡地道："没什么，不小心扭到了。"

他不信，自从她在富顺楼唱出名气之后，便遇到过两次有垂涎她美色的男人拦路，虽然最终有惊无险，但终究使他不放心，他便劝她不要再唱了，他愿意养着她。但她执意要唱，他虽然因她的任性生气，却也一点办法都没有，便只得每晚下班到戏班子去接她，陪着她回来。

只有今日加班，没能去接她，却还是发生了这样的事情。

"你没有被人欺负吧？"

淮泗儿抿了抿嘴角，摇头。"有人叫了警察。"

他敏锐地发现了她抿嘴的动作，皱了皱眉，问："那人是谁？我们要好好谢谢他。"

"不知道，过路的人。"

她说是过路的人，不知怎么，曲杼心里忽然就放松了下来。他蹲下身，想要看一看她红肿的脚踝，她却一下把脚藏到了床下。

"已经看过大夫了。"

他的手伸在半空，过一会儿才慢慢收回。他坐到她对面，看着她淡然的面庞，道："泗儿，你不要再唱了，咱们结婚吧！"

面对他突如其来的结婚请求，淮泗儿看着他，没有回答。

她在迟疑。

她的态度让曲杼有些着急，他抓住她的手，道："我有工作，我能养着你！咱们结了婚，就不必害怕别人再欺负你了，也不再受那些言语的侮辱了！好不好？你答应我。"

淮泗儿没有抽回自己手，她只是侧头想了想，平静地道："毕竟阳叔养了我一场，我得帮他把班子撑起来，明年才能抽身。"

她的回答，让曲杼感到生气，又微微有些委屈。

"你只想着阳班主，为什么你就不想一想我，想一想咱们的将来？我不让你唱，也是为了你好，难道你愿意每天过这样的生活么？你就这么愿意听着那些人……那些人嘴里说的那些……话？"

有些难听的话，他说不出口。他总猜测，说什么要帮阳班主撑起班子，其实还不是为了那些被捧出来的虚名。他以为她性子冷淡，是不会将那些虚名放在心上的，却没有想到……想他一心一意在为他们的将来做打算，可是她却还舍不得那些。这让他心中怎会好受？

况且，她难道不知道，她的那些盛名是怎样传出来的么？是那些垂涎她美色的男人，一掷千金打赏出来的！可那些男人，哪一个会真正尊重她？哪一个会认为她比百乐门里的小姐高级？

为什么她就想不通？

但淮泗儿并没有回答他，她说她要休息了，然后，请他离开。

她的态度，让他忽然觉得，淮泗儿也许并不喜欢他。

可是他又不理解，她这样冷清的一个人，若是不喜欢谁，从来不会虚与委蛇，都是当面拒绝。她又怎么会答应和他交往？

她既然与他交往，他便不相信她不喜欢他。

这样想着，他便又有了十足的信心。

可是，这样的信心，才过了一天，便被摧毁了。

第二天晚上，他下了班尽早往家赶，回到住处，发现淮泗儿已经回来了，他问她可曾发生什么事，她平静地摇头，说没有。

于是，他便放了心。

却没有想到，次日《上海报》头条便是“北平富商沈如安与三鑫公司黄开为争夺春申班头牌淮泗儿大打出手”，内容图文并茂，照片人物清晰。

曲杼将头埋进报纸里，努力再努力地分辨，照片里的三个人，三鑫公司的黄开他是知道的，杜先生的得力手下，出了名的好色，又喜欢打着杜先生的名义强取豪夺，没少上报纸；而另一个则是年轻的男子，有着挺拔的身形和硬朗的面部线条，气势十足的样子，与黄开面对面地对峙，丝毫不落下风。

这让曲杼看得心头着火。

——他文弱的书生气，和这个人相比，实在相差太远。

再看照片里的那名女子，就是淮泗儿。她站在这名年轻男子的身后，安静又信任的模样。他能从照片中感觉到，她是心甘情愿受这个人庇护的，甚至，她乐于接受这样的保护，因为她对这个人充满了信任。

他何曾见过她这般信任自己？

看着这样的两个人，他有一种被背叛，受到了羞辱的感觉。他捏着报纸，想要立刻去找淮泗儿问个清楚明白，但是他到了淮泗儿演出的富顺戏楼外，却又停住了脚步，他想，他这样去质问，定然是问不出什么的。

于是，他忍了下来，又回去了公司。晚上下班回去，他也不曾问过淮泗儿，他期待着她能主动同他解释这件事，但是他等了一夜，也没能等到她主动说起。

此后几天，他每天早下班，到富顺楼外等着，不是去接淮泗儿，而是躲在暗处观察。

果然，他见到了那位北平来的富商——他每天都去捧淮泗儿的场，甚至每天都有不菲的打赏，一副一掷千金的富家公子哥儿模样。

关于这个人，社里的同事曾在看了《上海报》的那则绯闻之后讨

论过，说此人是北平首富，钱多，有权，甚至和杜先生也有生意上的往来，他此次前来上海，就是和杜先生谈生意来了……

听说前几日淮泗儿就被黄开看上了，拦过她，还是沈如安找来了警察局的林处长，才救了她……

还听说，此人尚未婚配……

听说，听说……

这个沈如安，真的有很多的传闻。

传闻这个人，不仅有钱，还长得好，更重要的是，他未婚。

他想起那天晚上，明明是沈如安救了淮泗儿，可是他问她是谁救了她时，她却说并不认识。

曲杼感觉到了前所未有的紧张。

所以，这晚，他躲在暗地里，听到沈如安邀请淮泗儿一起吃饭，而淮泗儿却并没有如同往常拒绝旁人那样露出清高又冷漠的样子，他看出来，她是犹豫的，他甚至在她的脸上看到了动摇的痕迹。

她的这份犹豫，让他感到十分的不安。

于是，他再也忍耐不下去，立刻便冲了出去。

“泗儿。”他用亲昵的语气唤她，然后，自然地牵住了她的手，以她男朋友的身份，与沈如安打招呼。

还好，她这一回并没有抽出手来，而是温顺地任由他牵着，低眉顺眼地立在他身后，很是听他话的模样。

她的反应，使他的心稍安。

他以为他以淮泗儿男朋友的身份出现，沈如安会知难而退，却没想到，沈如安竟公然向他提出要邀请淮泗儿吃饭。

——他是这样地不将他瞧在眼里！

凭什么？就凭他沈如安比旁人有钱？就凭他比旁人有势力？就因为他曲杼无权无势又只是个穷职员，他就可以这样无耻，公然地抢夺旁人的所爱？

不，这是对他的羞辱！

有一瞬间，他想要跳起来暴打眼前这个看似磊落，实则阴险的小人！但是手中柔软的触感让他忍了下来，输人不输阵，他不能在淮泗儿面前失了风度丢了面子，于是他以极大的忍耐力，勉强忍下了愤怒，故作大方地代淮泗儿向沈如安道谢救命之恩，然后，让淮泗儿陪沈如安去吃饭。

而他，悄悄跟在他们身后，看他们进了西餐厅，他站在窗外的阴影里，看淮泗儿卸下所有对陌生男人的防备，与沈如安坐在一处说话聊天，甚至还看到了她对这个男人微笑！

这一切，都让他妒火中烧，甚至感到耻辱。

淮泗儿先沈如安离开西餐厅，看到站在门外的曲杍，没有半分惊讶的样子，她很平静地走到他面前，伸手握住了他的手，对他微笑着道："我们回去吧！"

她难得的主动，他本该受宠若惊的，可是此刻他的心中却倍感难过。

她是他的女朋友，却和别的男人一起去吃饭，对着别的男人微笑。他们是这样无视他的存在。

回到住处，还没等到他问，淮泗儿已经主动开了口。

"我扭伤脚的那一晚，是他找来警察救了我，但我并不晓得他是谁，后来他听我的戏，又主动做介绍，我才知道他叫沈如安。黄开仍然纠缠我，又是他救了我，但是没想到登了报纸。我并非有意瞒你，实在是觉得，他救了我，我谢了他，两不相欠为好，根本无须理会，更没有必要放在心上，所以才没有同你讲。"

他问她："你知道他的身份么？"

她道："北平来的商人。"

他又道："那你知道，他们家是北平首富，他有权有势，而且未婚么？"样样都比他强百倍。

她闻言道："与我有什么相干？"

他发起火来。"那你晓不晓得，他往你身上撒那么多钱，费这样

多的心思，他是想追求你，是想包养你！”

淮泗儿容色一凛，双目冰冷地向他看过来，声音也没了温度。“他有钱、有势，他年轻未婚，他追求我、想包养我，我就一定会动心，一定要接受么？曲杼，”她的双目中，隐含失望，“你可以不相信我，但请不要侮辱我。”

相识这么久，这是她第一次用这样冰冷的语气同他说话。她从来不是这样的人，她不管多么厌恶一个人，说话时也一定会客气又礼貌周到，她从来不会恶语伤人。

这番话，已经是她同他说过的最重的话了。

曲杼立刻便后悔自己说的话，他抓住她的手，抵在自己额头上，压抑地道：“对不起，泗儿，我不是有意这样说的……我只是……我只是被刺激到了，那个沈如安……他那样强势，他什么都有，而我……我什么都没有，我凭什么让你……”选择我，而放弃他。

淮泗儿垂首看着他的发顶，阖上眼睑，淡淡地道：“等明年我攒够了钱，咱们就结婚吧。”

这是从她接受曲杼的那一天起，便决定下来的。一个温暖又温馨的家庭，一个努力上进又顾家的先生，或许还会再生一个可爱的孩子。这是她一直以来的梦想。不需要有爱情，不需要有激情，只需要平凡和安定。

她就是被曲杼最初那种细水长流的温情给感动了。他不是多么优秀的人，不是令她怦然心动的人，但是却真心待她，这也就够了。

她的话让曲杼大喜，抬头看着她。“可是真的？”

淮泗儿点点头。“是真的，你用心工作，我给你持家，咱们好好过日子。”

曲杼动情地拥抱着她，只觉得，这世上最幸福的时候，莫过于这一刻了。

自此之后，淮泗儿待他也有了改变，她变得温顺了，更加听他的话了，虽然她的性子仍是冷淡的，但是比着之前，却已经好了太多。

曲杼更加用心地工作，一心想要出人头地，他似乎都已经忘记了远在北平的沈如安。

可是，就在他们打算结婚的时候，阳叔忽然要带着班子回北平，想要从哪儿来的，再唱回哪儿去。但是阳叔带班子回去，想打出春申班的名气，没有淮泗儿撑场子，是不行的。阳叔同淮泗儿商量。淮泗儿略考虑了一下，便决定跟着阳叔回去看看。

北平既是阳叔的老家，也是淮泗儿的老家。

淮泗儿找曲杼商量，最多回去一年，等下面几个师妹能撑场子了，她便离开班子再回来。曲杼自然百般不同意，他既顾忌淮泗儿一去不回，更忌惮北平有个沈如安。

这一年来，虽然他嘴上不说，但沈如安这个名字，实在已经成了他心底的一根刺，每每想起来便觉得自己真是无能，除了一颗真心外，旁的什么都没有，无权无势，无能为力，永远卑微又弱小。每当想起这些，那种想要出人头地的想法，便会越来越强烈，在他的心中扎根、疯长，让他日思夜想，寝食难安。

而今，淮泗儿却想要去北平，去那个有沈如安的地方。

这让他如何能放心？

淮泗儿似是看出他的顾虑，她对他道：“曲杼，只要你不离开我，我便永远不会离开你。”

淮泗儿向他做了这样的保证，便跟着班子回了北平。

曲杼也终于不愿再留在报社虚度青春，他想要出去闯出一片属于自己的天地，向淮泗儿证明，他也能挣到大把的金钱，他也能有很大的权势，他真的一点都不比沈如安差。

于是，他便也来了北平。

出了火车站，曲杼便看到，接到他电报的淮泗儿已经等在了火车站外，这立刻让他觉得，他所有的付出，都是值得的。

淮泗儿还是他的。

“泗儿，对不起，我晚到了。”

淮泗儿看着他，微微地笑道：“不是，是我早到了。”

“那，”他也看着她微笑，“走吧。今天要把住处找好了。”

“嗯，”淮泗儿应了一声，转过身与他并肩而行，“不必找了，你住在我那里，我去和小盐她们住。”

曲杼不同意。“那哪行，你一向不喜欢热闹。住在那里如何习惯？”

淮泗儿笑道：“你忘啦，我与她们一同住了那么多年，又哪有不习惯的理由呢？再说了，我跟她们住，平常练功喊嗓子也方便些。”

看着淮泗儿的笑容，曲杼心中一动，便伸手握住了她垂下来的那只纤细的左手，那温润如玉一般的触感是任何一个女子都比不得的。

淮泗儿的手被曲杼握住的那一刹那，直觉地想抽回，但下一秒却又忍住了，她脸上的表情没有什么变化。看到前面的黄包车，便伸手去接曲杼的皮箱，顺势也抽出了自己的左手。

“就坐这两辆黄包车走吧。”

尽管他们已经交往了一年多，尽管她已经努力地忍耐了，但她还是不习惯他的碰触。

曲杼没有发现她这一瞬间的心思转变，还躲开了她接皮箱的手，笑道：“哪能让你提皮箱，走吧。”

“欸。”淮泗儿应了一声，坐到了前面的一辆黄包车上。

等曲杼也坐上了后面的黄包车之后，她说：“去兴华门南临胡同23号。”

兴华门南临胡同23号，是淮泗儿在那里租的房子，那个四合院是一对老夫妻的，两个儿子去参军了，余下两位老人守着一个大院子。看到淮泗儿是个姑娘家，老人家自然也是乐意的，便低价租给了她。

他们刚下了车，尚未进门，便听到身后有人叫：“淮小姐。”

淮泗儿回头，看到来人细眉便又蹙了起来，周身的气息开始变冷。她不说话，只冷冷盯着来人。

说话这人正是那天晚上拦她去路的沈实。

“淮小姐，我家三爷知道今天是曲先生首次到北平来，想尽一尽地主之谊，在北平饭店摆了席面，派我来请二位。”

曲杼的脸瞬间便变了色，看了一眼冷冰冰的淮泗儿，又看向沈实，道：“替我们谢谢沈三爷，他的好意我们心领了。请回吧！”

沈实并不理会曲杼，只看向淮泗儿。“淮小姐？”

淮泗儿看也不看他一眼，只淡淡地同曲杼道：“我们进去吧！”说着慢慢地转身，进了院里面，只留给沈实一道纤细的背影。

曲杼冷冷看了一眼沈实，便跟着淮泗儿进了里面。

直到他们关上了门，沈实这才露出一抹笑意来。直到这个时候他才真正了解三爷这么做的用意。

沈家的司机远远地走过来，问沈实：“又没请动？”

沈实笑道：“本来也没打算请得动。”

司机想了想，说：“不对呀，出门的时候我还见三爷陪着老爷太太给五小姐接风，什么时候又在北平饭店里订了宴呢？”

沈实背着手往前走。“宴是没订，不过三爷这一招应该叫……应该叫打草惊蛇。你不懂。”

回到沈府后，沈实直接向沈如安汇报了这件事。

沈如安嘴角噙着淡淡的笑意，听着，随后又问：“那曲杼是什么反应？”

沈实如实说了。

沈如安嘴角的笑意扩大，对着沈实点点头。“我知道了。”

沈实离开后，他一个人负手站在天井里，抬头望着天空，也不知是在想些什么，反正坐在廊下的如涧是没有看清楚他此刻的表情，但她却听到了一个名字。

“三哥，你是在说曲先生么？”

沈如安远远地看着她，温和地笑道：“不是，是一个生意人。”

如涧不疑有他，含笑说：“想来是我听岔了。三哥，咱们家生意真是越做越大了，我在上海都看到好多咱们家的铺子呢，三哥你可

真厉害！”

沈如安走到她前面，抚了抚她的头发，道：“既然知道是咱们家的铺子，干什么不让他们送你回来？你不晓得我派出去的人没有接到你，家里有多么担心。这外头乱糟糟的，保不齐会怎么样，你一个女孩子家万一出点什么意外，不是要咱们全家人的命么？”

如涧瞪大了眼睛，道：“我是留过洋回来的人，接受的是新思想，自当要学着独立，在国外，到处都在搞女权运动。我看国内也是，北平的青年学生倒也在搞反帝爱国运动呢！我虽不参加，但好歹也是接受新派思想长大的，以后自然是不能处处靠着爸爸和三哥了。”

沈如安失笑道：“哟，想不到咱们家也出了个新女性了！”

如涧俏脸一扬，颇有几分自得之色。“对啊，所以以后三哥不可以再拿我当小孩子看待了！”

第三折
十年不识君王面　始信婵娟解误人

曲杼到了北平后，淮泗儿连着几天没有到班子里去，阳叔倒也没催她。

她陪着曲杼将北平的古迹公园玩了个遍，倒也是尽兴。其间曲杼也曾同她提过，不想她再唱戏了，他们早早地把婚结了，此后便由他来养她，不需要她再如此抛头露面了。

淮泗儿对此不置可否。她同曲杼认识两年了，交往一年多，对他还是了解的。外人眼中，他是个谦恭君子斯文书生，但她知道他心气极高，是个不甘久居于人下之人。再说现在他刚到北平，没有工作，这个动荡不安的时局里面，物价飞涨，工作难找。他养她，说起来容易，但做起来何其难！

曲杼见淮泗儿这个表情便知道她不赞同自己的提议，当下心中便颇为不悦。又想起那天沈如安派人来请她，心中就更是怒意横生，只是如今又不好发作，只得闷闷不言。

“我晓得你的心思，但是现在时局这么乱，若是现在不努力攒些钱，将来万一要是真跟日本人打起仗来，我们又该怎么办呢？”

现在局势这个样子，报纸上天天写，所有人心里也都有谱，国内乱归乱，但是跟日本人这一仗是早晚都要打的。其实她自己又何尝不明白？一旦开战……像她这样在男人堆里唱戏的，台上的戏子台下的玩物，处境将是更加的难堪，是必须要赶在时局更乱之前退出的。

但现在……能攒一些钱，便是一些吧！

“嗯，”曲杼淡淡应了一声，“我是要尽快找工作了。”

阳叔见淮泗儿一出《牡丹亭》唱响了北平城，便想着再接再厉，再来一出《长生殿》，好让淮泗儿从今而后在北平城里立稳脚跟，让人一提起戏，就想起春申班，一提起春申班，便要想起春申班里的第一角儿淮泗儿！

淮泗儿想到来北平时答应了曲杼结婚的事情，于是便同阳叔将话挑明了讲。

“这时局您也是看到了的，如今我在北平的这些名气，将来对我是好还是坏，师父您心里总还是会有些谱的。虽说到现在为止，我仍然平安无事，但将来谁能保证呢？我只是个弱女子，在这乱世里，就想求个清白求个生存。”她顿了一顿，看着阳叔的脸色，慢慢地开口，“师父，等唱完了这几场，我便想歇了，您看成吗？”

淮泗儿说的是实情，阳叔岂有不明白的道理？她打小就跟着他在班子里练功跑腿，十来岁就在台上唱青衣，跟着他学花旦、武旦、刀马旦，样样学得精细，他是看着她长大的，心里多少还是亲着她的。但再反过来，讲句不好听的，淮泗儿现在是他的摇钱树，他的春申班可就指着淮泗儿呢！没了她，这班子，谁还理他？

不过再想想，这几年他挣的钱也够他养老了，现在恰逢乱世，东北没守住，日本鬼子随时都能打到北平城里来，他这个班子，还能再唱几天戏？原本干的就是下九流的行当，班子里一群姑娘孩子，就都指着一张好脸蛋一副好嗓子讨生活，在这乱世里，只要有心人叫条子开销，哪个还能躲得过去？若是真出个差错，他良心又岂能安稳？

如此想着，他便对淮泗儿道：“你说的这些，师父都明白。如今曲杼来了北平，你俩也该把婚事办一办了。我虽不是你爹，但自小也是看着你长大的，你爹当年既把你卖给了我，那我便有责任看着

你过上好日子，过上正常姑娘家该过的生活。师父也老了，本来回北平也就是寻个根，就算将来死了，也是死在老家。等唱完了这几场，咱们便把班子散了，各过各的，再也不唱戏了，下九流的行当让人瞧不起。”

淮泗儿笑了，看着阳叔的目光如同一个女儿看着父亲一般，她说：“我爹既然将我卖给了您，那我便是您的女儿，以后纵是不唱了，离开这班子了，您也还是我爹。”

“哎！”阳叔应了一声，眼眶有些儿湿润，“好丫头，阳叔没白疼你！”

没过多久，六安戏院便又放出了风声：半个月后，淮泗儿开唱《长生殿》。

于是，城里的这些贵族，便又来了精神。

看着曲杼又要皱眉，淮泗儿便跟他解释道：“这是最后一出了，我跟阳叔已经说好了，唱完这一出便不再唱了。阳叔要留在北平养老，咱们结婚，你想留北平，咱们便留在北平；你若是想回上海，我便跟你回上海。”

曲杼道：“泗儿，这可是你说的。”

淮泗儿点头。“嗯，我说的，不唱了。”

“对了，那沈如安最近可有找过你？”

“没有，你来的这些日子里，都跟我在一处，他找没找过我，你又岂有不知道的？”

曲杼哼了一声，道：“但这沈如安对你仍是贼心不死。当初我就想不明白了，在上海他那般缠着你，你也说了你不喜欢他，干什么你又非要到北平来？到了北平，在他沈如安的眼皮子底下，说不准他还以为是你自己往他跟前送。”在上海时，沈如安给他的刺激太过深刻，以至于他每每想起此人，便都会忍不住地怒火中烧，压都压不住。

他这话说得淮泗儿心中不悦，她向来不是个任人欺侮的主儿，

又是个唱戏的，本就比别人低了一等，最是见不得别人出言侮辱。如今她是想同曲杼结婚过日子，对他说的这些话，便也是能忍便忍了。

隔了一会子，平复了心情，她方才道："这几日，你工作找得怎样了？"

"能怎样？根本没找到！去洋行人家不收，去报馆人家不要。"说着，曲杼便又怒道，"依我看，这定然又是沈如安从中作梗！这北平十家行当里有七家是他们沈家的，他摆明了是想给我一个下马威。"

淮泗儿蹙起细眉，说："我们又不确定是不是他从中作梗，又怎好在这里妄加批评？现在找不到，我们再努力找便是，北平城又不是沈如安的天下，又何必总是对他耿耿于怀呢？"

曲杼看了她半晌，忽然就重重哼了一声，不再理她。

淮泗儿努力忍着怒气，心知他是对沈如安心存芥蒂，恨极了他在上海时一掷千金地捧她，又做了许多让自己没面子的事情。她此时也不便再多说些什么，只怕越说曲杼的心头火气就会越大。于是便叹了口气，不再说话。

虽然两人往下都也没再说什么，但心里却都是不快的。

今古情场，问谁个真心到底？但果有精诚不散，终成连理。万里何愁南共北……

锣鼓声脆响，幕布拉开，便是贵妃春睡初醒了。

梦回初，春透了，人倦懒梳裹。欲傍妆台，羞被粉脂涴……

醉人的眼波半开半阖，撩着人地往台下丢去，似醒非醒的样子，酥了台下全部看客的骨头。前儿那含娇带俏的杜丽娘，这会儿又变成了百媚众生的杨贵妃，哪里只是勾了唐明皇的魂儿？这台下看客的三魂七魄倒也给她勾了个七七八八。

台下，沈如安握在手里的扇子骤然一紧，但那嘴角却仍是含着笑，双目盯着她在台上扮慵懒的杨贵妃。

把鬓轻撩，鬟细整，临镜眼频睃……

飘坠、麝兰香，金绣影，更了杏衫罗……

台上那人，还对镜，千般婀娜。台下的看客却全都酥在了她那千万般的情致里，怨只怨那杨妃宛转蛾眉马前死，做了那梨树下的香魂，未曾来这戏院里与这台上的杨妃较个高下，比一比，到底哪个是真？哪个是假？

……试把绡帐慢开，龙脑微闻，一片美人香和……

沈如安眯了眯眼，盯着那个将头探进红绡帐里的唐明皇。

如涧扯了扯如沐的衣角儿，道："四姐，这个淮泗儿可真是了不得，她把这杨玉环真是演到骨子里去了呀！"

如沐也看痴了，过了会儿，方才回过神来。"今儿个这杨妃演得，可真是比那日的杜丽娘好，真是绝了！"

这一折下去后，沈如安便听到满场的哄声。

"今儿这扮相，这情致，啧……是个男人都想嫖了她！"

"嘿！绝了！真真的是绝了！你瞅她那媚态，活脱脱的杨贵妃呐！"

"爷到现在骨头都还酥着呢！这不能娶回家当正房，弄个金屋藏着她花多少钱也值啊！能搂着这么个温香软玉睡上一觉，这辈子也不枉做男人了！"

沈如安一直闭着眼睛在养神，听到这些话，突然就一撩长衫站了起来，掸了掸衣角，对着如沐和如涧道："你们留这儿看吧，我先回去。"

如沐、如涧不解。"为什么呀？还有一折呢，今儿演得真不错呢！"

沈如安笑道："三哥可比不得你们清闲，公司里多的是事儿等着我呢，下回我再来陪你们看。"

说完，便清清朗朗地走了出去。

恰逢此时锣响，淮泗儿婀娜地上场，入眼便是那淡然清雅的背影。

温香艳玉须臾化，今世今生怎见他……

纵是同姐妹们住在一处了，淮泗儿却还总是喜欢独来独往。阳叔不放心她，每日便让小盐跟着她。

她对阳叔说："您是不必担心的，在北平城里，我是出不了事的。"

阳叔不解她为何如此笃定，但她却表情淡淡，不欲多做回答。

她生性冷淡不喜多言，不管台上的红装她唱得有多传神，恍恍然唱出了多少妩媚婉转，但台下依旧是个清冷淡然的脾性，任对着谁都一样。凭你是多大的来头，到了后台，也别指望着她会对你道一个万福，更别提露一个笑脸了。

所以，在巷子口处看到那个早已站在那里等待着的身影，脸上的淡然没有多一分，也没有少一分，一丝一毫都不变。

"以后别再唱戏了。"沈如安说。

她视作不见，脚下步子不变，不快也不慢地自他的身边走过去。清冷的气息弥漫全身。路灯下看不清巷子里的景物，只有她一袭湖水绿的旗袍在昏暗的路灯下款款生姿。

沈如安一把拉住她的手臂。

她停住脚步，回头冷冷注视着他。

小盐被他们吓到了，讷讷地低唤了声："沈……三爷？"

沈如安不理会小盐，只对着淮泗儿，道："唱完《长生殿》以后就别再唱了。"

淮泗儿的眼落到他的手上，淡淡地道："我的事不用你管。"

沈如安冷哼："不用我管？说得轻巧！你以为曲杼就真能护你周全？没有我，你以为凭你现在在北平的名气，还能到现在都平平安安的？"

淮泗儿表情不动。"我又没求你。"

"是，你是没有求我，"沈如安一扯手，将她拉到近前，注视着她卸妆后出水芙蓉一般的脸颊，"可这北平城，若我沈如安不护着你，就你这脾性，你以为不吃茶不伺候老斗，说一句清倌儿，人家就真能由了你了？"

淮泗儿顿住，低垂了眉目，过了好一会儿方才道：“等唱完了余下的这三场，便不唱了，我嫁给曲杼，以后便再也不唱了，也就不用再麻烦您了。”

沈如安冷冷一笑。“你以为这事我就真由你？”

“我自己做自己的主，我想要嫁给谁，与你沈三爷何干？三爷还是放手吧，我要回去了。”

“好，”沈如安依她所言放了手，“我等着看你如何嫁。像曲杼这种人，在上海时我就提醒过你，嫁他无疑自掘坟墓，若你势必要嫁他，那我们就……走着瞧。”

他这话说出来，淮泗儿也动了火气，语气愈加冷淡，带了些诅咒发誓的恨意。“沈如安，我也在上海时就跟你说过了，我淮泗儿这辈子宁可饿死穷死所嫁非人给人糟蹋死，我也不会进有钱人家的门给人做姨太太！小门小户的我住着舒心，就是死了也甘愿！”

她如此说，沈如安倒也是怒了，道：“是谁说让你到沈家去做姨太太的？我沈如安何时说过这句话了？”

淮泗儿看着他向来清俊温雅的脸上出现了铁青之色，想是真被她的话给气到了。她咬了咬牙，对他的怒气视作不见，扭头便走。沈如安也不拦她，只任她走。

一边吓呆了的小盐这时才醒过神来，看了看沈如安的脸色，便忙追着淮泗儿跑了过去。今晚的事情，她如同无意间发现了一个惊天的秘密一般地被惊吓到了，这让她心里很是害怕。

沈如安和淮泗儿第一次在上海相遇时小盐还没有进班子，对这一切都不知情。

但其实，知道这件事情的，除了曲杼也只有阳叔。班子里的姐妹们也只当是沈三爷捧角儿，对此类事情早已习惯。

不论是在上海还是北平，捧淮泗儿的人可多了去了，哪能人人都当真呢？

但没人知道的是，沈如安第一次真正意义上的见淮泗儿却并非

是在戏院里。

霞飞路62号裕仁弄是个小弄堂，狭长、窄小、破旧且黑暗，与巷子外面那些闪烁着的霓虹、洋汽车还有各家高雅的西餐厅比照着，显得极不搭调。且那些年代久远的老木楼根本隔不住任何的声音，楼下人一个轻声的咳嗽，楼上便也能听个清清楚楚。

淮泗儿便是住在这个裕仁弄里。

她不爱坐黄包车，就爱一个人走，每晚从班子里离开，就一个人慢慢地走回去。但这若是搁在以前，她尚且默默无闻的时候，倒也没什么，可是这一年，她已经在上海的富顺戏院唱出了些名气，多少也有些人在捧她了，便也免不了有人开始打她的主意了。

在接近弄堂的时候，一个总是捧她的看客带着手下人拦住了她的去路。

那个看客名黄开，表面上是个富商，但实际上是个混青帮的。他对淮泗儿说："你本就是个戏子，这下九流的行当里戏子跟娼妓是排在一块儿的，没有区别。你既吃了这碗饭，就别想着自己还能落个清白自在身，跟了我，做个姨太太可比那些百乐门里的交际花强多了，至少你不必一双玉臂千人枕，一点朱唇万人尝，且我还保你吃香的喝辣的，绫罗绸缎金银珠宝使不完用不尽。你说好不好？"

淮泗儿表情一凝，冷冷瞥了黄开一眼，便一言不发，转身从他身边绕过。

黄开见她这般反应，也是冷冷一笑，示意手下的保镖将她强行带走。

保镖得令，围上去便要捉住淮泗儿，却不承想她早已将手放进了手提袋里，在保镖冲上来拉她手臂的时候，突然就摸出了一柄小小的匕首来，挥手恶狠狠地刺了过去！

保镖没有想到她一个弱女子，竟敢下这样的狠手，大意之下竟被她得了手，一刀刺在了手臂上，鲜血四溅。

在保镖的痛呼声中，她手持匕首站直了身躯，直视那黄开，一字一句道："先生要寻姨太太，可尽情去百乐门中寻去，我一个戏子，当不起先生厚爱，还请先生另觅心爱。"说罢，躬身施了一礼。

黄开见她此举，当下不怒反笑，表现得更加兴趣十足，往前走了一步，站在她面前说道："我说淮泗儿，你一个唱戏的，还想装什么贞节烈女啊？现在早不时兴这一套了，能在这上海滩立足的女人，哪一个不靠着几个男人！你别不是到现在还在演戏吧？有些个女人，就是喜欢玩欲擒故纵！"

淮泗儿再次躬身，低声恳求："先生若能放我一条路，我必铭感五内。"

黄开道："你一个戏子的铭感五内，于我来说有何用处？你看，你伤了我的人，我都不与你计较，你既感激我，那便不如跟了我吧！"

他此言一出，淮泗儿便知道这一次是难以善了了，当下眉目一凛，直起了腰身，一反方才的卑微之态，只是冷冷地看着他，问道："先生这是要逼我了？"

黄开见她改变态度，也随之嗤笑一声："我就是要逼你又怎样？你若是从了我，我便好好招待你，你若是不从……"说着，他慢慢脱掉手套，摸了摸手上的翡翠戒指，语气越发漫不经心，"不过是个唱戏的女人，死了就跟死只蚂蚁一样，明天富顺楼照样有人顶替你的位置挂头牌，风风光光地往我怀里投！我不缺你一个，富顺楼不缺你一个，上海，更不缺你一个。"

他话音未落，淮泗儿握在手里的刀子突然就被人一把夺了过去，她甚至不知道她的刀子是怎么被人抢走的。然后便被人钳制住了，她想挣扎，可是连动都动不了。

一切都来得太突然，她甚至都没有反应过来。

黄开伸手捏住她的下颌，强硬地抬起她的脸，目光中带着逗弄的笑意。"以为拿把刀子，就没人奈何得了你了？不对你动手，是因为你长了副好皮囊，我怕弄伤了就不美了，"他笑着拍了拍她的脸，"所

以你要聪明一些，姑娘。”

她想要扭头去咬黄开的手，但是嘴却在这个时候被人捂住了，她极力地挣扎，想向人求救。周边有赶路的人、有拉黄包车的、有开洋汽车的，有许多许多的人，可是路人看到之后都远远地绕过了去，拉黄包车的飞快地跑了过去，开洋汽车的如同没有看到他们。

没有人来帮助她。

他们拖着她要坐进汽车里，她知道，一旦坐进去了，一切就都完了。危急时自我保护的本能让她使劲儿抓住一根电线杆子，拼了命地抓住，任他们无论如何也掰不开她的手。

许是人越在着急绝望的时候，耳力感觉就越是灵敏。就在这个时候，她忽然听到了一声枪响，然后便是拉枪栓的声音和皮靴踩在地上的脚步声。她看不到后面的情况，却在听到这些声音之后松了一口气，她猜，也许她有救了。

果然，黄开看到后面全副武装的士兵，脸色难看地低骂了一声，冲那几个保镖打了个手势。保镖立刻松开了她，往车里钻，汽车留下一阵尾烟，便飞快地开走了。

淮泗儿松懈了下来，顺着电线杆滑坐到了地上，一张脸惨白惨白的，没有一丝血色。

直到脚步声出现在了她的身边，她才勉强抬起头望过去。昏乱中隐约看到一个挺拔的身影，穿着西装。

“还好吗？”

她素来不喜在人前失态，哪怕是此时此刻，她才刚获救，也不愿让人看到自己的狼狈。于是她努力地想要扶着电线杆站起来，想站成一个不亢不卑的姿势，可是方才挣扎的时候她左脚的脚踝扭到了，挣扎的时候觉不出什么，可这会儿却是钻心地疼着，站都站不起来。

一只手出现在视线里，她低眉看了片刻，抬眼，才看清这人的长相。

这张脸，是属于一个北方男人的。剑眉，挺鼻，嘴唇略略有些薄，双目在这昏暗的路灯下流转着清锐的光波。这张脸，不是曲杼那种江南男子的秀气，而是沉稳内敛不矜不伐的。

“要我扶你起来么？”

她本不想搭上这只手，借别人的力站起来，但奈何脚上一使力便疼痛难忍，再看看伸在自己面前的那只手，想了想，终于伸出手去抓住，那人手心干燥而温暖，握着她的手指紧了紧，微使劲，将她拉了起来。

她放开那人的手，低声说：“多谢。”

那人没多说话，只是侧身，后退了一步，站在了一个让她安心的距离外。

这时，身后传来了一声笑谈。“我说沈如安，你火急火燎地把我从饭桌上叫过来，我还以为是有人敢在我的地头上找你麻烦，闹了半天，竟是替你救美来啦？”

沈如安也笑。“既然知道这是你的地头，发生这种事情，不就是你该管的吗？竟叫我这个外地商人来打抱不平，林处长，你怎好意思向我抱怨？”

此言一出，年轻的处长抱怨开来：“我的三爷，你要是这么说，可真就冤死我了，这上海滩的水它可比北平城深多了，这水里游的，哪条不是大鱼？随便一个都比我的腰杆硬，哪个我也惹不起！你是不知道，我有多羡慕你呢！”说着，走到淮泗儿面前，问，“这位小姐，没伤到吧？”

淮泗儿摇了摇头。

林处长却忽然认出了她来，惊道：“哟，这位不就是春申班的淮泗儿小姐？”

淮泗儿欠了欠身，说：“多谢二位搭救之恩，他日定当报答。”

林处长笑道：“不过是举手之劳，小姐不必客气。”

淮泗儿沉默了一下，不再多言，只是道了一句：“我先告辞。”

沈如安看了看她仍然穿着高跟鞋的左脚，问：“能走么？”

林处长顺着沈如安的目光看过去，也问了一句：“需不需要派人送你回去？”

“不敢劳烦二位，我自己能行。”说罢，再次欠了欠身，转身离开。

一身的狼狈，竟还能在两人面前走得笔直，走过沈如安面前时，她看到他的眼睛眯了眯，嘴角带了一丝浅浅的笑意出来。

离得远了，仍是能听得到林处长同沈如安道：“嗯，这姑娘可真是不错，这一身的傲骨莫要说是在上海，纵是去你们北平也是难找了。就是可惜了，是个唱戏的，出身不好。”边说还边感叹地摇头。

沈如安笑得意味不明。“莫不是大哥你也心动了？”

林处长忙道：“我说兄弟，你一个电话召唤，我饭都不吃就跑来帮你救美人，你可不能害你大哥。这话要是让你嫂子听到了，我还有太平日子过吗？现在国都已经够乱的了，要是家也跟着乱，那我还要不要活了？”

沈如安浅笑道：“那……大哥，你就帮人帮到底吧……”

淮泗儿扶着墙进了裕仁弄，余下的话，便再也听不到了。

上海的富顺楼是个不大的戏园子，名气在上海滩不算太大，但也不算小。在这里唱戏的班子也多，春申班只是其中之一，只是有一点相同的是，挂头牌的角儿多半都有一副妖娆的身段和倾国倾城的脸蛋儿。有了这样的角儿，那过来看戏的也就多了，这富顺楼的名气便也渐渐响亮了起来。

淮泗儿能唱红，除去唱功和一副好皮囊之外，也多半是因为她的嗓子好、扮相好，扮什么像什么，有些个票友便也渐渐被她给迷住了。再加上她本就性子清冷，谁的账都不买，不论对谁都是一副冷冷淡淡的样子，于是，便有人心痒，有人心动了。

有些男人就是这样，你越是淡着他，不理他，他便越是喜欢你，喜欢往你跟前凑，喜欢一掷千金地捧着你。就这样，捧着捧着，便

将她的名气给捧了出来。

沈如安之前来过富顺楼看戏，挂头牌的就是淮泗儿，四下里票友们便是这样议论的，也让闲着无聊的沈如安对她起了些可有可无的猎奇之心。好友相约之下，倒也去看了两场她的戏，却是没觉出什么太特别来，加之要回北平了，便也就渐渐淡了那些闲极找乐的心思。

若是他就这样回了北平，不曾与淮泗儿相遇，也许他日后便会成为一个普通商人，娶上一房温柔的太太，生下几名继承家业的子女，在战火之中，过完他平凡的一生。

只是，这个世上并不存在也许，他与淮泗儿相遇了，与她有了那样的交集，也便从此改变了他自己，乃至整个沈家的命运。

就是那天晚上，他与客户在西餐厅谈完了生意，正欲离开的时候，不经意间看到了窗外的那一场堪称惨烈的挣扎，他看到那个有着清丽长相的女子，脸上带着决绝的、不堪受辱的表情，心头一悸，来不及多想，便找了餐厅的电话，打给了老朋友林牧之。

也不知怎么，她清清冷冷的几句话，就如同勾魂摄魄的迷药一般迷住了沈如安的心，回北平的事也就被他无限期地压后了。

第二天依旧去富顺楼看戏，待淮泗儿那折结束后，沈如安离开位子，等在了富顺楼外，直到晚上九点多钟，才看到淮泗儿一个人慢慢地走出来。

“淮小姐。”

淮泗儿抬眼看沈如安，一眼就认出他是那晚救了她的那个人。对于这个人，她心怀感激，于是欠了欠身，缓和了面色，说：“先生。”

沈如安走到灯光下，看着她眉目婉丽的脸，微微一笑。“我等你许久了。”

灯光下，他含笑的眼睛里似有华光流转，如海一般的幽深蕴藉。淮泗儿心头一颤，只觉得心里头有什么东西，将要破土而出，她立刻将拇指抠进手心里，死死掐着，保持着眉目不动，淡淡地问：“您

有事么？”

“鄙姓沈。”

淮泗儿眉峰动了动，直直盯着他。

“沈如安，自北平来，”他伸出手，递到她面前，“认识你，我很高兴。”

淮泗儿低眉看着他伸过来的那只手，灯光下，骨节分明，手指干净，这是第二次，他将手伸到她面前。抠在手心里的指甲刺进了肉里，她动了动嘴角，用从容的速度伸出右手，与他相握。

他的手心依旧是干燥而温暖的。

“您好。”

轻轻一握之后，她想要再以从容的速度抽出来，但是沈如安的手却突然收紧，她心头重重一跳，微微用力一抽，却没想到沈如安只是紧紧握了那么一下，便又松开了。她立刻收回右手，用左手包裹着，退后一步，与他保持安全的距离。

沈如安仿若没有看到她这般警惕的模样，依旧眉目疏朗地微笑，文质彬彬地问：“能有幸请淮小姐吃顿饭么？”

淮泗儿垂下眼睑，语气疏淡地道：“您的好意我心领了，对不起，我还有事，”稍顿，“先走一步。”越过他，便要走。

“我知道这是你的托词，我只是想请你吃顿饭，没有别的意思。”繁文缛节的，说多了没意思，不如一步到位，“至少我还算得上是你的救命恩人，不是吗？”

“你——”她皱眉，这人语气说变就变，方才还是彬彬君子，这会儿却又行挟恩之事，莫非又是一个先君子后小人的？

顿时心下一冷。

沈如安走到她身边。“走吧。”

淮泗儿立刻变色，周身散发着冷漠的气息。“我可没有答应你。”

沈如安看着她一扫方才的平易近人，眼神中满是戒备，突然失笑。“你在担心什么？我又不会对你怎么样，你是不是对每个人的戒心都

这样重？”

淮泗儿不为所动。“君子不强人所难。”

这时候沈如安身后的沈实上前一步，叫了声：“三爷。”与沈如安交换了个眼神，沈如安沉默了一下，却突然伸手将她拉到了身后。

淮泗儿大怒，使劲挣脱他，厉声喝道：“沈如安你做什么！”

沈如安在她耳边低声说：“看，咱们有麻烦了。”

淮泗儿一惊，抬头便看到数名身着西装的人向他们包抄过来，她心头一沉，下意识地拉住了沈如安衣服的下摆。

沈如安回头看了她一眼，微微一笑，看来又要来上一段英雄救美了，拉着她的手开始向大路人多的地方疾步走去，留下沈实来挡住那些人。

淮泗儿穿着高跟鞋，本就跑不快，何况又穿着旗袍更不能迈大步子，沈如安带着她跑了不一会儿，就被两辆黑色轿车给堵上了。前面副驾驶座上下来一个穿着西装、保镖模样的青年人，走到后面，打开车门，迎出了一名四十岁上下稍显富态的中年男人。

正是昨晚试图劫持淮泗儿的黄开。

沈如安不动声色上前一步，挡在淮泗儿前面。

“我道是谁，原来是北平来的沈三爷。”对方开口。

沈如安浅笑。“黄先生，久违了。”

黄开将头上的礼帽摘下来，低眉，轻轻掸了掸。“沈三爷这是要携佳人同游夜上海，可是艳福不浅啊！惹得兄弟都眼红了。”

“让黄先生见笑了。”既不承认，也不否认。

黄开意味深长地看了他一眼，便转头看向淮泗儿，礼貌地道：“淮小姐，不知在下有没有这个福气，护送您回去？”

淮泗儿微欠身，不亢不卑地说：“黄先生的美意我心领了，不敢劳驾。”

“淮小姐这么说，那可真是对不住了，”黄开叹了口气，转向沈如安，“沈三爷，这护送淮小姐的任务，不劳您亲自出马，就交给兄弟

吧！”说着侧头对手下人说，“还不把淮小姐请到车上去！”

淮泗儿后退一步，全神戒备，沈如安伸手挡在了她前面。“黄先生，您这是做什么？”

黄开把玩着礼帽，轻笑道：“沈三爷，您大老远从北平来到上海，是客，兄弟本应尽尽地主之谊，好好陪陪三爷您，但奈何平日里太忙，怠慢了您，实在对不住。明天我做东，您赏脸，”话锋一转，“但是这淮小姐，我却不得不带走，因为，淮小姐得幸，被杜先生看中了，邀她参加兴业银行的周年庆典，届时，将与伶界女皇孟小姐还有程先生同台，这对于淮小姐来说，可算得上是天大的风光了。所以，我得带她先去见见杜先生。”

“兴业银行，可是顶顶有名的银行了，我们沈家也算是兴业银行在北平支行的老客户了，这一回的周年庆典，我也收到了杜先生的邀请函，但是要说邀请了淮小姐，我却没有听到风声。说来也巧得很，家父与余叔岩老先生是多年的交情，余老先生寄居北平时，身边侍奉的人便是他的高足孟小姐，兄弟也因此得幸与孟小姐有过数面之缘，不得不说，孟小姐艺德风采着实是令人折服，”稍顿，他看了看身旁的淮泗儿，话锋一转，“不过我想，以杜先生对孟小姐的情谊，仅泛泛于梨园的淮小姐，只怕还入不了杜先生的眼吧？”

杜先生此人，乃是叱咤上海滩黑白两道的人物，上海滩军政两界无人敢不给他几分情面，毫不夸张地说，杜先生若是跺跺脚，整个上海滩也要抖三抖。而伶界女皇孟小姐则是杜先生的红粉知己，杜先生数年如一日对其爱护有加，这是上海滩人人都知道的事，沈如安此时一语道出他与孟小姐的交情，其意就是想让黄开知难而退。

但黄开显然不愿就此退出，他冷笑连连。“沈三爷是怀疑我居心不良，还是怀疑杜先生的决定？”

“不敢，”沈如安温良地笑，“我看这样吧，正好眼下孟小姐也在上海，不如黄先生就随兄弟一同前去拜会，既瞻仰孟小姐的绝世风华，也顺便向她打听一下淮小姐参加堂会的事情？”

既然沈如安将话说到了这个份上，黄开知道这个借口是不成了的，索性撕破了脸皮。“沈三爷，您甭拿孟小姐来压我，我就实话跟您说了吧，这淮泗儿，我今天是要定了！沈三爷要是再推搪阻挠，就休怪我翻脸无情！”

沈如安却不惊不怒，嘴角仍旧带着笑。“黄先生既然打开了天窗，那咱们也就直接说亮话了。我也实话跟您说，这淮泗儿，她今天还真不能就跟您走，黄先生是要翻脸还是要无情，悉听尊便，沈如安奉陪到底。”

黄开没想到他一个外地商人，竟能在自己的地盘如此强硬，当下叹了口气，倚在轿车上，低头想了想，道：“沈三爷，兄弟自认对您可算是尽到礼数了，我最后再奉劝您一句，就算你是条强龙，可是上海滩，那也不是你能呼风唤雨的地方，你们沈家的生意遍布上海滩，在上海也捞了不少钱了，我想你一定也不愿意看到自己的铺子，有一天尽数被人砸了吧？”

文攻不成，便要武斗？

沈如安笑容不减。“铺子是死的人是活的，眼红嫉妒想砸我铺子的人多了去了，但也不是谁想砸就能砸的。地头蛇再猖狂，他也不过是条不成器的蛇而已，”说到这里，似乎是恍然想起，“哦，忘了告诉黄先生，沈某虽只是个小商人，在上海无权无势，但是我的铺子，却正好归你们杜先生保护，您要是真想砸，请便。”

沈如安虽与杜先生没有什么交情，但是对这个掌了大半个上海滩，堪称是上海之王的杜先生，还是有那么几分了解的。此人向来以斯文君子之形象示人，重规矩，讲诚信，御内极严。这黄开身为杜先生的手下，若真敢在杜先生的眼皮子底下砸了沈家的铺子，只怕杜先生第一个不饶他。须知，沈家每年那巨额的保护费，可不是白交的。

“话说到这个份上了，再说下去也就没意思了，既然沈三爷执意英雄救美，那我就给你个机会。”

黄开抬手将礼帽扣在了头上，对身边的保镖道：“人家沈三爷都不客气了，那咱们还客气什么！”

两边保镖得令，立刻合围过来，沈如安护着淮泗儿一动不动。

这个时候，淮泗儿再也忍不住，在他身后低声道：“沈先生，您还是走吧，您救不了我的，我不想连累您。”

沈如安低笑，侧过头。“你别怕，我们会没事的。”

“您是外地来的，我的事本就与您无关，您又何必将自己牵涉其中……”

打手们伸手抓他们，沈如安将淮泗儿护在身后，只这一瞬，就忽听砰的一声，白光一闪，被人照了相。黑色的轿车在他们身边风驰电掣地开过去，车里一人在拿着照相机对他们猛拍。

沈如安望着远去的轿车，含笑回淮泗儿的话。“我可从来不说大话。我说咱们没事，咱们就一定会没事的。”

黄开被那突如其来的照相机吓了一跳，掏出枪就要对拿着照相的人开射，沈如安笑着道：“黄先生，这里是法租界，开了枪，明天你就等着警察找上门吧！”

说话间，车已经跑远了，黄开枪口转向沈如安。“警察算他妈的什么东西，老子想打死谁就打死谁！还不快去追！”最后一句话，是说给他的手下们听的。

保镖们忙找车，但还没等坐上车，沈如安却又道：“我忘了告诉您，照相的人是蔡府三太太的亲弟弟。”换言之，是上海滩警备司令的小舅子。蔡司令可能不会找杜先生的麻烦，但区区一个黄开，还是能轻易收拾了的。

黄先生闻言立刻大怒。“姓沈的，你他妈敢阴我！”枪托一转，对着沈如安的头砸了下去！

他始终是不敢杀沈如安的，因为沈家在上海虽无根基，但是在北平却也是人人都给三分情面的，若是杀了他，沈家闹起来，他也不会有好果子吃。

见黄开动手，沈如安神色不动，将头微微一偏，飞快地抬手扣住他的手腕，一个错力，硬是将枪给他夺了下来，之后手指一扣，将弹匣卸了下来，枪口一转，又反手将枪送到了黄开面前。

沈如安微微一笑，道："黄先生，我虽是个生意人，不懂得这些打打杀杀的事，但也不代表就能让人随意欺辱，你若见好就收，也许明天的报纸还会写得收敛点，否则，对你我都没好处。"稍顿，他微微倾身，低声说，"你若是今天真杀了我，或者咱们将这事闹大了，你猜，你们杜先生会怎样收拾你？"

黄开听着他的话，面色瞬间变了数变，隔了好一会儿才接过枪，点点头，上车前回头看着他道："沈如安，你有种！"

沈如安浅笑。"没种就不敢来上海滩了。"

轿车呼啸而去，沈如安侧过身子，对着淮泗儿伸出一只手，温文尔雅地笑："请吧，淮小姐。"

淮泗儿看了他一时，忽然低眉一笑。

这个人……

这个男人，看起来斯文又有礼貌，谁知，原来他竟这样强势。

次日，《上海报》头条便是"北平富商沈如安与三鑫公司黄开为争夺春申班头牌淮泗儿大打出手"，内容竭尽想象之所能，配以照片，图文并茂，好不耸人听闻，是个大绯闻呢！

沈如安看完报纸，一笑置之，仍旧去捧淮泗儿的场。

"一起去吃个便饭？"

淮泗儿想到了曲杅，她心下叹了口气，不动声色地摇头。"对不起，我还有事。"

沈如安叹了口气。"你不能每次都用这个理由搪塞我。"

淮泗儿默然。

沈如安笑。"那么，就走吧。"

"……沈先生，"淮泗儿叫住他，待他回头，她想了想，慢慢地开口，

“你还是回北平……”话还没有说出口，却被人打断。

“泗儿！”

突兀地，自灯光照不到的黑暗处走出来的那个男人，穿着藏青色的中山装，眉眼间隐着一丝冷淡的怒意，面容颇是有几分难看，笔直地走到了他们面前，将淮泗儿的一只手握进了手心里。

淮泗儿表情不动地抬眼看了他一眼，心里再次叹了口气，任由他握住了自己的手，再后退一步，低眉站在了他的身后。

沈如安，终究是未知的。

沈如安看了淮泗儿一眼，对他们握在一起的手视而不见，含笑问道：“这位是？”

“曲杍。”

沈如安点头，伸出手。“原来是曲先生，幸会。鄙姓沈，沈如安。”

曲杍伸手与之浅浅握了握，冷冷地盯着他，意有所指地说：“原来您就是沈先生，大名如雷贯耳啊！”

“见笑了，曲先生来得刚好，鄙人正要请淮小姐吃个便饭，您来了，不如就一道吧！”

曲杍看了看淡然处之的淮泗儿，再看看一脸坦然的沈如安，勉强动了动嘴角。“我还有事，恕不能奉陪了，但是沈先生是泗儿的救命恩人，这饭怎么能让沈先生请？”说着转向淮泗儿，嘱咐她，“记得要向沈先生道谢，吃完了饭我去接你。”

沈如安不等淮泗儿回答，便抢先道：“曲先生放心好了，我会将她送回去的。”

曲杍面色一僵，过了一时，才道：“如此我便多谢了，她一个人回去，天太晚了我不放心。”

待他离开后，沈如安问淮泗儿：“他是你的……未婚夫？”

淮泗儿往前走。“……不是。”

他跟上她。“那是男朋友了？”

淮泗儿清冷冷地看了他一眼，不搭腔。

沈如安也不再多问，两个人就这样并排慢慢地走着，昏黄的路灯将他们模糊的影子拉长再变短，变短再拉长，淮泗儿青色的旗袍被照出分辨不出本色的幽暗，随着她的走动，摆出款款的姿态来。

也不知过了多久，她才忽然语气不清地吐出一句话：“我不给人做小老婆。”

沈如安闻言先是一怔，然后笑起来。“所以，他是你的男朋友，将来是要娶你做妻子的了？”

淮泗儿不再搭理他的话，仍旧径直往前走，直至到了西餐厅，她才又慢慢地问了一句：“你什么时候回北平？”

“暂时不想回去。”

“为什么不回去？”

“你晓得我为什么不回去的。”

他为她倒了红酒，她却不喝，只是淡淡地道：“我不爱喝这个。”

沈如安将红酒放下。“我也没有结婚。”

这句话，是在回答她之前说的那句“不给人做小老婆”。

她抬起黑湛湛的眼珠子，清冷冷地注视着他，反问：“又怎样呢？”

沈如安叹了口气。“我晓得，不论我现在说什么你都不会相信。你以为我和他们一样，在捧角儿，只是一时的兴起。或者，你以为我与他们一样，心里在动着歪念头。”

“难道不是？”她反问，“一个不相关的男人，无缘无故地对一个女人好，总是有着他的目的的，不论是谁。一个女人，能有什么可让男人图的？无非是具皮囊罢了。沈如安，适可而止吧，别教我瞧不起你。”

她真的以为他和旁人是不一样的，甚至，她是欣赏这个男人的。她不愿，也不想将他和那些男人放在一起去看待，她想在他变得和那些男人一样之前远离他。这样，他在她的心里，就还是眼前的这个温柔又强势的沈如安，而不是将来千人一面的沈三爷。

沈如安失笑道：“你总不将人往好了去想。”况且，他也不是无缘

无故对她好的，他是为了那一晚突然的心动，所以才想要对她好的。

她低眉。“对不起，我从未碰见过好人。”

“以后不会了。”

“不会什么？”

“不会再有坏人欺负你了。”

淮泗儿终于忍不住嗤笑，眼中带着轻嘲。“沈如安，你只是个做生意的商人。”是的，商人而已，他保护不了她的。

沈如安笑道：“是啊，就是有几个臭钱。可是难道你没有听说过么，有钱能使鬼推磨。至少那位黄先生是不会再找你的麻烦了。”

淮泗儿眼睛眨了眨，问他：“那天晚上，你怎么就知道他会去找我？”

沈如安啜了一口红酒，没有回答。他的生意能做到上海，又怎么可能会没有几个朋友？

淮泗儿沉默了一下，才道：“我不晓得你有什么通天彻地的能耐，只是不要浪费在我身上了，没有用的。”她是打定了主意，要找一个平凡的男子，结婚生子，过最平凡的日子的。

沈如安放下酒杯，正色地看着她的眼睛，道：“我并没有什么通天彻地的能耐，只是男人就是这样，不论是多么无能的男人，只要遇上了一个自己想要保护的女人，那他都会强大起来，会想方设法为这个女人撑起一片天，”想了想，不由得又解释起来，“实话告诉你吧，其实我并不认得那位孟小姐，我父亲与余叔岩老先生也并不相识，只是他拿他们的杜先生来压我们，那我便也只好以其人之道还治其人之身了。”

淮泗儿微怔过后，面色异样地抿了抿嘴角，似笑非笑。“我都信以为真了，你不认得那位孟小姐，竟还能说得这般头头是道……”

沈如安低笑。“我四妹是个戏迷，最喜欢的便是这位‘冬皇’孟小姐，整日在家里如数家珍地说着她的事迹，我听得多了，自然也便知道了一些，不承想倒还真派上了用场。”

“我幼时扮小生，便是模仿孟小姐。”

“你与她不同的，你并不爱唱戏。”见她抬眼看他，他笑，“你不用看着我，我看得出来的，你不过是在谋个生路罢了。”

她低眉，神色淡了下来。“你不要乱猜了，都是与你无关的事情。”

“那就跟我回北平吧！”

沉默。

随后她终于抬起头来，直视着他，用清涧溪流一般的声音，坚定地道：“你自走你的，与我何干？我们本就是两条道上的人，交集太多了，并不好，不如就此打住，以后你走你的阳关道，我过我的独木桥，最好不要再往来。”这样将来，彼此都还能有一段美好的回忆。说完起身，欠了欠身，“您慢用吧，我先告辞。”

沈如安探身，一把抓住她的手。“我明日回北平。”

她回过头来，回他：“好走，不送。”

“你不同我回北平也可以，那就回北平去唱，北平不比上海，我总能护你周全，”微顿，“还有，不要嫁给曲杼，那种人我一眼就能看得出来，不是个可托付终身的人。”

她看着他，沉默了一下，才道：“谢谢。”却没有回答他，究竟回不回北平唱，嫁不嫁曲杼。抑或她谢的，只是他的许诺。

沈如安松开了手，她转身离开，只留给他一道青色纤弱的背影。

说到底，沈如安确实称得上是淮泗儿的救命恩人。

因为如果不是他，那如今淮泗儿又焉有命在？

这一切，小盐不知道，班子里的其他人也不知道，包括沈家人都不知道。

只有他们彼此知道。

淮泗儿抬头看着墨色天空中的星星，长长叹息。

在这乱世里，谁又能保护得了谁呢？

第四折
白日消磨肠断句　世间只有情难诉

沈如安回到家里，如沐和如涧也刚到家。一看到他，如涧便欢喜地跟他说："三哥，你知不知道我今儿碰见谁了？是曲先生啊！"

沈如安皱眉问道："曲杼？"

"是呀，恰好曲先生也在六安戏院看《长生殿》，我在门口碰见了他，你说巧不巧？"

"嗯，"沈如安若有所思地应了一声，"是很巧。"

如沐点着头笑道："五妹现在是'天涯地角有穷时，只有相思无尽处'，情窦初开了呀！"

恰好这个时候大少奶奶牵着铮儿进小花厅，听到如沐的这句话，当下便接口道："四妹，'天涯地角有穷时，只有相思无尽处'这句诗可不是这么形容的。"

如涧这个时候正因为沈如沐的打趣而羞得满脸通红，听大少奶奶这么一说，便顺势道："就是，大嫂你听听四姐说这话，哪有这样当姐姐的！"

哪知大少奶奶却是话说一半儿，却还有下半句没说完："应该说是'金风玉露一相逢，便胜却人间无数'！"

话音未落，如沐便大声笑了出来，抚掌称赞："大嫂还是你厉害，这一句果然比我那一句强得多了。来来来，铮儿，看看你小姑姑的脸红不红……"

如涧跺了跺脚，羞得一句话也说不出来了。她是出国留洋回来的，

倒也不是这点玩笑就经不起，只是她自小受的便是正统的大家闺秀的教育，这样的打趣到底还是会羞赧的。

铮儿咯咯咯地笑，如沐逗着他，忽然想着，问了一句："五妹，你可还记得裴少？"

"裴少？"如涧怔了一下，有些不解，"我自然记得他的呀，可是他不是在部队么？你问他做什么？"

如沐道："你小时候不是最喜欢他么？怎么又变成了曲先生了？我还是觉得裴少好。"

裴少，名叫裴粟铭，国民第四军军长裴春生家的大公子，北平城里出了名的第一公子，因是沈如安的好友，所以与沈家姐妹最是熟悉，沈如涧打小便喜欢跟着他，他们都以为如涧是喜欢裴少的，谁知，半路杀出一个曲先生。

如涧这一回是真恼了，红着脸，瞪圆了眼睛。"四姐你再说，我真生气了！"

大少奶奶眼见如涧真生气，便笑吟吟地说："四妹你先别急着取笑五妹，大嫂可是要先向你道喜了！"

如沐不解："何喜之有？"

看着大少奶奶眉眼含笑的样子，沈如安恍然。"咱们前些日子还提这事，今天苏家就有动作了，倒是挺会赶日子。"

大少奶奶道："三弟你果然聪明，这事我还没说呢，你就先给猜到了。快走吧，爸爸妈妈在大客厅里等着你呢！"

沈如安这么一说，如沐和如涧也都明白了，这会儿倒是换作如沐脸红了。两姐妹便避到了房间里去。

大客厅里，沈如安和大少奶奶分别坐在沙发上，要先把如沐的事情给商量定了。

大少奶奶看着选的吉日，突然笑了起来。"这苏家也还真是会挑日子，下个月就是爸爸的六十大寿了，他们可巧就赶在这个时候先让媒人走一道。我看不如这样好了，跟苏家商量一下，就在爸爸过

寿那天，给他们订婚，喜上加喜。您二老觉得呢？”

沈如安点头道：“大嫂这个建议好，我赞同。”

沈夫人道：“过两天苏师长和苏夫人会亲自过来谈这件事情，可以跟他们商量一下。总还要先交换庚帖的，订婚的事先不急。”

大少奶奶道：“苏师长和苏太太都是极开明的人，我想这事他们会同意的。”

沈如安喝了口茶，笑眯眯地说道：“这事是不必商量的，苏之平那个小子，讨好如沐还来不及，哪还敢违逆她的意思！”

大少奶奶道：“生辰八字那都是走个过场，要是真就八字不合，咱们还真就能阻止四妹和苏之平好？他俩本来就般配，咱们都中意苏家，那也就行了。妈您说呢？”

沈夫人道：“这话说得倒也在理，难得他们情投意合，当初我们也没有反对她跟苏之平来往，儿女的福气，那也不是全由生辰八字做主的。那就这么办吧！”

于是，便又全看向了沈老爷，沈老爷拿掉嘴角的烟斗，含笑道：“你们不用看我，对这门亲事，我是没意见的。苏家我满意，之平那个孩子我也满意，家世清白，门风好，如沐嫁过去，苏家自然也是不会亏待了她。没话说的！”

沈夫人道：“那这事就这么定了，我等下去找如沐说说。”

如沐的事情是说定了,但还有一件事。沈老爷的六十大寿怎么过?

“下个月是爸爸的大寿，要大操大办。咱是在家里办，还是在六国饭店包场地？”

沈老爷皱眉道：“不必大操大办，就在家里，现在恰逢乱世，国难当头，咱们一切从简，切记不可张扬。六国饭店，那是中国人丢祖宗脸的地方！看看给洋人糟蹋成什么样子了！我是绝不去那种地方的！”

沈夫人忙点头。“好好好，从简，一切从简。你们可听到了？”

老爷子动怒，沈如安也不再多说了，只顺着父亲的意思。

“那明天就要开始着手准备了，在家里办，可就累着大嫂了。”

大少奶奶道：“只要爸爸高兴，无论如何都算不上累的。”

沈家准备着给沈老爷办寿宴，忙如沐订婚的事情，六安戏院里《长生殿》照常热热闹闹地上演，淮泗儿也依旧清冷淡定，不向任何人低头。

只是沈家的包座上却少了那个青衫看客。

有人好奇，这沈家三爷怎么就不来了呢？

立刻便有人道：“这你就不知道了吧！下个月呀，是沈老爷的六十大寿。这沈家自大爷死了之后，便是三爷主事了，老爷子过寿，他还哪会有闲心看戏捧角儿？”

“我说呢，怪不得连沈家四小姐都不来了呢！”

“这你就更不知道了，前几天，苏师长请媒人去沈家提亲，说是要替长子求娶沈家那位四小姐，昨天还听说苏师长、苏太太去了沈家。你说，这都要嫁到苏家去当大少奶奶了，这沈四小姐她还能再抛头露面，让人说闲话吗？自是不能，不为沈家的脸面，也得为苏家呀！”

淮泗儿站在大红的幔布后面，听着六安戏院里的两名杂役在谈论着这些无聊的事情，向来清淡的脸上，没有别的表情。

还剩下一场，把这一场唱完了，便要开始准备和曲杍结婚的事宜了。那晚沈如安的话让她心里很不安，既然他能说出那样的话，那么她与曲杍之间便是存在着变数的，她真是怕极了那种未可知的变数。所以便决定不再拖了，尽快地和曲杍结婚。

她现在管不了曲杍是什么样的人，也不管将来会如何，她只要确定一点，曲杍是真心对她好，真心想和她过日子，那便可以了，她不强求太多的。一旦她嫁给了曲杍，那么便不再怕沈如安还想再做什么了，他总不至于夺人妻室吧。他不是这样的人。至少这一点，她还是知道的。

小盐这两天在她面前一直吞吞吐吐，有些什么话，想问又不敢问，

显得有些鬼鬼祟祟的样子。

这天，帮淮泗儿卸妆的时候，小盐终是忍不住了，鬼头鬼脑地跑到帘子外面，见四周没人，便跑到淮泗儿面前悄声地问："姐，你跟那个沈三爷……"

淮泗儿侧脸看她，眼神平静，不见一点情绪。

小盐犹豫了一下，道："我觉得那个沈三爷对你真的……嗯，真的很好的。"

"你想说什么呢，小盐？"

小盐对着手指，低声道："我总觉得，沈三爷要比曲先生对你好。"

淮泗儿一笑。"小盐，你为什么会觉得沈如安要比曲杼对我好呢？曲杼对我好，是咱们班子里所有人都知道的。"她的妆还没有卸，头上的行头还未拿下，仍旧是一副杨太真的模样，但这一笑却再无杨妃那风华绝代的妩媚，只余一抹清雅淡然。

小盐摇摇头。"我也不晓得为什么会这样觉得。"说着她一把抓住淮泗儿的手，双眼亮晶晶，"姐，要不你就不要嫁给曲先生了，你嫁给沈三爷吧！那晚我就看得出来，他是真心想娶你呢！又不要你做姨太太，这多好呀！沈家是那么有钱的一户人家，你嫁过去，自然就是天天享福啦！也只有沈家的三爷这样的男子才配得上娶你！"

淮泗儿失笑。"真是个傻孩子，要是凡事都如同你想的这般简单，那这世间便也没有那么多的忧愁事了。你还当我是天仙呀？人人都争着娶？快些帮我卸妆吧！"

小盐动手帮她卸下行头，嘴里边却还嘟嘟囔囔："我就觉得角儿是天仙，角儿扮什么都像，比真人还像！哪能随随便便地就找人嫁了，自然要找一个配得起的。"

淮泗儿说："可我就觉得曲先生好，就他配得起，我就嫁他了。"

小盐撇了撇嘴，哼了一声，拿起脸盆去外面打水，临走前说了一句："我看你是鬼迷心窍了！"

淮泗儿笑道："你还不快去打水，等下师父揪你耳朵你别怪我不

护着你！”

小盐拿着盆走了出去，淮泗儿嘴角的笑意却一点点地消失了。她看着镜子里这张粉墨胭脂覆盖了的脸，看不出本来的面目，在台上一出一出演着别人的故事，是悲是喜是哭是笑都不是自己的。背着这下九流的名声，听着一句句从猥亵的嘴里说出来的关于她的事情，谁会拿平等的眼光来看待她？卸了妆后的悲凉，又有谁能替她在台上演给别人看？

她所坚持着的尊严，在现实中，又还能再撑多久？

她这样的坚持，又是为了什么？为了她自己的尊严，也为了……

心里想着这些事情，却忽听出去打水的小盐在门外讷讷地叫了一声："曲……曲先生……"

她忙走到门口，一掀开布帘子就看到曲杼阴沉着脸站在外面，也不知他在外面站了有多久，方才她跟小盐的那番话，也不知道他听到了多少。

她推了推站在一旁不知所措的小盐，示意她去打水，然后对曲杼说："你来了多久？进来吧，我就快好了，待会儿我们一块儿走。"

曲杼冷冷哼了一声，转身便头也不回地走了。

小盐急得都快哭了，拉着她的水袖，带着哭腔，道："姐，我真不知道曲先生在外面，要不然我也不敢说那些话呀！怎么办怎么办？他肯定要气死了！姐，怎么办呀？"

淮泗儿含笑安抚她说："没事的，你先去打水吧，让我先把妆卸了。"

"可是……可是曲先生……"

"没事，你不必担心。去吧。"

小盐忧心忡忡地端着盆走了，她一个人站在门口，无声地叹了口气。旁边化妆室里的姐妹探出头来，不解地看着她。她笑笑，掀开帘子进了里面。

对于和小盐的那一番对话，次日淮泗儿也没有同曲杼解释什么。这种事情，只会越描越黑，与其费心解释，还不如绝口不提，只等和他结婚来安他的心。

这些日子，曲杼除了脸色难看之外，这事倒也是没有多说，但淮泗儿背着他跟沈如安见面，却让他极为恼怒，再加上第一场《长生殿》时，那些看客嘴里面说的话，他在后台也都是听到了的，哪个男人会乐意听到自己的女朋友被别的男人这样猥亵羞辱？这跟戴顶绿帽子又有什么区别？于是，心里这个疙瘩也就越来越大，越来越不舒服。

这日，淮泗儿跟他商量着是不是要先准备结婚用的东西的时候，他却只是冷冷一笑，道："我现在既没工作又没钱，拿什么娶你？倒是人家沈如安，捧着大把的银钱等着你过门，你怎么就不心动呢？我都心动了。"

淮泗儿的脸当场就变了，她沉声问："曲杼，你说这话是什么意思？"

曲杼一侧头。"没什么意思！"

淮泗儿深吸一口气，努力压抑着自己的怒气，道："曲杼，你若是有什么话，有什么不满，你就同我说，不要总这么阴阳怪气的。为一个沈如安，我们这样争吵，你认为值么？"

曲杼沉默了一下，才慢慢地道："我只是，见不惯他那财大气粗的样子，我更不喜欢他出现在你面前。"

淮泗儿低低地叹息，主动握住他的手，轻声道："他出现在我面前也没有用，我想嫁的人是你，又不是他，任他想干什么，我们不必理会就是。"

曲杼想说一句，说得轻巧，但话到了嘴边，只换成了轻叹。

"那么，泗儿，你要答应我，以后不要再见他，一定不能。"

淮泗儿微笑着点了点头。"嗯，我以后都不见他了。"

然而，以后都不再见他，这句话真就是说得轻巧。

最后一出《长生殿》唱完，淮泗儿长长出了口气，终于要离开班子了，一时间心里面也说不清是喜还是忧。

她自小跟着师父学唱戏，从跑杂，到青衣，再到旦角儿；从默默无闻，一步一步走到今天的名动京华，岂是说放下就能放下？

终究，也还是有些不舍。

然而，跟往后的平安日子相比，这些所谓的风光无限却又算不得什么了。再风光，那也只是个遭人唾骂的戏子。只要往后能幸福平安，那之前的风光便都化作了灰烬，不值一提。

卸了妆，她没有急着回去，而是坐在这个专门配给她一个人用的化妆室里，看着搭在架子上的那一套套行头，慢慢回想着她这十余年的皮黄生涯，心中先是悲喜交加，而后归于平淡。

再浓墨重彩的辉煌，也比不过柴米油盐的平淡日子，而她所期待的，也无非是平稳二字。

阳叔慢慢走进来，在她旁边坐下。

淮泗儿叫了声："师父。"

阳叔应了一声，低着头，似乎是在琢磨着怎么开口。过了会儿，方才慢慢地道："泗儿啊，之前，师父是跟你说好了的，唱完了《长生殿》咱们就把班子解散了，不唱了。"

淮泗儿嗯了一声，仔细看着阳叔的表情，心里突突地跳了一两下，说不上什么感觉，只是隐隐觉得，似乎是要变卦了。

"可是在散之前，阳叔还想跟你商量件事儿，想请你答应。"

阳叔出口便是这样的一句，让淮泗儿心里越发地没底了，不管阳叔最终说的是什么事，但这样的语气这样的态度，都让她不能不答应。

"什么事？师父您就说好了。"

淮泗儿这样说，阳叔也不好兜圈子，便照直了说："是这样，沈三爷近几场一直都没有来，我想你也知道，因为沈老爷六十大寿。"

淮泗儿默然，心里隐隐猜到了几分。但其实她心里也清楚，沈如安不来看戏，一是因为沈老爷过寿的事情；这二来，只怕也跟那晚他俩那一番争执有关。

“沈三爷对你有恩，这咱们都知道。甭管他现在抱的是什么心思，但他救过你这总归是事实。所以，他请咱办的事，咱不能不办，咱得对得起人家。你说是不是这个理儿？”

淮泗儿不语。

“昨儿他来找我了，跟我商量着，想让咱们班子在沈老爷寿宴的当天去搭个台子，沈老爷和沈太太想看戏。我琢磨着，不管他们给不给钱吧，总归是当咱们还了沈三爷的情，当然了，这沈家自然也不会差咱们这点钱。我就想，不如就等沈老爷办完了寿宴，咱们再拆伙也不晚，你看呢，泗儿？”

淮泗儿想，话都说到这个份儿上了，又何必问我怎么看呢？

“阳叔，您是已经答应他了，是吧？”

阳叔说：“我答应了归我答应了，但如果你不同意，我就再跟他们去说，就推了，也不晚。”

淮泗儿心中叹息，还有什么好说的？

“既然阳叔您答应了，那咱们就唱，只当是还他的情了。”

阳叔这才露出笑脸来，道：“你答应了就好。天晚了，让小盐陪着你先回去吧。我明儿还得去趟沈家，和沈三爷还有大少奶奶商量几出戏。”

她应了一声，站起身说：“师父，那我就先回去了。”

她今天穿着一袭雪缎的旗袍，素雅的颜色，在电灯下面显得有几分惨淡。阳叔不忍看，便道：“今儿外面冷，你还是穿上外套吧。”

淮泗儿应了一声，从架子上取过一件洋呢子的大衣，便出了门。她没有叫上小盐，还是喜欢一个人走路。

北平不像上海，越是到了晚上越是热闹，这里每到了上灯的时候，路上已经少有人迹了。空旷的大街上，风呼呼地吹着，倒也是吹出

了几分冷意，她紧了紧外套，走得仍是不紧不慢。

路边上有黄包车在揽客，追到她身边热情地说着："姑娘您要坐车吗？要去哪儿我都能拉您去，这四九城里，没咱不认识的地儿！"

淮泗儿听着这样的话，忽然就笑了笑，摇摇头，道："谢谢，我不坐。"

车夫不肯轻易放弃，劝道："姑娘，您一个姑娘家走夜道不安全，不如我麻溜地拉了您去，又快又安全啊！"

淮泗儿却忽地想起了沈如安，想起他说的：在北平城里，只有他能护得住她。抿抿嘴角，又笑了笑。她知道，他说的这些，多少有男人的吹嘘成分在里面，可即便如此，这样的话，还是让她心里安定。所以，她在这北平城里，走夜道是不害怕的。也所以，她喜欢一个人慢慢走着回去。

车夫跟了一段，劝了一段，见她一副不理人的样子，便无趣地走了。

淮泗儿刚走到长安街的时候，小盐从后面气喘吁吁地追了过来，她转过身站住，看着小盐跑得上气不接下气的样子，忍不住笑道："跑这么快做什么？莫不是后面有妖怪追你？"

小盐捂着肚子喘气，心里哀哀地叹着，这样一跑，算是一点姑娘家的样子都没有了。

"你怎么不等我？说好了我们要一块儿回去的。"

"我看你跟她们闹得欢，就没叫你。"

小盐将手里的围巾递给她。"喏，把这个围上。"

淮泗儿摇头。"现在才什么季节，围这个会不会太早了？"

小盐一踮脚，将围巾套在了她的脖子上，笑眯眯地说："不早，晚上冷的。你看，我都穿袄子了！"说着转了个圈，将自己的新袄子亮给淮泗儿看。

淮泗儿笑着仔细看，称赞她："嗯，挺好看的。就衬你的活泼劲儿。"

哪知小盐却摇头说："可是我就想学姐的宠辱不惊。"

淮泗儿慢慢地往前走，抬头看天，长长吸了口气，再慢慢吐出来，缓缓地道："我哪有什么宠辱不惊，不过是见识过人情，承受过冷暖，将一些东西看得淡了罢了。倒是你的性子，却是姐最羡慕的……小盐，你若一生这样，那便是幸福了。"

淮泗儿说的这些，小盐不懂。她只知道班子里，从阳叔到那些师兄、师姐，个个都说她性子太浮，不稳重，阳叔一揪她耳朵，整个班子里的人都能听到她的鬼叫。小玉天天说，真恨不得拿根针把她的嘴缝了。但淮泗儿却说她性子好，她就不解了，到底哪里好？

她没有再问淮泗儿这个问题。但有一件事，却总也想跟她说的。

"姐，昨天，我看到沈三爷到班子里找阳叔了。"

任何有关沈如安的事情，小盐总是想跟淮泗儿讲，一遍一遍地，在她耳边不停地讲着她所知道的有关沈如安的一切。说到底，私心里她还是觉得只有沈如安真正配得上淮泗儿，那晚她便看得出来，淮泗儿对沈如安，和对曲杼是不一样的，虽然不一样在哪里她没看出来，但确实是不一样的。

淮泗儿应了一声："他是跟阳叔商量，沈老爷过寿的时候，想让我们班子去沈家搭台子。"

小盐大喜："真的呀！哎呀，早就听说沈家是北平最有钱的人家了，我老早就想到他们家的宅子里去看看，没想到还真能去！真是好啊！"

淮泗儿看着她高兴，不自觉地也扬起了嘴角。这个孩子，总是容易快乐，她的快乐也总是这样的简单，心里不由羡慕，若她也能如这个孩子一般生活，那该多好。

可到底是天不从人愿。

淮泗儿将要去沈家唱戏的事情说给曲杼听，曲杼的不悦在她的意料之中。这一次，她仍是不愿多做解释，许是因为那晚看到小盐的快乐，忽然就觉得累了，不想再费尽心思地去安抚曲杼的不安。

——她本就不擅安慰人，也不是能够耐得下性子去哄人的人，

这样的事，于她来说，太累。

在沈如安面前，他自卑，沈如安是扎在他心里的一根刺，这些她知道，可是总不能往后的日子，他们都要在这样一种不安与忍耐中度过吧？她甚至有些任性地想，与其这样，不如现在就一拍两散，至少在家国零落之前，她还能过上几年舒心的日子。

第五折

虽然青冢人何在　还为蛾眉斩画师

淮泗儿那些与山河一样飘摇的心思，沈如安此时并不知道。因为他很忙。

沈老爷的寿宴虽说要从简，可这个“简”字又要如何从呢？沈家家大业大，所交往之人也都是名流志士，早早地就有人开始送贺礼了。

要下帖子，请些头面的人物来的；要在后花园里搭戏台子；又要清出几个院子用来招待男宾与女眷。还有一件最重要的事——如沐的订婚宴也是赶在这个时候，更是要忙着准备一切事宜。这些琐事，虽说有大少奶奶和沈夫人压阵指挥，但也是累得够呛。

这天吃完了晚饭，大少奶奶、沈如安、如沐和如涧几个人在小花厅里商量着杂事。大少奶奶正说着要让春申班提早几天进府里准备之类的话，就忽然听到外面门房老马慌慌张张地跑过来。

沈如安一皱眉，问：“什么事？”

老马张了张嘴，看着沈如安，又看了看大少奶奶和两位小姐，半晌才道：“三爷，二爷回来了！”

如沐和如涧对望了一眼，又一同看向大少奶奶。

“二哥回来了？”沈如安一惊，一把抓住了老马，厉声问，“你确定是二爷吗？”

老马道：“三爷，我老马就是再老眼昏花，那二爷我总不会错认的！”

“二爷现在人在哪儿？”

老马尚未答话，便听到门口一声答：“我在这儿，三弟。”

沈如安放开老马，抬头看向门口，站着的那个身穿黑色西装，手里拎着一个小小的皮箱，眉眼含笑的，可不就是他的二哥沈如平。

如沐和如涧两姐妹口中叫着二哥，扑了过去，搂住沈如平大哭不止。

坐在一旁的大少奶奶看着如平，慢慢站起了身，望着眼前的二弟，那些曾被刻意遗忘的伤心往事，忽然便如海啸一般，席卷而来，一幕幕的过往，在眼前慢慢闪过。

四条胡同里，最富的人家就是沈家，而五条胡同里，最贵的人家当属申家。

若真说起来，其实申家算不得贵族，清朝那时，申家的家主也不过是个四品的道台，这样的四品官员，在京城中，一抓一大把，实在不稀罕。申家的贵，主要是贵在了姓氏上——申家其实本不姓申，而是姓马拉索利。据说祖上曾有女儿嫁到了皇家，算是和爱新觉罗家做过亲家，所以也跟着显贵起来了。只是后来，清朝被推翻了，马拉索利家族怕和那些贵族一样遭难，于是便改姓了申。

沈家的大少奶奶，便是申家的女儿，叫作申玉淑。

民国十三年以前，申玉淑的生活无忧无虑。不管外头家国怎样，皇帝怎样，她的父亲怎样，都不碍她的事，她是只管每日乐悠悠地玩闹着，到稍长大了一些，便想着要嫁人了。

她是想嫁给沈家的沈如泽的。

申家和沈家称不上世交，不过是合伙开铺子做生意，一来二往的，两家也便渐渐有了交情，于是两家的孩子，也便是打小处在一起玩。

申玉淑小时候便喜欢到沈家玩，喜欢跟着沈家的几个兄妹一起玩。沈如泽年纪最长，长得俊俏，还有着一身儒雅的气质，很是吸引人。所以，她打小就想嫁给沈如泽。

可是她不知道沈如泽愿不愿意娶她。

她将苦恼说给母亲听，母亲听了便笑她："我说这傻闺女怎么打小喜欢往沈家跑，原来是惦记上了沈家的大少爷。"

她被母亲笑得不好意思了，便跑出家门找沈如平——他是沈如泽的弟弟，打小就是个主意极正的人，她若是遇到了想不明白的事情，就喜欢找沈如平给她出主意。

沈如平这个时候刚进燕京大学读书，穿着笔挺的中山装，口袋里插着支钢笔，帅气又气派。

她坐在燕大环境优美的校园中，将心事说给才十七岁的少年沈如平听，末了捧着红透的脸庞问他："如平，你说大哥他喜欢我么？"她的年岁和如平一般大，所以她便跟着沈家的兄妹们唤沈如泽叫大哥。

沈如平想了想，道："我也不晓得大哥喜不喜欢你，但我想他应该是不讨厌你的。我晚上回去帮你问一问吧！"

她将脸埋进膝头，只露出一双通红秀气的耳朵。"那你要小心些问，我可不想太丢脸！"

沈如平笑起来，轻轻揪了揪她又红又热的耳朵，道："你都将脸丢到我面前来了，还怕丢到大哥面前去？"

申玉淑苦恼地说："我也想找如沐去说的呀，可是她太小了，她什么都不懂得，"她讨好地冲他笑，"只有如平你懂得多！你要记得多帮我说好话！"

沈如平摸了摸她的头说道："那你还要多多讨好我爸妈和三弟、四妹、五妹。"

申玉淑打掉他的手，瞪着眼睛，道："以后你不能随便摸我的头了！"她是要做他嫂嫂的，以后他就是小叔子了，要守礼。

沈如平大笑走开。"以后让大哥摸你的头去吧！"

她害羞地笑，以后是只要大哥摸她的头的呀！

之后两天，她一直忐忑地等着沈如平的消息，她不知道他是怎样和沈如泽说的，不知道沈如泽喜欢不喜欢她，也不知道沈家爸妈

喜欢不喜欢她。这种等待的感觉太难受，让她坐立不安，食不下咽。

不过好在沈家没有让她等太久。第三天，沈家就请了媒人来，说是替沈家大少爷来提亲的。

她听到消息后，心如鹿撞，红着脸冲出了家门，一鼓作气跑到了四条胡同，等她反应过来时，已经站在了沈家大门外。

她站在门外犹豫了一阵子，想着已经到了沈家门外了，索性就进去吧！于是，她再次一鼓作气跑进了沈如泽的小跨院。

沈如泽正半躺在院子里的醉翁椅里看书，看到没头没脑闯进来的她，他移开书，笑了一笑，冲她招了招手。

“过来，玉淑。”

这个时候，反倒是申玉淑知道害羞了，她红着脸，手足无措，在原地磨蹭半天也没有过去。最后，是沈如泽走到了她面前，拉了她的手进去，扶她坐在椅子上，又倒了杯水递到她面前。

她这才反应过来，接过水，声如蚊蚋地叫了声：“大哥……”

沈如泽看她喝了水，才温和地道：“你是要做新娘子的人了，以后不好再这样横冲直撞了。”

从他口中说出的“新娘子”这三个字，使她的眼睛晶晶亮。她抓住他的衣袖，又叫了一声：“大哥……”

沈如泽摸摸她的头，笑她。“真是不害臊，竟去找如平来说……”

她的脸再次腾地一下通红了，她从椅子上跳起来就要跑。但是被眼疾手快的沈如泽一把拉住了，他捧住她的脸，看着她的眼睛，道：“以后这样的问题，你应当直接问我才是。”

他的手温暖又干燥，摸着她的脸，让她觉得自己全身都要烧起来了，浑身不自在，只觉得眼前的沈如泽再也不是她熟悉的那个沈如泽，虽然她更喜欢这样待她的沈如泽，但是……她胡乱地点头，然后挣脱他，跑了。

她太害羞了。

就这样，沈家和申家为两人定下了婚期，满心欣喜的申玉淑稳

下了性子，每日为自己绣嫁衣，甜甜蜜蜜地安心待嫁。

可是让她没有想到的是，就在她数着日子盼出嫁的时候，却出了岔子。这岔子不在沈家，而在申家，或者也不算是在申家，而是在皇上。

民国十四年二月，皇帝溥仪要移居天津，许多前清的遗老遗少都要跟着去，其中就包括了她的父亲。

她懵懂地听着申老爷和申太太的对话，什么都听不懂，只是知道日本人要送皇上去天津，而身为满清贵族的父亲，也要跟着去，但父亲也透露了，他和吴佩孚有点交情，虽说跟着皇上去天津事出无奈，但有吴佩孚的照应日子应该也不会太难过。

申太太问他："难道咱们全家都要迁去？"

申老爷道："不用，我先去看看天津的局势如何，若是好，你便带着孩子迁过去，若是不好，那你们便还留在北平。"然后父亲看了看申玉淑，又对母亲道，"我把铺子都盘出去了，钱给你留下，剩下和沈家合作的那些……我若是不能及时赶回来，你将来都留给闺女做嫁妆吧！"

申太太便哭了起来，申玉淑也跟着哭，家里顿时愁云惨雾。

第二日，申老爷便跟着皇上去了天津，申玉淑待嫁的喜悦心思，也有些淡了。

申老爷到天津后几个月里，曾往家里来过几封信，在信中说吴佩孚出任"十四省讨贼联军总司令"，与奉系孙传芳等部，南北夹击冯玉祥的国民军，又与张作霖联手北伐，而身为吴佩孚拥护者的申老爷则一直随军作战。那之后，又陆陆续续接到过申老爷几封家信。在申玉淑结婚前的两个月，却再也没有收到申老爸的信。申太太急得不行，托人去问，只知道北洋军被奉军及冯帅的国民军所打败，具体情况怎么样，谁也不知道。

眼看着结婚的日子一天天临近，父亲还是没有消息，申太太亲自去和沈家商量，能不能将婚期再拖一拖，等到申老爷回来再结婚，

沈家通情达理，自然无不答应，并且主动派人四处去打听申老爷的消息。

于是，两人的婚期，便拖了下去。

这一拖便又是两年。

这两年里，陆续得到的消息是：冯玉祥被赶出北平后，民国十五年六月，张作霖、吴佩孚联合组建北京政令，但申老爷却被留在了汉口总部；七月，国民革命军以蒋氏为总司令誓师讨伐吴佩孚，吴佩孚最终兵败两湖，申老爷跟随吴佩孚逃往武汉，最后又去了洛阳，民国十六年，吴佩孚为躲避蒋氏和冯玉祥的追杀，流亡入川，受到四川总督杨森的庇护，而申老爷，却再无消息传来。

申太太甚至猜测，申老爷可能已经死去。不过那些为申老爷的失踪或死亡而担忧、悲伤与难过的人，也都在这两年，渐渐被磨得麻木，也悲伤不起来了。

申玉淑眼看就要二十，而沈如泽也已经二十三了，就是沈家不说，她们也不能这样让人家等下去。

于是申太太找了媒人，重新商定吉日，让两人完婚。

申太太几乎将大半的家财都给她备做了嫁妆。而沈家，因为结婚的是沈如泽，长子嫡孙，自然办得奢华又隆重。所以她结婚那一日，是真正的十里红妆、锣鼓喧天了。

申玉淑坐在花轿里，想着今天她结婚，这样大的排场，可是申老爷却不在，眼泪便止不住地往下掉，哭花了她脸上的妆容，哭湿了一条帕子。

晚上入洞房时，沈如泽看到她哭得浮肿的脸和眼睛，很是无奈。

她看到沈如泽好看的脸庞和温柔的眼神，眼泪便又落了下来，她拉住他长衫的衣摆，哽咽着说道：“大哥，我爸爸……”

沈如泽抱着她，亲吻着她的鬓角与额头，低声哄着她：“是的，我知道，我们会接着找下去，会一直一直找下去的……你不要难过了……”

她还是哭，眼泪擦都擦不完。

沈如泽只好叹息："看来我的洞房花烛夜，是要在眼泪中度过啦！"

她这才擦了眼泪，破涕为笑。

就这样，她由少女变作了妇人，成了沈家的大少奶奶。

她结婚后不久，申太太重病辞世，她没了娘家，唯一的依靠，只剩下了沈如泽。

因为母丧，她和沈如泽分房睡了一年。这一年她一直跟着沈夫人学持家，用心服侍公婆，待沈如泽的弟弟妹妹们，比从前还要好。她赢得了沈家所有人的尊敬与欢心。这让她很高兴，甚至隐隐地有些得意。

和沈如泽又搬到一起住后，她向他炫耀，沈如泽便笑她："总算是有个做大嫂的样子了！"

她嘟了嘴给他看。"我还能做得更好！"

沈如泽亲了亲她嘟起的嘴巴，道："我晓得你定会是个好媳妇、好嫂嫂。"

她偏和他抬杠："你一直都晓得吗？从什么时候啊？"

沈如泽道："从你对如平说想要嫁给我的时候，我便晓得了。"

这一回，换她亲了亲沈如泽，然后伸出手。"报纸呢？"

沈如泽从一旁的桌子上拿了一份报纸给她，不解地摇头。"真不晓得有什么好看的。"

申玉淑不理他，笑嘻嘻地拿着报纸去找沈如沐了。

这是一份《世界日报》，她之所以让沈如泽带给她看，并非上面有什么了不得的新闻，而是副刊上有一篇小说，名字叫作《金粉世家》，是一个名为张恨水的先生写的，讲述的是一名叫作冷清秋的女子和一名叫作金燕西的男子的爱情与金氏家族兴衰的故事，很是打动人。她和如沐每一期都追着看，从来不肯错过。

但是沈家三兄弟却是从来不屑于看。他们都觉得，这是骗姑娘们眼泪的东西，看这个实在是浪费时间。

可是，她大门不出二门不迈，旁的没有，就是时间多。她拿着报纸穿过花园去找如沐，却在路过沈如平的院子时，听到里面隐约传出一句压低了声音的话："南京国民党省党部和反日会合力围攻床次竹二郎，并且捣毁了外长王正廷的私宅……"

她先是没有在意，走了两步忽然想起，这个床次竹二郎的日本名字很是熟悉，于是翻开手中的报纸找了找，果然找到了一篇报道，开头便是："十二日，日本新党总裁床次竹二郎访宁。"

她看着报纸，很是疑惑，报纸上并没有写床次竹二郎被围攻的事，怎么如平就已经知道了？是谁在和他说话？

心里还在想着，人便已经进了沈如平的院子，似乎里面听到了她的脚步声，传出了沈如平的声音，有点冰冷，又不近人情。"是谁？"

她站在院子里，叫了声："如平。"

沈如平走出来，看到是她，似乎是松了一口气。她打量着沈如平身后跟着的那个人，看穿着，似乎是他燕大的同学。

"你跑来我这里做什么？"

她道："我听到你院子里有说话声，就进来看看。你们在说什么？"

沈如平走到她面前，低声问："你听到了什么？"

申玉淑递了报纸给他看，问他："你们说的那个什么床次竹二郎的消息，为什么我没有在报纸上找到？你从哪里得到的消息？"

沈如平看也不看就将报纸塞回她手中，扳过她的肩膀就将她推出院落，还恶声恶气地指着她威胁："我的事你不许管也不许问，今天的事情更不许告诉任何人，连我大哥也不许！要不然……"凶神恶煞地瞪眼，只差没有挥拳头。

申玉淑隐隐猜出他这是要干什么，连忙揪住他。"沈如平，你要是敢在外头乱来，我……我让大哥打你！"

沈如平哄着她走。"是是是，玉淑你是个好嫂嫂，我最怕你了，不敢在外头乱来的，你快去找如沐玩去吧！"仍当她是小孩子一般，将她哄走了。

她出了沈如平的院子，打算去找如沐，但是走到半道，还是觉得不安心，便又回去找沈如泽，将今日在沈如平院子里听到的话，还有沈如平的反应统统都告诉了沈如泽，末了还道："如平这样，我总觉得不安心，你说……他是不是学了外头人那样，参加了什么赤党啊？"

沈如泽面色凝重，却仍然哄她安心，只道这事他会盯着，绝不会让如平闹出什么事端来的。

申玉淑听了沈如泽的话，立刻便安了心，觉得有沈如泽盯着，如平是定然不会有事的，所以她便将这件事抛到了脑后，高高兴兴地找如沐一起看《金粉世家》去了。

不久后，她怀了身孕，整个沈家都陷入了狂喜之中，沈如泽不再每天待在公司里，有一点空闲，便要回来陪着她；沈夫人不再让她理家，甚至一口气指派了三四个老妈子照顾她；沈老爷整日抱着本《康熙字典》翻看，说是要给孙儿取个顶好的名字；还有如平、如安、如沐和最小的如涧，每个人都变着法地陪她玩乐，哄她高兴……

这让她觉得，她真的是这个世上最幸福的女人了。

可是她太高兴了，便忘了，有一句老话叫作"世间好物不坚牢，彩云易散琉璃脆"。极致的幸福之后，随之而来的，往往也是极致的痛苦。

民国十八年六月十五日，国民党三届二中全会决议：整顿党务，分区剿匪。

三日后，即民国十八年六月十八日，这是她永生难忘的日子。

因为在这一天，她失去了沈如泽，变成了一个年轻的寡妇。

她还记得那一天，早上时，沈如泽抚着她的肚子，和她猜着是儿子还是女儿，和她憧憬着，他们做了父母之后，应该要怎样教育孩子。他还亲吻着她，说："玉淑定然会是一个好妈妈。"然后，他去了公司。

可是中午的时候，沈如平忽然从外面回来，收拾了行李要去平

津码头。不久，沈如泽便派人回来问沈如平回来过没有。得知他去了平津码头后，便急匆匆离了家。

然后……

然后，她得到了沈如泽的死讯。

——他是为了保护沈如平而死的。

当她看到沈如泽那满身是血的尸体时，一口气没有提上来，便晕了过去。

醒过来时，如沐和如涧两姐妹抹着眼泪在她床头坐着，见她醒了，便扑过来哭着叫大嫂。她这个时候，忽然力气奇大，一把掀开了她们，下了床便要往外冲。她看到了跪在大院里的沈如平。她冲过去，提起他的衣领，恶狠狠地问："是你，是你对不对！"

沈如平痛苦地看着她，喃喃地道："是我……是我……"

她松开了他的衣领，一言不发，左右开弓往他脸上狠狠抽过去。

啪！啪！啪！啪！

一下又一下，都是使尽了全身的力气。

但是沈如平却一动都不动，任她抽打。

直到沈家姐妹看不下去，上前抱住她，哭着叫大嫂。

她虽然被拦开了，但是她仍然伸手指着沈如平，瞪大了眼睛，因为用了太狠的力气，她那满是泪痕的脸是狰狞的，连全身都在颤抖，但她还是一字一句地道："你，你害死了我丈夫！"

"沈如平，你害死了我丈夫——"

沈如平似乎再也无法承受这样的话，他让如沐和如涧松开了手，沙哑地对申玉淑道："你杀了我吧，我给大哥偿命。"

"那你就去死！去死！"申玉淑扑过去还要打，她要打死他，她要为如泽报仇！

打死他！

打死他！

但这时原本就在生病，又被沈如泽的死打击得卧床不起的沈夫

人却冲了出来，她一把抱住了沈如平，哭着对申玉淑说道：“不是如平……不是如平……”

再一次被拦下的申玉淑闻言却忽然放下了手臂，对沈夫人诡异地笑了笑。

不是沈如平？怎么可能不是沈如平？她早就猜出来了，他是共产党，如泽就是为了保护他才死的，怎么可能不是他？

是她发现了他的秘密，是她亲口告诉的如泽。

怎么可能不是他！

如果她不告诉如泽……如果她没有说……

如泽就不会死！

挖心掏肝一般的恨意和悔意瞬间一起冲进了她的脑海，她觉得脑子忽然就炸开了，然后，她眼前一黑，再次晕了过去。

她昏迷了一天一夜，再一次醒过来，那些之前还充斥胸臆的悔和恨，忽然之间就全没有了，她只觉得胸口空荡荡的。她想，她没了父亲和母亲，现在又没有了丈夫，这个世上已经没有了她所依恋的人了，也没有了最疼她的人，她什么都没有了……往后这几十年，她一个人该怎么活下去？她越想越觉得了无生趣。

她不吃不喝，也不说话。

谁劝都没有用。

直到沈如安进来和她说：“大嫂，二哥在您院子外头跪了三天了，要是再跪下去，他的腿就得废了。”

废了？她冷笑，废了腿好歹还有条命在，可是如泽呢？连命都没有了！

“大嫂，你哪怕打他、骂他都行，好歹跟他说句话。大哥临死前跟他交代了话，让他告诉你吧！”

她翻了个身，面朝里，就是不说话。

然后，她听到沈如安走了出去，不久后，两行脚步声响起，一轻便，一蹒跚。再然后，她就听到了“扑通”一声重响。

“大嫂，”是沈如平嘶哑难听的声音，“大哥不放心你，还有你肚子里的孩子。我跟他发了誓，说我这辈子要好好照顾你，就让我替大哥，照顾你们母子一辈子吧。”

沈如平的话，让原本心如死灰的她，忽然就僵了一下。

是啊是啊，她怎么忘记了，她是怀着身孕的！

她肚子里还有如泽的孩子！

她还怀着他的孩子呢！

她伸出手，抚了抚肚子。这些日子她只顾着难过，一心想寻死，这个孩子却安安静静的，也不知道有没有受到伤害……

“大嫂，我知道你恨我，我也恨我自己，但是……”他哽咽着，语不成调，“只要你活着，这一辈子，你想要怎样报复我都行，只要你活着，只要你活着……只要你和孩子都好好的……你要我怎么样都行……”

听着这样的话，不知怎的，申玉淑突然想起来，她和如泽结婚一年多了，如平一直都是“玉淑玉淑”地叫她，当她是个小孩子一般，从来没叫过她大嫂。今天，他终于正正经经地叫她一声“大嫂”了。

可是，大哥呢？

大哥在哪里？

“你走吧，”她终于开口，声音同样的低哑又难听，“你是他的弟弟，他是做兄长的，保护弟弟是他应该做的，不能怪你……只怪我命不好……”她无意识地想一句，说一句，也不知道自己到底想说什么，“我短时间内还无法原谅你，你走吧，先不要让我见到你。”

走吧，你不是闹革命么？你不是要做不让旁人知道的事情么？那么出去做去吧，不要再让我看到你。

沈如安扶着沈如平出了屋子，让她一个人静一静。可是，才出了屋子，里面便传出了撕心裂肺的哭声，这哭声让沈如平觉得他每走一步，都如同踩在了锋刃上，一刀刀，全割在了他心上。

一周后，沈如平借口送小妹沈如润出国留学，离开了沈家，这

一走，就是两年。

而申玉淑，也从当初的那个欢快幸福的新娘子，变成了如今的这个平静内敛的沈家大少奶奶。

沈如泽的死，成了一桩旧事，没有人再提起，也没有人再怨恨，一切都成了过去。

所有人，为了活着的人，都在往前看，包括申玉淑。

沈如安看着眼前哭作一团的人，对老马道："二爷回来的事，别乱说。"

老马道："三爷放心，咱们都是知道的，二爷这是从国外留学回来了。"

沈如安点点头。"你去告诉老爷和太太吧！"

老马应声而去。

沈如平松开两个妹妹，伸臂揽住沈如安的肩膀，低叫了声："三弟……"

沈如安反手搂住他，沉默了半晌，才轻声道："二哥，这两年我们都以为你出了事，我想着帮爸过寿，也是希望你听到消息后能赶回来一趟。"

沈如平拍拍沈如安的背。"我就是专门赶回来的。不过也还有些别的事情，这个回头我再跟你商量。"

"好，二哥，你去跟大嫂说说话儿吧。"

沈如平走到大少奶奶面前，先是恭恭敬敬地鞠了个躬，然后才叫了一声："大嫂，我回来了。"

大少奶奶一下子红了眼眶，用帕子捂着脸，扭头不愿看他。

沈如平握紧了拳头，垂头立在她面前，大少奶奶不发话，他便不动，维持着一个姿势，直到沈老爷和沈夫人赶了过来。

沈夫人看到沈如平，便叫了一声："我的儿……"搂着沈如平大哭了起来。

沈如平安慰了母亲，依然站在大少奶奶面前，低声道："大嫂，大哥是为了我才死的。两年前……那时我心里不好受，就跑了。我对不起大哥，对不起您。今天我就当着爸妈、三弟、四妹和五妹的面儿，跟您说，现在您和铮儿在家里，有爸妈和三弟他们照顾着，我也放心。我不能久留在家，随时会再走。但是将来，只要我沈如平还活着一天，就照顾您和铮儿一天，我替我大哥照顾你们母子！这一生，总不会让你们母子吃苦受累。"

大少奶奶想起了死去的丈夫，想起了当初的悔和恨，呜咽着跑了出去。

如沐和如涧忙去追。

沈夫人含泪道："这两年你大嫂在我们面前总是笑呵呵的，但她心里苦啊。她想你大哥。"

对于这些，沈如平也是完全的无可奈何。

他对沈家，对大哥，对玉淑犯下的，是无法饶恕的罪孽。

大哥死前的那一幕，在他心中依旧鲜活，这三年来，每每想起，都让他恨不能在自己心上捅上两刀，方能好受一些。

两年前，他被人出卖，和另一名同是共产党的燕大同学，准备一起从平津码头逃往山东，去投奔那里的同志，可是却在码头被警察局的人抓住了。也不知道是谁通知了大哥，大哥带着大批的粮食匆匆赶往平津码头，以运粮为借口，和他换了衣服，助他逃走。谁知道却被追捕的人打了两枪，一枪从背后打中了心脏，一枪打中了腰部。

同学逃走了，而他，陪着大哥留了下来。

大哥临终前死死握住他的手，可是说出来的话，却几不可闻，他难过得肝胆俱裂，俯耳在大哥的嘴边，才听到大哥说的是："爸……妈……玉……玉淑……孩子……"

他紧紧抱着大哥，发下最狠毒的誓言："大哥为救我死于乱枪之下，如若我违背誓言，不好好照顾大嫂俩母子，也让我同样死于乱

枪之下！”

沈如泽听到他这样的誓言，眼睛里有泪水流出来，他抬了抬手，想要阻止他立下这么狠毒的誓言，但是终究没有了力气，垂下手，闭上了眼睛。

大哥，就这样死了。

至今已然死了两年了，而他，也在外逃了两年。

时至今日，物是人非，他逃了这么久，终于回来面对，扛下大哥未完的责任，赎他的罪。只是，他可以替大哥照顾父母，照顾妻儿，却不能替代大哥在玉淑心中的位置，更无法阻止玉淑想念大哥时候的悲伤。

沈家二爷沈如平专门从外国回来帮沈老爷过寿的消息，第二天就从沈家传了出来。沈二爷是在大爷死的那一年离开的北平，一走就是两年，从未回来过。如今回来，想来是不会走了吧？

这如今老爷子都六十了，估计是快要分家产了。大爷早亡，留下大奶奶和两岁稚儿，孤儿寡母的，还不是任人欺负的命？剩下二爷和三爷还没有结婚，但这还不是早晚的事？

于是，茶余饭后，北平城里的闲人们便都议论开来。大爷早亡，二爷不管事，这几年一直都是三爷掌家，只怕沈家大权最终还是得落到三爷沈如安的手里，只怕大爷那寡妻孤儿将来的日子是不会太好过了。

尽管外面传来传去，沈家却又是另一番样子了。

沈如平好好将歇了一晚后，次日一早向沈夫人省定完毕便直接同沈如安一起去了沈老爷的书房，父子三人在书房里待了整整一个上午。

沈如平加入了共产党这些年，亲眼见证了共产党如何从最初为数不多的小队伍，慢慢发展壮大，得到了穷苦大众的支持，成为对内既能躲得过国民党的围剿，对外又能勇于抵抗日本人侵略的勇武

之师。

但是队伍的发展，最离不开什么？物资与装备。

这就是沈家父子今日所谈的要事：钱。

沈家名义上说是北平首富，但实际上，除了工厂、店铺、田产、宅子那些不动产之外，家里、银行里，却并没有太多的现钱，若要问沈家的钱都去了哪里？这便是沈如安的能耐了。

他将沈家的钱，以做生意的名义，由交通银行转往了香港的商铺账户，又经由香港数次转账，都辗转到了沈如平的手上，也就是——共产党的手上。

这些钱，最后全部换成了物资与装备，用来支援革命，发展队伍。

在保证沈家安全的前提下，沈如安是在以这种方式，支援革命，支援沈如平。

此次沈如平回来，一是为了给沈老爷过寿，也是要再带走一部分钱。

父子三人商谈了许久，才确定了转钱出去的最安全路径。

临出来时，沈如平对着沈老爷道："爸，撇去我是您儿子不谈。我代表组织谢谢您了！"

沈老爷摆摆手，道："你不必谢我，我这么做也不全是为了你们党和组织，我是为了我儿子，你大哥……不能白死。再说了，咱们家家大业大，这样若是逢到盛世那是再好不过，但现在是国难当头，外敌随时侵入，咱们家就容易树大招风。这财，还是能散便散的好，散给国人，也好过给洋人糟蹋！"

沈如平道："只是以后三弟要小心了，此事万不能给当局知道，否则三弟就会有危险。"

沈如安笑道："二哥你就不必担心我了，在北平城，我多少还是有那么一些人脉的。倒是二哥你，可真要小心一些，毕竟现在当家的不是你们的组织。"

从书房里出来，沈如安和沈如平穿过天井，要往后花园去。但

刚过了拱门，便看到前面一个身着丹士林旗袍的女子不紧不慢地走过来，纤细的身影显得十分的单薄。

沈如安定定看着。

等走到近前了，淮泗儿才看到沈如安和沈如平两兄弟，怔了一下，也没有说什么，就只是欠了欠身，轻轻点头，便从他们身边走了出去。

沈如安看着她的背影，顿了顿，才转回头，接着往前走。

沈如平将他的反应看在了眼里，嘴角含了笑，长长出了口气，道："这位就是名动京华的淮泗儿姑娘？"

沈如安并不惊讶沈如平会知道淮泗儿，只是点点头，道："是的。"

"这个姑娘，有点清高。"

沈如安笑起来。"这是真清高。"

沈如平道："这样一个混乱的时局，姑娘家太清高了，也不知道是福是祸呢！"

沈如安点头。"所以我也很担心。"

"爸妈知道么？能接受么？"

沈如安摇头。"一切尚未确定，不想跟爸妈说得太早。"

沈如平拍了拍沈如安的肩。

两人说着便到了大奶奶的院子外面，远远便听到姑娘和孩子的笑声，沈如安对沈如平道："二哥，你也不要太耿耿于怀了，只要大嫂和铮儿过得好，就等于大哥过得好了。"

如平点点头。"我知道。"

大院的丫头阿香远远地看到他们两兄弟，叫道："二少爷、三少爷好。"然后便进屋通报，"大少奶奶，二少爷和三少爷来了。"

大少奶奶的声音从屋里传出来。"请二少爷和三少爷进来吧！"

阿香打着帘子，如平和如安进了屋，才发现原来如沐和如涧都在这里，另外还有如沐和如涧身边的两个丫头，和两个不认识的姑娘。

沈如安笑道："大嫂这儿可真是热闹，离老远都能听到笑声了。"

大少奶奶站起身，含笑道："二弟三弟坐吧。这不是今儿早上春

申班的阳班主带着班子来了家里，如沐天天跟我说春申班的戏唱得好，我就请了几位姑娘来我这院儿里说说话儿，也见识见识她们不唱戏的样子。正说着呢，可巧你们就来了。”

大少奶奶穿着雪青色的窄袖大襟镶边大袄，下面衬着一条雪青色的密褶裙子，对着沈如平和沈如安温和平静地笑，那细致温柔的样子，一如平常。可是这一切看在沈如平的眼里，却只觉得悲哀。眼前的申玉淑，没有了少年时的活泼爱笑，也没有了新婚时的幸福甜美，更没有了痛失丈夫时的憎怨与悔恨。

她是平静又安详的，似乎已经完全忘记了三年前的一切，甚至连大哥的死都忘记了，她甚至叫沈如平“二弟”，她在表示，她已经原谅他了。

可是沈如平看着她如今的模样，心中的难过，却不减反增，他站在满室的欢声笑语中，难过得连心都是疼的。

“二哥三哥，你们不知道，”如沐欢快的声音还在耳边，“方才淮泗儿姑娘也在这儿呢。哎呀，离得近了看呀，她跟在台子上唱戏的时候真不一样，不像是个唱戏的，倒像是个大户人家的小姐呢！”

沈如安笑道：“是啊，比你都像个小姐。”

如涧道：“咱们家铮儿也要学唱戏呢！你们看，他拉着小盐的衣角儿说什么也不肯丢了！”

众人一看，可不就是！小家伙儿扑到小盐身上说什么也不愿下来，咿咿呀呀的，口水都淌了小盐一身，几个丫头想着抱他下来，可他说什么也不肯放手，就是拉住小盐不肯松手。

小盐是头一回进有钱人家的府里，见了什么都是稀罕的。临到大少奶奶院子的时候阳叔就交代过她，大户人家的规矩多，万不可因为无知而引得奶奶小姐们嫌弃。方才淮泗儿离开的时候她就想跟着走，可是就因为铮儿爱跟她玩，死活不让她走，就被大少奶奶给留了下来。现在这屋子里又多了二爷和三爷，她便更觉得拘束了。如今一屋子人的眼光都在她身上，更是觉得手脚都没有

地方放了。

如沐笑道："那就让小盐姑娘一直留在咱们家，以后专门教咱们铮儿唱戏好了！"

众人又笑了起来。

第六折
一湾溪水舟千转　跳入蓬壶似梦中

沈老爷寿筵当天，沈家异常地热闹。

全北平有头有脸的人物基本全到了，另外还有沈家各地商号的掌柜，能来的都来了，不能来的也都托人送了大礼。

沈老爷说的一切从简，还是变成了大操大办。正院满院的道贺声和谈笑声，沈家的丫头仆人全都忙碌起来，伺候男女客都分开来，在满院子的客人中间来回穿梭着端茶倒水。

当天苏师长夫妇也亲自过来，两家交换了庚帖。其实在正式的订婚之前两家就已经交换过生辰八字了，沈夫人请的据说是全北平最好的算命先生，让他给如沐和苏之平测一下，那命相先生说，这两个人是极般配的。于是沈夫人才算是正式放下了心来。

当天，苏家送来了订婚的彩金和龙凤帖，沈老爷和苏师长的意思是，现在时局不稳，日本人随时都能打进城，这两个孩子的婚事，就不要一拖再拖了。再说现在都是新思想了，有些老规矩能摒弃的也就摒弃了，选个好日子就让两个孩子完婚。

这个意思沈夫人和苏太太倒也是都同意，毕竟现在东北三省落到了日本人手里，北平城里也是人心惶惶的，今天平平和和的，谁晓得明天会不会就有一个大炮落在头上了呢?

但沈夫人却是有要求的。婚事可以不大肆铺张，但至少得体面风光，这毕竟是沈家头一遭嫁女，北平城的人都看着呢，绝不能让如沐嫁得悄无声息。

苏太太倒是同意。她道："这个是自然的，且莫说我们都喜欢如沐这个孩子，单说我们两家的门面，也绝不能把这个婚事给办得差了。更何况，之平也是我们苏家的长子，这如沐就是我们长媳了，这婚事自然是要体面的。"

这件事两家算是说定了，如沐和苏之平的婚事就定在两个月后的一个良辰吉日，之后沈老爷便和亲家还有陈司令等几位北平要员去前面看戏。

春申班早就在后台候着了。沈如安拿了单子给沈老爷，让他先点戏，沈老爷看了看，便指着单子上的一出，同沈如安道："就这个了。"

《天门阵》

沈如安示意沈实去后台通知。

胡琴声响起，台下沈家的客人便唏嘘开来，原来上场的竟是淮泗儿！

众人都习惯了她杜丽娘、杨太真那或娇俏或妩媚的扮相，哪承想她竟还能干净利落地扮上飒爽英姿的刀马旦？

就连沈老爷子也怔住了。春申班刚进沈家时便全班向沈老爷问过安、祝过寿了，当时沈老爷便留意到了淮泗儿这个姑娘，并不是因为他的儿子女儿都在捧这个角儿，而是只是觉得这个看起来柔弱的姑娘，身上有着不俗的气质而已，却哪承想，这姑娘竟然也能扮着穆桂英，长枪对敌，巾帼不让须眉？

真叫人刮目相看。

沈如安站在沈老爷身后，低声问他："爸，您觉得这折怎么样？"

沈老爷点头，连说了三个好字，又道："赏！"

于是，淮泗儿得赏三十块现大洋。

筵席进行到一半，沈如安悄悄离开，沈如平看了他一眼，那眉头皱得比他还深，沈如安示意他少安毋躁，他去去就回，等下换他去喘口气。

出了正院，穿过假山和花园，从窄廊上走过去后，前面的闹声就渐渐听不到了，他才长长出了口气。有个丫头端着一盆水急匆匆地走着，看到他站住了，恭敬地唤了声："三少爷。"

沈如安道："去吧，前面好生伺候着。"

那丫头应了一声，等他走开了，才匆匆离开。

但刚走两步，却听到了如涧的笑声。

他失笑，只怕如涧这个丫头也是从女客那里躲出来的。想着，便往那声音传出来的方向走过去。但刚穿过了一道回廊，却看到了——曲杼！

如涧和曲杼在一起？

看着曲杼同如涧说话时温文儒雅的样子，再看看如涧眼睛里温柔似水闪动着异样的光泽，那样的目光……他眉心一跳，不动声色地走过去，叫了一声："五妹。"

如涧听到沈如安的声音，笑逐颜开，叫道："三哥。"

"怎么不在前面，反倒跑这儿来了？"

如涧道："我不喜欢跟那些女客说那些虚伪的话。她们总是说什么'留过洋的小姐是没有人敢小瞧的'，我听着不喜欢，就跑这儿躲起来啦！反正有四姐和大嫂在呢，不怕。"说着她指向曲杼，"三哥，这位就是我跟你说的曲先生，是我邀请他到咱们家做客的。"

邀请？如此说来，两人私下还有接触？

沈如安这才转向曲杼，淡淡地笑道："曲先生，自上海一别，有一年没见面了,不知近来可好？"说着又似乎是突然想起来什么似的，"啊，对了。前段时间听说曲先生您来了北平，我便打发下人去接您，想尽一尽地主之谊，但没承想，您没来。"

曲杼似乎一点也不惊讶会看到沈如安，只是微笑道："那次我实在是没时间，这不，这一次便专门到府上向您请罪来了，还望三爷您海涵。"

沈如安笑。"您客气了。"

看着二人你来我往，如涧惊讶地道："三哥，原来你认识曲先生啊！当时我问你，你还跟我说不认识来着，原来竟是骗我！"

沈如安笑道："这你可就冤枉三哥了，那时候我哪里晓得彼曲先生，便是此曲先生呢？否则，说什么我也要亲自道谢的啊！"

曲杼道："不敢不敢，小事一桩，不足挂齿。"

沈如安又似笑非笑地看着他，意有所指地道："只是没想到，曲先生刚来北平没多久，便和舍妹交上了朋友，倒是挺出人意料。"

如涧没听出来两个人暗里的激流汹涌，在一旁插嘴道："啊，三哥你不知道，曲先生是个十分博学多才的人，对当前局势也是十分的关心。方才你没来的时候我们也正在谈论着上海现在的局势呢！曲先生是从上海来的，对那里的时局也是比较了解，比在报纸上看到的真实多了！"

沈如安淡淡一笑，"是么？"但看着曲杼的眼神却是意味深长。似乎只在那一眼之间，他便要看出这曲杼到底在打着些什么主意。过了一时，他又道："正院正在唱《天门阵》，唱得很好。"

如涧道："嗯，方才我也听到了。那位淮泗儿小姐可真是了不得呢，扮什么像什么，可真是个妙人儿呢！"

沈如安含笑望向曲杼，道："不知曲先生可看过她的戏没有？"

曲杼的脸色微微一僵，张了张嘴正待说话，便听见后面有人叫道："我说怎么都找不到人了，原来是都躲到这个僻静处偷闲来了！"

说话的是如沐，她今天算是半个主角儿，穿着一件簇新的浅粉色短襟掐腰袄和一条百褶的浅粉色长裙，两条辫子搭在肩头，显得整个人纤细且清淡，让人一眼望过去便觉得眼前一亮。

如涧笑道："今天你跟爸爸是主角，我们这些闲杂人等，自然是要避你的风头，识相地躲到一边去啦！"

如沐的出现等于是暂时救了曲杼的场，让他很自然地避过去，不再回答沈如安的话。

沈如安漫不经心地扫了曲杼一眼，便对着如沐笑道："前院太吵

了，想来这个僻静处躲一躲。你不是应该陪着妈和苏太太应付那些女客？怎么也跑过来了？”

如沐道：“妈叫我来找五妹，说是她好不容易从国外回来了，自然是要好好陪着她，跟那些太太多认识认识。还有三哥，你也真是，明知道二哥不擅应酬，还将他丢在那里陪爸爸。”

如涧是一万个不想跟如沐回去，可她是沈家的五小姐，在这样的正式场合是任性不得的，于是只得在临走前同沈如安道：“三哥陪陪曲先生吧。”

沈如安点头。“正好我也要去正院，那么，曲先生就随我一道入席吧。”

在跟沈如安一起往正院走的时候，曲杼心里在想着等下要如何面对沈如安的刁难。这里是沈家，他自是想尽办法不与沈如安起正面冲突，以免将来对他不利。但没想到的是，沈如安从如涧随如沐走后，一句话也没有同他多说，负手在身后缓缓而行。

但在即将跨进正院之前，沈如安却停下了脚步，转过身来，双目炯炯地盯着曲杼，一字一句道：“曲杼，你要是敢打别的主意，我沈如安定不容你。”

说完便进了院子，不再理会他。

白天来的客人，到了晚上便也都走得差不多了，沈老爷的寿筵也算是热热闹闹地落下了帷幕。

晚饭是沈家一大家子人坐在一块儿吃的一顿团圆饭。

沈老爷说：“这团圆饭是吃一顿少一顿，等如沐出嫁了，那咱们家的人也是越来越少了。”

沈夫人低头擦了擦眼角，低声道：“这顿饭，独独就少了如泽……”

她这话一落音，一屋子人原本高兴的脸，便都沉寂了下来。铮儿在大少奶奶怀里嚷着要吃这个吃那个，大少奶奶帮他夹了一筷子，放在前面的碟子里，搂紧了这怀里的孩子。

铮儿吃痛，脸闷在大少奶奶的怀里，叫了一声："妈妈……疼……"

听到孩子的这声叫，沈老爷沉下脸。"一大家子高高兴兴的，偏你提如泽做什么？他自然是不会忘了我今儿过寿！"

沈夫人立刻擦干了眼泪，强笑道："是我糊涂了，他……他……"说着说着，语不成调。

沈如安眼见一顿饭要吃不下去，便执杯起身，向沈老爷敬酒，随后如沐等人也都反应了过来，纷纷笑着举杯敬酒，沈老爷忙不迭地应付着，便也勉强将这茬翻了过去。

等铮儿吃得差不多的时候，大少奶奶便让奶妈将孩子带走了。过了一会儿，才笑着向如沐道："今天一天净顾着忙了，都还没向四妹道喜呢！这可是未来的苏家大少奶奶呢！"

一向胆大洒脱的如沐这时候倒也羞红了脸，嗔怪地瞪了大少奶奶一眼，拉着沈夫人的衣袖，娇声道："妈，你看大嫂，哪有这样开小姑子玩笑的！"

沈氏夫妇只呵呵地笑。

大少奶奶道："我这是正经地向你道喜呢，这会子你倒是扭捏起来了。等两个月之后，这苏家的大红花轿迎上门，凤冠霞帔，十里红妆，风风光光将你迎进了苏家，你可不就是苏家的大少奶奶了……"话说到这里，便忽地想起了自己结婚时的场景，心头一痛，余下的话，便再也说不出口了。

大少奶奶的心思，没人领会。

如沐支起下巴，想了想，轻叹："给大嫂这样一说，倒也没喜了。进了苏家门，以后就真没自由了，想做什么都做不了，看不了戏，出不了门，生生困死在了苏家。"这样想着，心底里的那点娇羞，便渐渐地转淡了。

沈夫人"啊哟"了一声，大惊道："如沐，你怎么会有这些个离经叛道的思想？嫁了人，你还当你在家做姑娘时一样爹宠着娘爱着哥哥嫂嫂疼着啊？什么自由！放任你去戏院跟一帮男人们挤在一起

看戏捧角儿这就是自由？你说的这些话，若是给苏家听到了那还了得？人家会怎么看待咱们家？人家要说咱们家的女儿没教养的！”

如沐嘴一撇，道：“我早就不看戏了！”

沈夫人哼了一声：“不是我不许你出门，你还能改得了？”

如沐昂头，义正词严：“我自然改得了！这些天我都在家里听二哥和三哥讲时局讲革命呢！”

沈夫人显然是气到了：“你一个姑娘家，你讲什么时局？你懂什么革命？那都是他们男人的事！从明天开始，你就好好给我待在家里，跟我和你大嫂学着怎么跟公婆相处，跟丈夫相处，学着怎么在一个大家庭里当好一个大少奶奶！”说着又转向如涧，“还有你，如涧，你也一样。也是快要找婆家的人了，也不许乱跑。还有你在外面买的那些什么文章，都不许再看了！否则要让人家说咱们沈家教出的女儿个个离经叛道！”

被殃及的如涧无辜地眨了眨眼睛，乖巧地应着。

哪知沈夫人枪口一转又转向了沈如平和沈如安，道：“你们也真是，谈革命就到你们书房里面去谈，对着你们妹妹说什么！她一个姑娘家懂什么？好好的女孩子，都被你们给教坏了！”

望着一扫方才的悲伤，为了女儿的教养火力全开的母亲，兄弟俩默契地一同低下头，不和固守传统的母亲对峙。

直到沈夫人把几个孩子统统骂了一顿，正要歇口气，沈老爷这才慢吞吞地接口道：“孩子们都是接受新派思想长大的，有时候想法难免跟我们老人不一样，你也就不要太苛责他们了。”

沈夫人顿了一顿，才道：“我倒也不是苛责他们，就是怕如沐这个口无遮拦的性子，到了苏家不讨公婆待见。”

如沐张了张嘴刚要反驳，大少奶奶却在底下扯了扯她的衣角。她到了嘴边的话，便又咽了下去。

沈如安多喝了几杯酒，便觉得有些燥热，穿过天井便往后花园

里走。深秋的冷风扑面吹过来，也让沈如安混沌的脑子清醒了几分，低头从小拱门穿过去，便往后花园的人工湖处信步走过去。廊檐下一排排的灯笼高高挂着，映得后花园一片明亮，那垂下来的穗儿随着风飘摆不定，在晕红的灯光下也是十分的好看。

湖心上搭着一个小亭子，是用来夏天一家人坐在一起赏花、赏景、赏月的，湖边栽了许多的梅树和桃树，还有一些稀有的花卉。往年到了夏天，那些花开得热热闹闹的，那花团锦簇的样子，令人十分喜欢。可是这两年，也不知是因为园丁的懒惰还是怎的，这湖边竟显出了一股子破败的样子来，不再如往年的繁华。

他一个人在湖边慢慢地踱着步，看着湖水里映出来的一排排大红灯笼和湖面上那只已有许久未曾有人划过的船，心中竟渐渐地升出了一股子的悲戚来。

这一切都在衰败着、萧条着，看来，冬天确实要来到了。

无意间抬起头，却看到了一个纤细的人影就站在湖的对岸抱着手臂，望着湖水出神。

他从拱桥上走过去，在离她不远处站住脚步。这才发现，她只穿了一件素青的旗袍，外面罩了一件绒线衫，头发微微有点乱。

“不冷么？”

淮泗儿回过神来，看到他，也不说话。在这黑沉沉的夜里，他看不到她的眼睛，所以也不晓得她心里想的是什么。

沈如安突然低低地笑了。“我以为你看到我会转身就走。”

淮泗儿看了他一时，听到他说这话，竟真的转身就想走。沈如安上前一把抓住了她。“我跟你说别的话你不听我的，怎么这句话偏就听呢？你别走，好好跟我说说话儿吧。”

刚一握住她的手，才发觉，她的手竟冷如冰块一般，没有一点温度。于是便不愿再松开了，紧紧地握着，帮她暖着手。

淮泗儿闻到他身上的酒味，要抽出手，道：“你喝醉了，快回去吧。”

沈如安抓住她的手不愿意松开，坐到旁边的一块石头上。“若是

真醉了，那倒也是好的，可偏就半醉不醉，你说多恼人。”

淮泗儿听他说这话，心中却明白，他就是醉了。若是不醉，他又岂能说出这样的话来？他在她面前，有时虽然霸道，但更多的时候，却是恪守规矩，十分尊重她的，哪里有这样拉着她的时候？

但是不知道为什么，看着这样的他，她的心也软了下来。

便当作他是喝醉了吧，让他拉一会儿手，让他心里头好受些。

“曲杼今儿也来了，你可见着他了没？”

“见着了。”

沈如安嗯了一声，道：“我也见着了。”过了一会儿，又问她，“那这戏，你还唱不唱了？”

淮泗儿道：“不唱了。”

沈如安又嗯了一声，再问：“那曲杼，你还嫁不嫁了？”

过了一时，淮泗儿的声音才从昏黑的夜里传出来极是清晰，因为只有一个字：

“嫁。”

沈如安松了她的手，将自己被她沾得也冰冷的手搁在又红又烫的脸上，叹了口气。“天晚了，夜里冷，你快回去休息吧。”

淮泗儿看着他懒散着身子坐在石头上的样子，脸庞蕴藏在灯光里，忽然就照出了一片朦胧的凄凉感，她心头微一紧，忍不住脱口：“你……”

沈如安抬头看她，对她微笑：“怎么了？”

他这样一问，她身上刚积攒下来的那点意味不明的东西却又突然决堤了，溃散了下来，想要说的话，就再也说不出口。又在他身边站了一会儿，两个人都没有再说话。过了许久，她才慢慢地转过身，从他来的路上往回走。

“淮泗儿。”他叫她。

她站住身，回过头。

沈如安也站起了身，许是因为喝多了酒的缘故，他那一双眼睛

在这夜里，格外地明亮。他指着脚下，看着她，一字一句道："早晚有一天，你会在这个大宅子里安身立命。"

淮泗儿没有说话，只是定定望着他，哪怕心中已经因为这句话，翻腾起伏，但是脸上的表情却还是一丝一毫都没改变，过了一时，她转身接着往前走，那身影一点一点地被淹没在了这片黑暗里，直至再也看不到。

次日天还未亮，沈如平便到主屋里向沈老爷和沈夫人辞行。沈夫人慌忙起床，惊道："为什么不在家多待两天？怎么走得这么急？"

如平道："自从我军突破了蒋的第一次围剿，取得反围剿胜利后，蒋就命何应钦为总司令派了二十万兵力对我们根据地进行第二次围剿，现在情势十分危急，我在这儿跟上面联系不方便，不能在这里多待。"

沈夫人哭泣道："反正我是劝不了你的，你干了这份事业，总有你的道理。可这是刀刃上舔血的活儿，你让我怎么放心？我是做梦都怕！怕你和你大哥一样……"

沈老爷打断了她的话，同沈如平道："咱们中国这大好的河山，眼看着就给日本人糟蹋了，身为一个热血男儿岂能坐视不管？你且放心去吧，不必担心家里。"

沈夫人碎碎念着："怎么走得这么急，昨儿也没有跟我们说呀，要不然我就早起，叫人帮你做点吃的。"

沈如平拦住了父亲和母亲，低声道："不能再耽搁了，外面还有人在等我，我跟您二老说一声就走了，您二老别出来了。"

沈老爷拉住了沈夫人，对沈如平道："走之前，去跟你大嫂说一声。"

沈如平应道："我晓得。那爸妈，儿子走了，也不知道下次什么时候会回来，您二老要好好保重身体。"

说罢，跪下重重磕了三个响头，在沈夫人尚未来得及反应过来的时候，起身消失在了浓稠的夜色中。

沈如安就站在不远处等他，看到他，便接过他手里的皮箱，问道：“还要不要跟大嫂说一声？”

“要。”

于是，兄弟俩便往大少奶奶院子的方向走。

站在大少奶奶的房门外，沈如平低低地叫了一声：“大嫂。”

过了一会儿，屋里传出来大少奶奶的应答声：“哎。”

沈如平道：“大嫂，我要走了，就是来跟您说一声，您在家好好带着铮儿，等得了空，我再回来看您和铮儿。”

又过了一会儿，大少奶奶才道：“嗯。我就不出来送你了，你一个人在外面，凡事当心点。”

“我记住大嫂的话了，那我走了。”

“嗯，走吧。”

沈如平没有立刻就走，他仍旧是站着没动。不久，便听见黑漆漆的屋子里，传出的细细的哭泣声，他闭上眼睛，抚上胸口。他害死了大哥，毁掉了屋子里的那个和他从小一同长大的女人一生的幸福。又过了许久，他才慢慢地走出大少奶奶的院子。后门外，沈如安已经安排沈实备了车在那里候着了。

“二哥，我知道你放心不下大嫂，但是有我在，你就不必担心了。”

沈如平拍了拍沈如安的肩膀，道：“这一大家子，就全累你一个人了。”

“照顾家人，不算累。你放心吧，今天我就去找人把钱按照安排好的渠道给你弄过去。”

“全靠你了。那我走了。”

第二天上午，大少奶奶同阳叔结了钱，又给了每个人不少的赏。阳叔想，沈家这钱给得不少，也不能在礼数上亏了人家，总要向沈老爷辞行的，于是便带着众弟子们去见沈氏夫妇。

沈老爷对于这一次春申班的演出是十分的满意的，尤其是对于

淮泗儿的那一出《天门阵》更是赞不绝口。于是，在心里面似乎也就理解了他的儿子女儿们为什么对这个姑娘这么地喜爱了。

沈夫人对淮泗儿也很是喜欢，她私下里对沈老爷说：“干这份行当的，难得她还有这份风骨，又是长得这么俏。就是可惜了生不逢时是个下九流。唉，倒也是个苦命的人儿呢！”

这话偏就被如沐听到了，丢了手里的报纸杵到沈夫人面前，笑眯眯地问：“妈，你说这个淮泗儿，像不像《金粉世家》里的冷清秋？”

沈夫人想了想，说“还确实有些像，不过可没人家出身好。”

因为女儿和儿媳妇都喜欢看《金粉世家》的连载，所以沈夫人耳濡目染，也是看过一些的，不过她喜欢的是金家的兴衰故事，而不是冷清秋和金燕西的爱情故事。

如沐撇嘴，说“冷清秋是平民出身，淮泗儿也是平民出身，哪里没有人家好？”

沈夫人道：“可惜干的行当是个下九流！长得这样好看的一个姑娘家，若是肯正正经经找个好工作，怎么不能嫁个好人家去？唉，真是可惜了。”

如沐凑到她面前去，说“妈你要是真可怜她，那咱就收了她，让她给三哥做媳妇吧！”

沈夫人念了一声“阿弥陀佛”，怒道：“我要是哪天死了也是给你气死的。咱们家娶媳妇，门槛要求纵是再低，那也不能娶个下九流当三少奶奶！你三哥现在是咱们家主事的，给他娶媳妇儿就更是得慎重！还看报纸，去，让你妹妹陪你去挑首饰去。都快嫁人了，你这性子，到底要怎样才能改了呀？”。

如沐怏怏地收起报纸，嘴里边还嘟囔着：“改不了了，生就这样。现在都民国二十一年了，你们还当是在清政府的时候啊？唱戏的也是人，咱们凭什么瞧不起人家？什么门第观念，现在都讲究婚姻自由，不提倡包办婚姻！”

沈夫人道：“我不管现在是民国多少年，是谁当政谁当权，我给

我儿子娶媳妇，那也是我们家自己的事情，碍不着谁！反正不管怎么样，你三嫂，就须得找一个像你大嫂这样的，我方才能满意了。再说，我何时说我瞧不起戏子了？”

如沐哼了一声：“我大嫂……我大嫂现在是生生囚禁在了咱们家这座牢笼子里了，以前大哥在的时候吧，她一年还能出几次门。可自从我大哥死了以后，她是连门都不出了，天天就在她那院子里。我看简直就是生不如死！”

沈夫人闻言，沉默了半晌，才长长叹了口气，道：“这便是女人的命！你快出去吧，别在这里跟我讨气。”

许是因为即将嫁人的缘故，如沐心里对于女人嫁人之后的命运多了许多的关注，就在她出门的时候仍在想着母亲的那一句“这便是女人的命”。

这句话她从大少奶奶嘴里也听到过。

那一日，大少奶奶坐在窗子下面，手里拿着一件簇新的旗袍，一针一线地在上面绣着鲜艳的花，那是绣给她的。大少奶奶说：“结了婚的女人穿上旗袍才好看，这样好看的颜色，是要给幸福的女人穿的。大嫂绣了给你，新婚过后，你要记得穿。”她是寡妇，家人不全，不是个吉祥的人，所以如沐结婚、新婚备的东西，她从不插手，只给如沐做件新婚之后穿的旗袍。

如沐坐在她的对面，看着她如画的眉目安静地低垂着，现在的她正值女人一生里最美好的年华，可是她却因大哥的死而画地为牢，自己埋葬了自己。

她再一次细细打量着大嫂的这间屋子，包括那张手工精细的千工床在内，这里面都是大嫂的嫁妆。当年，大嫂嫁给大哥，那一场婚礼轰动了北平城，那才是真正的十里红妆！朱金的木雕，泥金的彩漆，那六十多抬陪嫁，不知眼红了多少人！可而今呢？当年那个风光无限的新娘子，如今却一个人守着一个院子，守着儿子，守着

这满屋子的红妆，而那个本该疼她爱她的丈夫却不在身边。

她问大嫂："大嫂你心里苦不苦？"

大嫂正在穿针引线的手顿住了，过了一会儿，才轻轻地道："什么苦不苦的，这就是咱们女人的命，是我的命，合该如此。怨不得谁。好在你大哥留了铮儿给我，否则……"她笑笑，"连个活着的希望都没了。"

在挑着首饰的时候，如沐想：也许大嫂才是真正的苦命人。那么我嫁给之平之后，又会怎样呢？也像大嫂一样，就在这深宅大院里，再也出不来了么？

按照之前同淮泗儿商定的，沈老爷的寿筵一过，阳叔就要把班子散了。但那些一直以来因为淮泗儿的风头太盛而被压制了的二牌们，心里却是不乐意的。这几年，只要是排了淮泗儿的戏了，那别人就没有挂头牌的机会，排了好戏都是给她，办行头的时候，最好的也总是紧着她给，这如今她的钱赚够了，要嫁了，不想唱了，阳叔就听她的把班子散了。她是过好日子去了，可其他人怎么办？

挂二牌的小玉率先发难："泗儿，你离开班子，咱们也不说什么，毕竟像咱们这样的，能找个好男人嫁了，那也是种福气。但是你想想，班子散了，我们要怎么办？你是要嫁给曲杍了，你没关系了，那我们呢？都是指着这嗓子吃饭的，没了班子，我们还指望什么去？"

淮泗儿一言不发，她知道她们不想把班子散了，因为一旦她离开了，那她们每个人便都有了挂头牌的机会了。

阳叔道："你们也不要不高兴，这还不是为你们想，这兵荒马乱的年月，什么事不会发生？前儿我还见着了得月班的人，他们是才从东北回来的，奉军在东北不愿意跟日本人打，整个东北三省都沦陷在了日本人手里，东北三省现在都成了日本人的天下，他们在那里横行作乱，得月班那些姑娘们，哪一个没被那些倭寇糟蹋过？你们再看看现在北平的形势，估计这日本鬼子要是打进了城里，这北平城

跟东北三省一样，轻易地就能让他们给拿了去！到时候，你们要怎么办？谁保全你们？难道你们还想落个跟得月班那些姑娘们一样的下场？”

阳叔这一席话说得一众人都接不上口。现在时局变幻莫测，谁也不晓得明天一睁开眼睛，这天下又换谁当家了。

“班主，话是这样说没错。可班子散了，咱们该干什么去呀？饿着肚子该怎么活？我们不像泗儿，她离开了班子就嫁为人妇了，不用担心什么饿不饿得着的问题。可我们不同呀，我们离开了班子，连怎么活下去都不知道！”

阳叔也为难了。

小玉这话说得也没有错，这一个个的，离了班子，又要靠什么活呢？她们不像淮泗儿，人长得漂亮，就是找靠山也容易。这一群姑娘孩子要怎么办呢？

话说到这里，基本上结果也就明确了。

淮泗儿不想再听她们说下去，站起身，静静地道：“班子散不散，阳叔你就看着办吧，总之，我是不唱了，”想了想，又对阳叔道，“外面我房子也找着了。师父，从明天起，我就不来了，您若有事，就让小盐去找我吧。”结婚前她不愿意跟曲杼住在一起，自己又在外面租了房子。

阳叔点点头，道：“行。反正你早就过了学徒期了，是自由人。回头你若跟曲杼结婚了，别忘了来班子里说一声，师父给你备大礼。”

淮泗儿答应了一声，挽起手袋，转身离开。

淮泗儿静静地走着，仍是如同往常一样，是那不快也不慢的步子，一脚跨出了春申班的大门。

出了这个门，她就再也不是那个名动京华，让看客们捧在手心里的淮泗儿了。从今而后，路就是她自己的了，要往何处走，全凭她自己做主。

但是，却是再也没有回头路的。

走出大门，她抬头看了一眼头顶的星星，吸了一口气，再轻轻吐出。一身的轻松。

不唱了，再也不唱了。

第七折 高挑起染渲佳人丹青画 卖弄他生长在王侯宰相家

“淮小姐，今儿个怎么就回得这样晚，我们都等了您很久了。”

又一个等在门外，想要拦她的人。

淮泗儿不理会这人，径自往前走着。

那人见她并不理会，伸出一只手便拦住了她的去路。“淮老板请留步。”

淮泗儿冷冷看向来人。

北平警察局长的秘书，已经是第二次来堵她了。

那人道：“我们局长想请小姐共进晚餐，在六国饭店里包了席，请小姐随我们去吧。”

淮泗儿转过了头不再看他，只淡淡地道：“请让开。”

那人不动。一辆停在远处的汽车上下来一个男人，皮靴踩在地上的声音，在这暗夜里，异常地响。那人走到她面前，笑道：“淮小姐，请放宽心，何某人邀请您共进晚餐，并没有什么恶意，不过是仰慕您的风采而已。”

淮泗儿欠了欠身，仍旧低眉，道：“您的好意我心领了，我还有事，恕不能奉陪。”

何局长却笑起来：“别人都说你是真冷清，可我却觉得你是假清高，唱戏的都会演戏，这个我知道。不过，我也奉劝淮小姐一句，别玩那些吊人胃口的小把戏了，还是乖乖跟我走的好，免得我那些

手下动手请您时，下手不知轻重，伤了您这千娇百媚的身子，我可是会心疼的。”

淮泗儿不再说话，也不动，眼睛只看着黑洞洞的前方。不知怎的，这样的场景，忽然就让她想起了在上海的那一晚，也是这样，她被看客拦了路，摆脱不掉，在最绝望的时候，那个青衫的男子，忽然出现，救了她。

何局长做了一个邀请的手势。“请——”

淮泗儿岿然不动，青色的旗袍、呢子的洋大衣，还有挽在手臂上的手提包，她斜斜地站在那里，不言不语却自有一股凛然不可犯的气势。

何局长先是给她这气势惊了一下，然后才又道：“你仗着有沈如安撑腰，就以为全北平城都怕了你，淮小姐啊，你也不想想，他沈如安是什么人？你又是个什么人？他不过当你是个玩物罢了！你倒还真当自己金贵了！我何某人不想对你动粗，你可别逼我啊。”一个戏子而已，攀上沈如安就以为攀上了龙凤，将别人都不看在眼里，清高又傲气得不得了。但所谓的清高，也不过是想要欲擒故纵罢了，这样的把戏他见得多了。像这种给脸不要脸的，他通常没有太多的耐心。

淮泗儿还是不言不语。

何局长给她这副样子弄懵了，不晓得她这是个什么意思，便伸手去拉她，想将她往车里拉。却哪知，尚未碰着她的手，一把明晃晃的刀子便出现在了眼前，他啊哟地大吃了一惊，表情骤变。

站在一旁的秘书冲上来扯她，大骂一声：“臭婊子，别给脸不要脸！不过是个唱戏的，不知道被多少人上过了！局长请你，那是看得起你！装什么贞节烈女！”

淮泗儿神情不变，这样的话她听得多了，早已刀枪不入。

就在这时，黑洞洞的前方忽然传来了一声低笑，一个青衫人影自黑暗中走了出来，昏暗的灯光之下，看不清他的面目，只听得他

的笑。“我不过是晚到了几步，泗儿你便跟何局长开起玩笑来了，当真是不该！”

何局长听到这句话，便大皱其眉，脸色微一变，不自觉地往后退了一步，与淮泗儿拉开了距离。

淮泗儿不动声色地长长吁了口气，将刀子收了起来。

沈如安走到他们面前，极亲昵地握住了淮泗儿的手，对着何局长笑道：“有些日子没见到何局长了，一向可好？”

何局长干笑道：“好好，这个时间，如安老弟怎么会来这儿？”刚说完，便又是一阵尴尬。这么晚了，沈如安来这儿能干什么？再看二人那亲密的样子，还有什么不明白的？

方才还骂骂咧咧，这会儿倒是客气有加了。淮泗儿不动声色地冷笑。

沈如安含笑回答何局长：“来这儿接淮小姐。何局长您也知道，前儿我父亲过寿，便是请了春申班去搭台子为父亲祝寿。哪知我母亲与苏太太自打那便爱上了听淮小姐唱戏。这不，又差了兄弟再来请她过府一趟，明儿苏师长苏太太要到家里吃个便饭，便想让淮泗儿陪我母亲和苏太太说说话儿。”

何局长既然能坐到这个警察局局长的位子上，就说明他为人是极精明圆滑的。背地里他怎么瞧不起沈家都成，说说气话也就罢了，但面上还是得过得去，当场跟沈如安抢女人，他还做不出来。

须知，这沈家在北平本就是黑白两道人人敬着走，北平城里的大小官员，哪个没有收过沈家的好处？哪个不指着沈家捞油水？便就是陈司令见了这沈如安，也得让着三分。更何况如今这沈家又跟苏家联了姻，更是财势冲天了。坊间不都是这么说吗？沈家若是打喷嚏，整个北平都伤风！

何局长赔着笑脸。“老弟这话说得是，咱们做小辈的，自然万事以侍奉好老爷子老太太为先。”正说着，一辆雪佛兰汽车缓缓开了过来，在沈如安身边停下，沈实自车上下来，叫了声：“三爷。”

何局长见状忙道："老弟若是忙就先回去吧，侍奉老夫人要紧。等回头，六国饭店，我做东！"

沈如安笑道："哪能让何局长您做东，我请，我请！"

"那有话咱兄弟就回头再说。说好了啊，六国饭店，我请！老弟你可一定得给面子！"

何局长离开后，沈如安拉着淮泗儿上车，沈实开着车子目不斜视地看着前方。淮泗儿的手还被沈如安握着，她试图挣脱出来，奈何他握得太紧，她越是挣扎，他手上便越是用力，将她的手都握疼了。

终于，她忍不住，低声道："你可以放开手了。"

沈如安不说话，也不放手，只是闭着眼睛靠在椅背上，平静的表情像是睡着了一般，但那握住她手的那只手上越来越大的力气却显示着，他并不若表象上的那般平静淡然。

她终于皱眉："沈如安，你捏疼我了！"

听了她的话，他果然放松了手上的力气，似乎是长长吁了一口气一般，道："幸亏他对我仍旧有所忌惮。"

淮泗儿默然，她晓得他话里的意思。

"难道这一辈子，你都要在包里备着一把刀子不成？"

淮泗儿侧头看着车窗外黑沉沉的路，轻声道："我已经同阳叔说好了，不唱了，往后便再也不必提心吊胆了。"

沈如安握着她的手放在自己的胸口处，低叹："我待你的心，你从来都看不到。"

在他手心里的那只柔软的手轻轻一抖，她不看他，只是望着车窗外的夜色，嘴角抿成一条线。过了好一会儿，才轻轻地说："沈如安，我希望你与别人不同，所以，不要再接近我了。"

因为不接近，就不会有失望。不失望，他在自己心中，便永远都是最美好的那一个。

淮泗儿离开春申班后，她原是想着，用自己手头上的一些积蓄，买上一处房子，当作她与曲杼的新房。

但曲杼却绝口不提结婚一事。

这日淮泗儿与他提及此事，他却支支吾吾顾左右而言他。

淮泗儿想着他已有两日不曾来找她，今日见面，他又是这个敷衍的样子，其中必是有异，便问曲杼："你可曾找到工作了？"

说到工作，曲杼得意起来，对她道："我跟你说过，这北平城，不是他沈如安能只手遮天的地方！他就是再得意，也总有些地方，是他不得不怕的！"

淮泗儿问："哪里？"

"北平警备司令部！"

"你如今在北平警备司令部工作？"

"是的，陈司令的文书。"

淮泗儿垂首闭了闭眼睛，带着几分忍耐。"不是说好了，你找一份普通的工作吗？为什么又和警备司令部扯上了关系？"

曲杼握住她的手，笑道："找一份普通的工作，又怎么养得活咱们俩呢？泗儿，你想想，我在警备司令部上班，而且还是陈司令的文书，以后谁还敢欺负你？谁还敢看不起我？泗儿，我这是为了咱们好！"

看着他这副得意的模样，她忍不住抽出了自己的手，又问了一句："你是怎样和警备司令部攀上关系的？"他一个刚来北平的年轻人，哪里来的这么厉害的关系？竟然一下子做了警备司令的文书。

曲杼看了看她的脸色，略迟疑了一下，道："我忘记同你讲了，在来北平的火车上，我曾遇到过陈司令的千金，帮过她的忙。前不久，又遇到了陈小姐，她知道了我在找工作，就将我推荐给了陈司令，我去见了陈司令。他很欣赏我，所以……"迎着淮泗儿平静的目光，他有些说不下去了。但是他瞬间又恼怒起来，激动地道，"我去警备司令部怎么了？我凭的是我自己的努力！就算全北平城的商铺都是

沈家的，我也照样能正大光明地找到工作，我不比他沈如安差！”

淮泗儿看着他，却忽然问：“婚，还结不结了？”

曲杼梗了一下，方才的激动戛然而止，她简简单单的一句话，却成功地让他一拳头打进了棉花里，心里头说不出是个什么滋味，也说不出应该要有怎样的表现。按说他应该高兴，但是结婚这事，是他们时常挂在嘴边的，说得多了，早已麻木，一点喜悦的心情都没有了。

他看着眼前清丽的女子，顿了一顿，靠近她，想要握住她的手，想要抱一抱她。但淮泗儿却始终平静地望着他，仿佛她方才说的不是结婚的事，而是一句再平常不过的家常话。他伸出去的手，便僵在了那里。

“我是定然要和你结婚的，只是泗儿，我才找到工作，我手里头没有钱……你再容我一些时日，等我挣到了钱，我们就结婚。好不好？”

淮泗儿道：“我有钱。”

曲杼微怒。“我曲杼纵是再无能，也不可能用你的钱结婚！”

淮泗儿不再说话了。

曲杼看着她冷冷淡淡的样子，忽然心头火起，冷冷地问：“你和沈如安还有没有再见面？”

淮泗儿皱了皱眉头。“你为什么总是放不下沈如安？你明知道我和他没有什么的。”

曲杼冷笑连连。“你和他没有什么？这话说出来谁信？只怕你自己都不信。沈老爷过寿那一夜，你住在沈家，和那沈如安有没有发生过什么不可告人的事情，也只怕只有你们自己最清楚。我只怕，我们结了婚之后，你心里还念念不忘沈如安！”

淮泗儿盯着他。“曲杼，你知不知道你在说什么？”平日里曲杼误会她与沈如安，她通常是能忍则忍，不能忍就解释一二，却从来没有像今日这样。

曲杼低眉看着她，她仍旧是一副平静的模样，不恼不怒，也没

有不高兴，就只是这样冷淡地望着他，甚至那眼神中，还隐隐有一丝的厌恶。

是的，这就是淮泗儿，他一直深爱的女人。永远一副冷淡的样子对他，偶尔对他笑一笑，就像是施舍一般。哪怕他说了再恶狠狠的话，也不会令她发怒，只会让她鄙夷。

她看不上他。从来都看不起他。

“你看，不论我说什么样的话，做什么样的事，你从不关心，从不过问，永远都是这副高高在上的模样，等我哄着你，等我宠着你，可是你呢？你高兴了给我露个笑脸，不高兴了理都不理我。我叫你不要再唱戏，你不听我的；我叫你不要再接触沈如安，你也不听我的。你当我是什么？你口口声声要和我结婚，你是真的要和我结婚么？还是你只是想通过我，欲迎还拒，刺激沈如安？”

淮泗儿低眉，看着旗袍上绣着的花样，暗色的纹路，认不出那是什么花。对于曲杍今日的反常，她心里头似乎透亮着，又似乎什么都不明白。

那日在沈家她亲眼见到他与沈如安的妹妹在一处有说有笑，感觉很是亲密的样子，今日却又是陈司令的千金帮他找到的工作。

她笑了起来。这天下，果然是人心都乱了。

但她还是听到了她自己的声音，她听到自己冷静地说道：“我知道，我以后会改的。”

天气一日日地转冷，她住在租来的房子里面深居简出，除非小盐、曲杍或班子里的姐妹来找她，她才会到街上去走走，否则便闭门不出。她不知道现在时局怎么样了，也不晓得外面的事情，只是一心想要隐于红尘。

只到那一日，小盐跑来同她说，沈如安的妹子要出嫁了。

她想，是了，一官一商，这样的联姻才是最好的，日后北平城，只怕沈家的势力是要更大了。

小盐说："姐你不去看吗？听说办得可热闹啦，还是学人家洋人的婚礼呢！穿得……"她比了比胳膊又比了比脖子，"那白纱穿得比旗袍还好看呢！"

淮泗儿笑笑："是吗？"

"姐你不晓得，我几天前碰见沈家的四小姐和五小姐了，她们在洋汽车上坐着，见了我，还问你的好，还说要请我们到她们府上去做客呢！"

淮泗儿"嗯"了一声，笑着说："那是她们同你客气呢，大户人家的小姐，都是这样的。"也不知为何，对着小盐，她永远都是最有耐心的。

小盐喜滋滋的。"反正我是极喜爱那两位小姐的。长得好看，打扮得也好看，那五小姐还是留过洋的呢，是最有见识的！姐你也是见过她们的，你喜不喜欢她们？"

"嗯，喜欢。"

小盐欢喜不已，说："姐，我也跟你一样的！"

淮泗儿问她："班子里现在怎么样了？"

小盐的脸色顿时一沉，道："还能怎样，几个人为了争头牌，恨不得大打出手，争得你死我活的，小玉她们都找了靠山，认了干爹，早搬出去住了。阳叔天天后悔当初没听你的早早把班子散了。"

淮泗儿没说话，只轻轻叹了口气。你自己不低下头，谁能骑到你脖子上去？干的本就是下九流的行当，自己不懂得自爱，就莫要怪他人出口侮辱了。

"姐，我也不想待在班子里了，我想学你一样出来，反正我也不爱唱戏。可是……可是我还是个学徒，出都出不来。"

淮泗儿看着她，心里也是不愿这个小师妹待在班子里的，现在的班子是乌烟瘴气，小盐若是长时间待在那里，难免会受到污染。她本就爱小盐这无忧无虑的性子，若真是被小玉她们带坏了，真就是可惜了。

可是再想想，她现在已经不是春申班的人了，纵是有心相帮，却也是心有余而力不足。

“姐……你帮帮我吧！”

“你容我想想办法。”

小盐眼睛一亮。“可是真的？你帮我离开班子？姐我太高兴了！”

淮泗儿失笑。这个傻姑娘，到底是小孩子家心性，只顾着高兴，却不去想，一旦她真离开了班子又靠什么吃饭？

可小盐不管，又蹦又跳地拉着她。“姐，咱们出去玩吧，街上现在可热闹了！”

淮泗儿本不想出去，但又不忍拂了小盐的意，便只好答应:“好吧。”

许是天气渐渐转冷的原因，长安街上的人并不多，小盐穿着一件粉嫩的夹袄走在前面，见着了什么都要摸一摸看一看，万分好奇。淮泗儿穿着大衣，脖子上围了一条围脖，不紧不慢地在后面跟着。

小盐停在一个卖冰糖葫芦的摊子前，歪着头，打量了许久，才咽了咽口水依依不舍地离开。她是学徒，班子里管她吃喝，阳叔也会每每在换季的时候做新衣服给她穿，但却是不给钱的。

她本就是小孩子心性，嘴馋得紧了，也只能望梅止渴，看看罢了。

淮泗儿微笑着，拿出钱，买了一个给她。看着她开心的样子，心里不自觉地也是喜悦的。

却忽然看到小盐的笑凝固在嘴角，直勾勾地看着前方。她回过头，顺着小盐的目光看过去。

儒雅翩翩的男士，与娇柔似水的小姐，并肩走在这街上，郎才女貌，倒也是非常地吸引路人的目光。

她回过头去看小盐。“怎么，这糖葫芦不好吃么？”

小盐回过神来，慌乱地拉着她，道：“嗯，好……好吃，姐，咱们不逛街了，咱们走吧，咱们回去！”

淮泗儿点头，她本就不太喜欢到人多的大街上来，回去，倒也是合了她的心意，便转身往回走。哪知，刚转过身去，小盐却又一

把拉住了她。

“姐，咱们不要走这边了！”

但这话刚说出来却已经晚了。那一对只顾谈天，尚未发现她们的璧人已然走到了她们面前。

淮泗儿神情不变，眼前的一对璧人看到她，却是截然不同的两样表情——沈如涧是欣喜的，而曲杼却是错愕的。

“淮小姐，没想到能在这儿碰到您，可真是巧呢！”

淮泗儿欠了欠身，嘴角含了淡淡的笑意。“五小姐您好。”

如涧亲热地上前一步，挽住她的手。“您可别客气了，昨天我母亲还说着想请您到家里去做客呢，我母亲是极喜欢您的。我父亲那天还夸您来着，说您风骨堪比梅先生呢！”

“令尊谬赞了。”

如涧拉着淮泗儿向旁边，介绍道：“曲杼，她便是淮泗儿，那天我父亲过寿，她唱了一出《天门阵》，我父亲说她颇有婉婳将军的味道。那天，你看了吗？”

这时候曲杼的脸色已然缓了过来，看着淮泗儿的样子，尚不知该如何接话，却忽然听到了小盐重重地冷哼了一声。

如涧拉起小盐的手，问道：“小盐你怎么了？不高兴么？”

小盐张了张嘴想说话，却被淮泗儿打断：“这孩子是同我闹脾气呢，倒是让您看笑话了。”说着她看向曲杼，眼眸愈发的清冷，“我同曲先生在上海时是旧识，只是没想到又在北平遇上。曲先生您近来可好？”

曲杼面色又是一僵，神色古怪，倒是真不知道如何回答了。

如涧瞪大了眼睛：“原来你们是旧识啊，我还以为你们并不认得，亏我还想要帮你们引荐来着！这下咱们倒真是有缘分了。”

淮泗儿微笑，退了一步。“二位若是有事，那我们便不打扰了，先行一步。”

如涧极力挽留。“刚好我们要去见我的一位好朋友，您若是没事，

便跟我们一块儿去玩吧，我那朋友是陈司令家的千金，人很好的。”

淮泗儿有些想笑了，她拒绝了。“不了，两位玩得尽兴。”说完对着如涧和曲杼欠了欠身，便慢慢离开。

小盐赶忙跟过去，在看到如涧同曲杼在一起的时候，她心里便已经决定不再喜欢这位留过洋的沈家五小姐了，所以走的时候也不看她，只是在走到曲杼身边的时候，却冷冷地哼了一声，冷着脸道：“曲先生，没有想到你竟是这样的人！真是……我姐真是看走了眼！哼！”

淮泗儿回过头来，看到小盐的脸色，便唤她：“小盐，走了。”

小盐又哼了一声，才踩着重重的步子离开。

如涧望着淮泗儿和小盐离开的方向，蹙起眉头。“小盐怎么对你很有敌意的样子？你得罪过她么？还有，她说的那些话是什么意思？”

看到她们离开，曲杼倒是长长松了口气，神色便又恢复了自然，含笑道：“这我就不知道了，若是真的得罪了她，那回头我可得要向她赔个不是了。”

“是吗？那你就好好想想自己有没有得罪过她吧！对了，她姐姐是谁？”

“我也不晓得。”

如涧看着他，沉默了一下，突然笑起来，道：“你是不晓得我爸爸妈妈和三哥有多喜欢这个淮泗儿，我妈那天还说，她那模样性格，真是容不得人小瞧，就是可惜了她出身不好。”

曲杼沉默了半晌，才长长叹了口气。“是呀……”可惜了，她出身不好。

如涧看着他的样子，忽然轻声问他：“曲杼，你跟她，究竟是什么关系呢？”

曲杼赫然一惊，但他极快地掩饰住了，拉过如涧的手，笑道：“旧识呀。在上海时认识的。怎么，你不相信？”

如涧扯开嘴角笑了笑。“倒也不是，只是在想，像她这样一个女子，有哪个男人会不爱呢？我看得出来，我三哥是真的喜欢她的。”

方才曲杼初见到淮泗儿时的错愕，她又岂会没有感觉到？

沈如涧只是单纯，却绝不傻。

沈家嫁女儿，可以不大肆铺张，但却必须得风风光光。

所以，沈如沐嫁得极风光。

比钱财，没有谁能够比得过沈家；比权势，苏家在北平的势力绝不算小。

沈家的大女儿，苏家的长公子，那可真是门当户对。

这场婚礼在北平轰动一时。茶余饭后，人们嘴里便也总是在说着，沈家嫁女儿时如何如何。有人掰着手指算了算，沈家这一回嫁女儿，可是至少花了七万块！七万块，可不知道眼红了多少人呢！

新媳妇三朝回门，沈如沐带着苏之平坐着汽车回了沈府。

虽说只是短短三天，但嫁出去的女儿如同泼出去的水，如沐却从此不再是沈家的人了。

一家人陪着新姑爷热热闹闹地吃完了饭，便坐在客厅里面说着家常话儿。

男人们聊着时局，女人们是插不上嘴的。偶尔如沐和如涧接上一两句，便又被沈夫人喝止：“时局革命，那都是男人的事，你们懂得什么？”

如涧笑了笑，便不再说了。但如沐是习惯了要同沈夫人争上两句的，便道：“现在都提倡男女平等了，男人能去打仗，女人自然也是可以的！”

沈夫人气得想拿指头戳她，但看到苏之平在场，又不好当着他的面教训女儿，怕等回了苏家，苏之平会瞧不起女儿，便只得说道：“你这个孩子，就是被那些新思想给带坏了！”说着转向苏之平，“之平，现如今如沐是你的妻子，若是她在你们家有做得不对的地方，你只

管骂她便是，万不能把她给惯坏了！”

如沐搭眼便向苏之平横了过去。

苏之平看了她一眼，忙对沈夫人道：“母亲说的是，之平记下了。不过如沐在家里是极好的，我父亲母亲也都极喜欢她。”说罢，还对着如沐笑了笑，那笑里带着讨好。

沈家人看明白了如沐在苏家确实过得好，便也都放了心。

如沐的事情至此便算是告一段落，沈夫人掰着手指头算。“如沐的事算是了了，还剩下如平、如安和如涧，大事还多呢！”

如沐笑道：“大事虽多，但说办也快着呢！赶明儿让五妹把那曲先生带回家里让爸妈看一下，还有三哥的那位淮小姐，也一并带回来，说办事还不快？”

如涧俏脸一红。“四姐！”

沈夫人心生疑惑，问道：“曲先生？淮小姐？这都是怎么回事？”

如沐笑道：“爸妈你们不知道，咱们五妹呀，情窦初开啦！爸爸过寿那天，那位曲先生有来过咱们家，一直跟五妹在一起呢！大嫂见着了。大嫂你还记不记得？”

大少奶奶想了想，说：“莫非就是那位陪五妹一起的先生？”

“对，就是他。大嫂你觉得如何？”

大少奶奶回想着，慢慢地道：“那位先生……举止倒是文雅得体，进退也得宜，又是一副温文儒雅的样子，只看外表倒是不错……”

“是吗？那这位曲先生他出身如何？”沈夫人问。

如涧恨不得将头埋进大少奶奶的怀里，娇羞地道：“这我也不晓得……”

沈老爷道：“那么，后天便请他来家里做客吧，不管怎样，我们先见他一见再说……”说到一半，转向沈如安，“如安，你是怎么打算的？”

沈如安晓得父亲的意思，想了想，反问父亲：“爸爸您是见过她的，您怎么看？”

沈老爷却也不是好打发的，只道：“你且莫管我怎么看，父亲要的是你的说法。当初我是跟你说过的，咱们沈家的男人，一不许赌钱、抽鸦片；二不许养歌女、蓄娼妓。你可记到心里面去了？”

“是的。”

“那么，你现在与那个淮泗儿不清不楚的，算什么？你别以为你在外面做的那些个事情我就不晓得。我跟你说，你现在尚未成家，就把名声搞得这样不好，将来我们要如何帮你娶妻？”

“父亲您不必担心，儿子没有养歌女也没有蓄娼妓。您之前也是表示过，您也是极欣赏淮泗儿的风骨，所以，儿子想将她娶进门。”

沈夫人倒吸了一口冷气，脸色一变。“如安！你怎能如此胡闹？”

沈如安看着沈夫人，正色道：“不是胡闹，妈，我是真想娶她。”

如沐高兴，拉着沈如安，道：“三哥我支持你！”

沈夫人瞪向如沐：“如沐不许插嘴！”

如沐吐了吐舌头，见沈夫人难得发脾气，便没胆再跟母亲顶嘴。

“如安，这结婚不是儿戏。你现在是咱们家主事的，你的亲事得慎重，我和你爸爸也一直在帮你物色，咱们家可以不讲究门第，纵然是穷人家的女儿，只要她识大体，我们看着满意，那咱们也风风光光将她娶进门。但是，那个淮泗儿，她是个唱戏的，是个下九流，我们怎么能将她娶进家门当三少奶奶？这不是摆明了让人家看咱们沈家的笑话！”

沈如安望着沈夫人。“妈，我不管她是不是下九流，只要儿子喜欢她就行。”

沈夫人正要发怒，坐在她下首的大少奶奶突然扯了扯她的衣摆，笑道：“妈，你看今儿个是四妹和妹夫回门的日子，都欢欢喜喜的。三弟和五妹的婚事还早，不急，咱们还是改日再说吧。”

沈夫人看了看苏之平，又瞪了沈如安一眼，脸色稍霁。

沈如安看着大少奶奶，面含感激。

如涧忍着笑，悄声在大少奶奶耳边道：“难得三哥也有今天。”

大少奶奶抿嘴笑。

此事便暂时揭过不提了。

晚上，如沐、苏之平夫妇离开后，沈如安早早地便躲到了后花园里，在湖边站了许久，不免想起他喝醉酒那一晚，与淮泗儿站在这里时的光景，她难得没有躲开他，只是那清清淡淡的样子，却是使人难忘。

站得久了，却仍是觉得心里烦乱。想了想，便往大少奶奶的院子里走，正好在院子里看到阿香，他便问："大嫂在不在屋里？"

阿香道："在，五小姐也在。"

沈如安往屋里走，阿香忙去打帘子，往屋里道："大少奶奶，三少爷来了。"

灯光下，大少奶奶正与如涧坐在一处说话，见到沈如安，笑道："三弟也来了。快进来坐吧，外面冷。"

如涧抬头看沈如安，笑着问道："三哥你躲出来啦？"

沈如安懒懒地靠进椅子里，敲敲她的头。"你看你三哥像是躲出来的么？"

如涧毫不犹豫地点头。"像！"

大少奶奶吩咐阿香添了茶，听到这话，也笑了。"瞧你们，躲难一样的。"

沈如安长长地出了口气，用手抚着如涧的头发。"五妹，你相信三哥么？"

如涧点头道："我自然是信三哥的。"

沈如安又问："那你觉得三哥会害你么？"

如涧不明白他这话里的意思。"三哥最疼我，当然不会害我。三哥，你为什么这么问？"

"你既然晓得我最疼你，那五妹，你能不能听三哥的，不要再同曲杼来往了？"

如涧瞪眼，问：“为什么？”

“因为那人不可信。”

如涧霍地站起来。“那三哥觉得谁可信？曲先生不可信在哪里？”但这样说着的时候，她自己却又不可避免地想到了那一日在街头与淮泗儿相遇时的那一番情景。曲杼的反应，淮泗儿的话，还有小盐的话，一一在耳边响过。

“五妹，三哥看人不会错，你相信三哥。”

如涧心里面虽是怀疑，但爱情的力量终是占了上风。她望着沈如安，怒气冲冲地道：“三哥既然说不出来他哪里不可信，那就说明三哥的怀疑是错的！我还是要跟他来往的。”说完便摔帘子离开了。

沈如安闭上眼睛，揉了揉脸。

曲杼，曲杼！

大少奶奶让阿香在一边伺候着，亲自将茶放到沈如安面前，看着沈如安的表情，问：“三弟见过曲先生？”

沈如安倾身双手接过茶，道：“何止是见过。这人城府极深，他接近五妹定然是有目的的。更何况……淮泗儿还一心想要嫁给他……”说着，他苦笑，“在咱们这个大宅子里，找来找去，唯一能说这些话的，也只有大嫂了。”

大少奶奶微笑。“那三弟你就跟我说说吧，我能帮你的就帮你。”

沈如安想了想，便将他在上海时对淮泗儿一见倾心，与她还有曲杼之间的那些纠葛，一一说了出来。

大少奶奶一直听着，也不插嘴，末了的时候，她问沈如安：“你明明白白地知道她不爱曲杼，对么？”

“不会错。”

大少奶奶又问：“但你却想不明白，她为什么宁肯嫁给曲杼，也不愿意选择你？”

沈如安再点头。

大少奶奶笑起来，道："三弟你向来聪明，怎么这事上就犯起了迷糊来了呢？她不愿嫁你，自然是因为她害怕。"

沈如安皱眉，害怕？淮泗儿也会害怕？他还以为她天不怕地不怕呢！

大少奶奶看他不以为然的表情，笑道："我是女人，三弟你会比我更了解女人的心思么？像她那样一个女人，又是做那样一个行当的，不论再怎么坚强，可终究是被人议论来议论去的，没有一句好话。旁人捧着她，纵是现在对她万般的好，那也是为了她那一副好模样，可要说真正瞧得起她的，又有几个人？等到将来，她一旦老去，不再年轻美丽，再想一想她从前做的行当，谁还会再拿她当人看？再说了，这个淮泗儿我也是见过的，看她的性子，多少也能猜到一些她的心思，她不爱曲杼，所以嫁给他，纵是将来他瞧不起她，那对于她来说也算不上是真正的伤害。但是这人一旦换成了是三弟你就不一样了。自卑的人，越是心里在意一个人，便越是想要远着他，这样，就不会害怕伤害了。我说这些，三弟你能明白吗？"

越是在意一个人，便越是想要远着他。

淮泗儿，可不就是这样的一个人。

沈如安苦笑："我想，我是明白了，大嫂。"

"明白了就好，你这么聪明，就好好想想日后怎样同她相处吧。只是，爸妈这边你要怎么办？我想你今日也是看出来了，妈是不愿意接受她的。"

"大嫂，你是怎样看待这件事的？"

"我怎样看待这件事，不重要。重要的是爸妈怎样看待。爸爸这边，我认为他不表态，这便说明他对淮泗儿是有好感的，毕竟爸爸也是极欣赏她的，所以我想，爸爸是向着你的。那现在最重要的是妈那边，你要怎样说服她？"

"妈那边，她太讲究出身了，要她接受淮泗儿，太难。大嫂，妈

平常最听你的，你替我多说说好话儿吧。”

“这还用你交代？我心里自然有数。”

沈如安忙道谢。

第八折

归自云中步珊珊　闻有青鸾信远颁

次日一早，沈老爷便将沈如安叫进了书房。他原以为是因为淮泗儿的事情，却哪知，父亲开门见山便道：“你五妹的事情你知道多少？”

沈如安想了想，据实以告。

“那个曲先生是个什么样的人？”

“心高气傲，不甘久居于人下。”

“他是从什么时候开始接近如涧的？”

“刚到北平不久，真正开始蓄意接近如涧，是在六安戏院的时候。”

“你从一开始就晓得，为什么没有阻止？”

沈如安沉默。

沈老爷慢慢坐进太师椅里，对自己的三儿子道：“老三，不要想着对父亲隐瞒什么，这关系到你五妹，我不许你胡来。”

沈如安站在屋子中央，垂首回答道：“爸，儿子只是想娶淮泗儿而已。”让淮泗儿见识到曲杼的真面目，等她不再一心想嫁他的时候，他有的是办法收拾曲杼。

沈老爷道：“我晓得你要娶淮泗儿，但这跟你五妹有什么关系？沈如安，你最好老实告诉我，你要做什么？”

沈如安道：“因为淮泗儿，曲杼心里对我极为恼恨。现在他蓄意接近五妹，我只是想知道他的目的是什么。没有阻止五妹同他来往……”

沈老爷一拍桌子站了起来，怒道："你为了一个淮泗儿就利用你自己的亲妹妹？"

沈如安忙道："爸，五妹对曲杼的爱慕之心，是从火车上就有了。她一直追求的就是自由恋爱，如果我在五妹同曲杼开始往来的时候就横加阻拦，就只会激起五妹的逆反心理，使情况变得更加的糟糕。"

沈老爷拍了拍桌子，盯着他。"那么现在呢？情况就不糟糕了？你妹妹跟人家好上了，再去反对，她就不会逆反了？"

"曲杼已经通过五妹与陈司令的千金陈方萍联系上了。父亲您也知道，陈司令只有陈方萍一个女儿，而我们家却不同了。现在我在主事，他纵是选了五妹，也捞不到更多的好处。所以，我猜五妹不过是他的一个跳板，他的最终目标当是陈家。我想，过不了多久，五妹便能看到曲杼的真面目了。"

沈老爷抓起案上的一本书对着他砸过去。"用这样的方式对待你妹妹，你这个混账的东西！"

沈如安没有躲开，只是低声道："现在唯有壮士断腕，才能避免日后的祸事。"他知道对待沈如涧这样一心一意要追求自由恋爱的姑娘，不狠狠伤她一次，她是不会回头的。"那么，爸，明日，还见他不见？"

"见，我倒要看看他到底有多大的能耐，敢这样明目张胆地将主意打到我们沈家头上！"说着，他看了看沈如安，又道，"那个淮泗儿，你是真看上她了，真要娶她？不是像你妹妹一样，一时的热血？"

沈如安坚定地道："是的，爸爸，儿子需要您的支持。"

"你的婚事原应是由我与你母亲做主的，但是现在你说你要娶一个唱戏的女子为妻，单单只说出身，她配不上咱们沈家，这倒也不是说咱们沈家门第有多高，只是好歹百十年来也是辈辈儒商，家室清白。你从小就聪明，看人也准，你想娶她做妻子，我就是反对，只怕也没多大用处，但是我也不支持。"

不支持，那也就是不反对了。

沈如安笑起来。“那儿子就先谢过父亲了。”

“你先别忙着说谢。这事若是你母亲不同意，那我也没办法，在这件事情上，我完全尊重你母亲的意思。”

沈如安笃定地说道：“妈早晚会同意的。”

离开沈老爷的书房，沈如安在天井碰到如涧，许是因为昨晚的事情，如涧还在生他的气，见到他也不像以前那样叫三哥，先是拿一双翦水的大眼睛瞪着他，然后重重地哼了一声，将头扭到一边。

沈如安失笑，走到她面前，拍拍她的脑袋。“还在生三哥的气？”

如涧打落他的手，理理自己的头发，还是不理他。

沈如安叹口气。“就为了这点事就跟三哥生这么大的气，这妹子算是白疼了。”

如涧咬了咬嘴唇，仰头瞪着他，愤愤地道：“明明就是三哥不对嘛！”

沈如安笑着安抚道：“确是三哥不对，三哥不该……”

如涧听他这样说，便又高兴了起来，笑道：“三哥你晓得自己错了，那我便不再生你的气了，我原谅你！”

沈如安苦笑。“若他日你依然能这样想这样说，那三哥才真是放心了，”说着拍了拍如涧的肩，“快到屋里去吧，外面冷。”

曲杼第二次去沈家，却是第一次正式同沈老爷见面，心里也知道那是一个鸿门宴。

见到沈氏夫妇，他不亢不卑地叫了声：“沈伯父、沈伯母好。”

沈老爷微微点头，示意他：“请坐吧。”

曲杼在沙发上坐下来，举动坐姿，找不到一点失礼之处。等下人上了茶，沈老爷才问：“曲先生在何处高就？”

曲杼表现得很是有几分不亢不卑的意味，微有骄傲，又带谦虚，“说来惭愧，小侄才疏学浅，承蒙陈司令看得起，在陈司令手下做个

打杂的工作。”

沈老爷哈哈大笑，道：“能得陈司令青眼，曲先生必是有大才之人啊！”

曲杼摆手，道：“沈伯父谬赞了，也不过是谋个生存罢了。”

“看来曲先生是打算留在北平发展了？”

“不瞒沈伯父，小侄此番来北平，也实是出于无奈，现在上海各租界倒还好，其他地方也是混乱不堪。刚离开学校时，经恩师介绍，在孔先生的《时事新报》社工作，小侄有心一展拳脚，但奈何天不从人愿，到处都乱得厉害。万般无奈之下，才决定迁到了北平城这前朝故都来发展，也因此能有幸见得先皇上御封的‘第一儒商’——沈伯父您，倒也是不虚此行了。”

沈老爷意味不明地笑了一句：“曲先生真是会说话。”

沈夫人问道：“曲先生是哪个学校毕业的？家里还有些什么人？”

曲杼一一作答：“小侄毕业于复旦大学新闻系，家中父母皆已亡故……目前独身一人。”说到最后几个字，他下意识地看了一眼一直慵懒地靠在沙发里的沈如安。

果然，沈如安似笑非笑地挑了挑眉梢。

沈夫人立刻来了兴趣，目含怜悯，语带赞叹：“曲先生身世虽悲苦，但凭自身毅力读了复旦大学，可见是个十分了不得的人，若是你父母还在，必定为你感到骄傲。”

曲杼面露悲伤，道：“若是我父母还在世，也有沈伯父沈伯母这般年岁了……”

沈夫人拍了拍他的手，叹了口气。

下人走进来，低声回了大少奶奶几句，大少奶奶站起身道：“爸妈，厨房做好了饭，现在是不是要吩咐他们上菜？”

沈老爷点头。“好，先请曲先生入座吧。”

这时候电话的铃声突然响起，沈夫人身边的丫头阿菊接起来，问了两句，便对一直带笑坐在一旁没有说过话的沈如安道：“三少爷，

您的电话。”

沈如安接过去，刚听了一句，便皱起了眉头，放下了电话便要往外走。

“爸，妈，今天饭我不吃了，我先出去。”

沈老爷问：“生意上的事情？”

沈如安淡淡扫了曲杼一眼，道：“不是，是一些别的事情。”

沈老爷看了他一眼，才点了点头。“去吧。”

沈如安向曲杼道：“曲先生，我还有事，不能作陪了，招待不周，还请见谅。”

曲杼忙道：“不敢耽误三爷的时间。”却不经意的，在沈如安的眼睛里面，看到了一丝凶狠之意。

那个电话其实是沈实打来的，电话里面说：“三爷，淮小姐这边似乎不太好。”

淮泗儿这边不太好，外人看来确是，不过在她看来倒也没有不太好，因为这些个言语比这几年她遇到的那些想打她主意的男人，实在不值一提。

她嫁人不成被曲杼甩了的事情，不知怎的，就在春申班里传开了。想来是小盐，这个口无遮拦的孩子，应当是在为她抱不平的时候不经意抖落了出来，然而说者无意，听者有心。

难得出门一趟，淮泗儿却在街上碰到了小玉。

小玉穿着暗红色的丝绸旗袍，披着一条雪白的皮裘，脚上蹬了一双红色的高跟鞋，原本长长的头发也烫成了时下最流行的曲卷发，耳朵上戴了一副大大的明珠耳环，走路的样子像是一只金步摇一样，一步三摆。

因为这身打扮，她又涂了口红，淮泗儿初时并没有认出她来。

“走吧，我请你去西餐厅里吃西餐，我前天去了一家，就在长安街上，那家的鹅肝很好吃。”

淮泗儿一如既往地拒绝。“不了，我不喜爱西餐。”

小玉哟了一声。“你不登台了，咱们的姐妹情谊便也不放在眼里了？哎呀，我晓得你是个清高的人，自然不屑同我一块儿去吃饭了。”

淮泗儿低眉，总是姐妹一场，小玉既这么说，那她还有什么好说的？

“好吧，我跟你去。”

小玉这才满意地笑了，伸过手要挽她的胳膊，她在小玉伸出手的时候抬手轻轻理着自己的头发，先一步举足往前走。小玉在她后面看着自己僵在半空的手，忽然笑了笑，没有作声。

这笑容，却是和她先前的做派完全不一样。这笑容是玩味的，甚至隐隐带了些自嘲。只是这些，淮泗儿都没有看到。

在餐厅里她们选了一个靠着玻璃窗的位子坐了，小玉一手拿了叉一手拿了刀，姿态优雅地切着鹅肝，然后小心地避过口红，放到嘴里轻轻地嚼着。

淮泗儿看到她的手上戴了一颗很大的钻石戒指，随着她手指的移动，一闪一闪的，晶光闪亮。是了，小盐说她认了陈司令做干爹，抱了个粗大腿。如今自然是不能同以前比了。她这一身，想来都是陈司令给的吧？这样的交易原不稀奇，你情我愿的，一个周瑜一个黄盖。只是没有想到，她身边的姐妹竟变得如此之快。

“你怎么不吃？”

“不爱吃。”

“哦，”小玉拿起白手帕轻轻拭了拭嘴角，又优雅地自皮包里拿了一支烟出来，点燃了，吸了一口，再吐出烟圈，“听说，你同曲杼的婚事没成？”

淮泗儿不语，她努力忍住了起身离开的念头。

“我就说你太天真。你说，干咱们这行的，有哪个男人能真心地对你？曲杼？那也不过是拿你玩玩罢了，偏你就当真了。现在可好了，”她又抽了口烟，问她，“你还想回班子么？”

淮泗儿依旧沉默。

“这样吧，泗儿，我给你五百块大洋，你离开北平。行不行？反正你现在也不唱了，男人也没有了，你待在这里也无益。”稍顿了顿，她低下头，抚着手指上的戒指，道，“而且，你不是一直说，北平早晚要乱，要打起来吗？那何不走得远远的？”

淮泗儿看着小玉。这个年轻的姑娘，比她小了一岁，晚一年入班子，也曾像小盐一样依赖她，一口一个师姐唤她，而她也曾真的喜欢过这个姑娘。只是后来，也不知是从什么时候开始，小玉渐渐地变了，她不再像以前一样喜欢黏着她，她开始拼命练功、吊嗓子，开始学着和她争头牌，只是她到底争不过她，她挂头牌的时候，她永远便是挂二牌。

后来有一回，她曾听到过小玉私底下用一种极憎恨的语气说：“有淮泗儿压着，我这辈子都出不了头挂不了头牌了！看着吧，总有一天，我一定要超过她！”

看着眼前这个风姿绰约的小玉，淮泗儿想，她总算是如愿了。

是啊，只要她离北平城，哪怕是她再登台，也是威胁不了她的了。

“你怕我再登台，断了你的前程？”

“是！”小玉抬头笑，大方承认，“扮戏我不如你，我也没有你的清高与做作。你挡了我的路，我现在好声好气与你商量，是看在我们同门姐妹的分上。我现在跟着陈司令，什么都不怕，只要把他伺候好了，在北平城的梨园里，我就是第一！”

淮泗儿转头看了一眼窗外，发现天灰蒙蒙的，竟下起了小雨，行人都撑起了油纸伞，行色匆匆，黄包车都拉了人，在人群中飞快穿梭着，车上的人也都是焦急的样子。

落雨了，都急着回家呢。

“师姐，我现在还认你是我师姐，我还记得你曾经待我的好，也想要报答你的好。你长得比我好看，想找靠山也比我容易得多。在北平城里，哪个男人不想包养你？就连陈司令，都想开销了你！师姐，

你离开了梨园了，不要再想着登台了，只要你不登台，只要你离开北平，离开这乱糟糟的地方，你还怕找不到好男人，过不了好日子么！”

人心向来都是如此，一旦站在了万众瞩目的闪光处，便想要永远站在那里，受人追捧。旁的人，一概都不许再靠近。

“师姐你就是太清高太天真了，想找个清白的人嫁了，哪那么容易？哪个男人会愿意娶你当正房太太？前儿不是传言说沈三爷在捧你，你已经是他的人了么？看看现在怎么着，你不还是一个人？再看看你的打扮，不还是老样子？你也别妄想了，要知道，像沈家那样的人家，哪里可能让你进门？你听我一句劝，北平城里的贵胄们都不会当你是个正经人。你只有离开了，才能正正经经地嫁人，过好日子。”

淮泗儿忽然收回眼光，她凝视着眼前的高小玉，浓妆艳抹的一张脸，已经看不出本来的面目，只是那双妩媚的眼睛里，闪动着某些她熟悉却又有些陌生的光芒。透过这双眼睛，她似乎又看到了从前的那个小姑娘，热情又善良。

“小玉，你为什么执意要我离开北平？”她问。

“只有你走了，才会没人再惦记你，我也才能真正地出头，”说到这里，小玉像是一下子烦了，叮的一下，她将刀叉扔进盘子里，“总之，作为师姐妹，最后的这点情谊我已经尽了，走不走随你便。以后若是再碰到了，可别指望我再像今天这么好说话。”她拿手帕拭了拭嘴角，起身就走。

淮泗儿在她抬步要走的时候，忽然叫住她：“小玉，你今天很奇怪，是不是发生了什么事？”她原本不是个喜欢多管闲事的人，对小玉的感情，在这几年争头牌的吵闹中，也渐渐淡了。只是今天她在小玉的这些话中，听出了善意。虽然她不知道这善意是从何而来，但是，她心中还是有所触动。

小玉回头冷笑。“能发生什么事？我只是不想再看到你。因为只要看到你，我就会想到这些年我被你压制着出不了头的憋屈，”说着，

她的情绪忽然又有了变化，有些恶狠狠地盯着淮泗儿，“淮泗儿，我现在要风得风，要雨得雨，我要是想弄死你，毫不费力。你信不信？”

信不信？现如今这个时局天下，什么都贵，就只人命贱如泥，有什么不信的？

她慢慢地在雨里走着，旗袍和绒线衫很快便被雨淋湿了，贴在身上冰冷冰冷的，她抱着手臂慢慢地走着，一辆黄包车走到她面前，车夫说道：“小姐，您坐到车上来吧，有挡篷，淋不着雨。”

她也不理会，就这样走着，青色的旗袍淋湿了，越发显得色泽浓重起来，贴在身上，没有显得身段的玲珑，却反倒显得愈加的纤瘦。

她忽然就想，人活一世，这究竟又是为了什么呢？人生天地间，忽如远行客，这话说得倒是一点也不假的。

就这样昏昏沉沉地走着，也不知是走了多久。一辆汽车忽然在她的身边停了下来，车门被打开，一只有力的手一下子抓住了她的臂膊，怒喝声在耳边响起：“这样冷的天，还这样淋雨，你不要命了么？”

她抬眼，看到沈如安含着怒意的脸。

小玉的话又在耳边响起：“我就说你太天真。你说，干咱们这行的，有哪个男人能真心地对你？”

有哪个男人，是真心对你的？

送她回来后，沈如安没有走，坐在窗前的椅子上，看着外面的雨。

淮泗儿换了衣服出来，看见他仍然在，低眉坐在了旁边。“你该回去了。”

沈如安手里捏着一支钢笔把玩，侧头看她眉眼疏淡的样子，问道：“那个女人跟你说了什么，让你这样失常？”

“没什么。”

但沈如安显然不信。“真的没什么？她现在找了个大靠山，是陈司令的女人了。我知道她以前就跟你争过，现在怎么可能突然就放

过你？”

淮泗儿抬眼睫看他。“我何苦骗你？”

沈如安看她的表情，长叹。“是啊，你何苦骗我？”说着撂了手里的钢笔，转过椅子面对着她，“曲杼现在就在我家里做客。”

淮泗儿嗯了一声。

“你现在是不能再嫁他了。”

“嗯。”

“他胆子倒不小，敢打我五妹的主意。”

“想来你是不会放过他了。”不是询问，而是如是说。

“只要他不做坏事，这样的人，我是不屑对付他的。”曲杼现如今跟警备司令部搭上了关系，他不能因为一个曲杼而坏了大事。

淮泗儿双手交叠，放在大衣的衣角上，一边思索着，一边慢慢地说：“一个人心里一旦对你存了忌惮，那也存了憎恨。你……”她本不擅言辞，有些话面对着沈如安，就更是不知道该如何去说，顿了一顿，“这样也好。”

沈如安舒心地笑起来。“也许，我可以当你是在关心我？”

淮泗儿起身送客。“你该走了，以后也不要再来这里，我不想惹人闲话。”

沈如安不动。“那你就跟我走吧。”

淮泗儿站在他面前，低下头，静静地与他对视着，也不说话，眉眼之中再也没有了往日的冰冷清淡，但也并非是温柔的情致，就只是极安静地望着他，清亮的眼眸之中，找不到一丝的情绪变化。

“我不要跟你走。”她静静地道。

沈如安不再仰视她，而是站起身，上前了一步，与她对视。“我晓得你在怕什么。难道你竟是这样不了解我沈如安么？我以为你至少是了解我的。在上海时我就同你说过，有我在，你什么都不必怕，我护着你。”

但她却还是那一句：“你走吧，我不要跟你走。”

“为什么？”他又逼进一步。

他逼进一步，她便又坐回了椅子上，低下头，不再与他对视，只看着他灰色的大衣，敞开着，里面穿着黑色的西装，只看这样的穿着，便是丰神俊朗的样子。

他不论是穿长衫，还是穿西装，都是好看的。

“你不要再逼我了，沈如安。”

过了许久，沈如安伸出手，轻轻抚了抚她的鬓角，终于不再紧逼，低低地叹息：“好，我不逼你了。你……好好休息，我明日再来。”

“你不要再来了，会惹人闲话的。”

但已经走到门口处的沈如安却回过头。“你淋了雨，小心别生病了，记得煮一些姜汤来喝。”

她坐着一动不动，看着窗外淅淅沥沥的雨，听着外头汽车发动的声音。

她记得，她一直都记得，他说过的那句话。

“在北平，我护着你。”

可是他却不知道，她怕的，不是外头的那些风雨，她怕的，是他。

这样一个落叶满地的天气里，淋了雨，像她这样瘦弱的身体自然是扛不住，当夜便发起了高烧。她是一个人住，想找人请个先生来都没有办法，只能又昏昏沉沉地睡去。

后来隐隐地感觉有人强行撬开了她的门，然后便有一只温暖的手放在她的额前，拍着她的脸，要她醒一醒，再然后，被那人抱了起来，往外面跑，在宽厚的胸怀里，她终于彻底地昏了过去。

再一次睁开眼睛，入眼便是青色的床帐，身上盖着锦被。

她扭头看向一边，一桌一椅一书一画都是极朴素的摆设，皱眉想了想，也不晓得自己身在何处。

这时，一个穿花布袄子，手里拿着一块湿手巾的姑娘看到她醒过来，惊喜地道：“小姐，您醒过来啦！”

淮泗儿起身想要坐起来，却只感到一阵头昏，又重重地倒了回去。那姑娘忙丢了手巾跑过来扶她躺好，又把被子给她盖好，道："小姐您躺好先别动，我去叫三少爷！"

三少爷？她叫住那姑娘，问："这里是哪里？"等话说出口，才发现原来嗓子已然嘶哑干涩到难以说出话来。

好在现在不用登台唱戏，要不然嗓子变成这样，那可是顶要命的一件事了。

那姑娘道："这里是沈府，是前几天三少爷带您回来的。"

"前几天？"淮泗儿蹙眉，"我睡了几天？"

"小三天了呢！您得了风寒，三少爷带您去了西医院看病，那医生说您淋了雨，都已经转成肺炎了，要让您住医院里打针，可三少爷怕在医院里伺候不周，就将您带回了家里来，医生每天都会来家里给您打针。您等着，我去叫三少爷来。"

淮泗儿慢慢地坐起身，再次叫住她："你不必叫了，我现在就离开。"

小姑娘瞪大了眼睛，尚未来得及说话，便听身后一声沉喝："不行。"

那姑娘忙敛首。"三少爷。"

沈如安示意姑娘出去，然后他在床前的凳子上坐下，握着她的手，道："你病还没有好，一个人照顾不来自己，暂时就不要想着离开了。"

淮泗儿挣扎着要抽出自己的手，虚弱地说着："我要离开。"她不能这样不明不白地待在沈府。

沈如安一把扣住她，终于发怒。"我说了不能离开！"

淮泗儿看着他，沙着嗓子说："沈如安，你这样做，你父亲怎样看你？你母亲怎样看我？你们沈家的门风不是出了名的严谨么？这样出格的事情……"她喘了口气，感觉面颊有些发烧，便不再说了。

沈如安道："我说过，早晚有一天，你会在这个大宅子里安身立命。你现在既然进了沈家的大门，住进了我沈如安的院子里，那你就不

要想着再走出去。”

淮泗儿不再说话了，他们都静静地坐着，偏西的日头透过印花玻璃的窗格子照进屋子里，露出几条浅淡的光影来。淮泗儿看着看着，便轻轻问道：“沈如安，你为什么要这样做？费这样多的心思和时间？你也想像那些男人一样包养我么？如果这是你想要的……如果这是你想要的……”她却再也说不出下一句话来。如果这就是他要的，那她又能如何呢？

沈如安似是动了怒，霍地站了起来，压抑着低沉的声音道：“淮泗儿，枉你自认聪明，却连真假都看不明白。我这么做自然是因为我喜欢你，跟别的那些又有什么相干？”

淮泗儿低头不语。她晓得她这样问他必然是会动怒的。他对她的心意，她又怎么会真的不知道呢？她这样问，只是……就只是想听他亲口说一遍而已。这样，纵是将来有天大的变故，那也是值得的了。

这时，门口处突然传来温婉的声音，那声音中含着笑意：“三弟，你这又是怎么了，好好的，你又发什么脾气？淮小姐生了病，那纤弱的身子骨，哪能经得起你这样大吼小叫？”

沈如安脸上闪过一抹尴尬，但很快便又恢复了正常的神色，恭敬地喊了一声：“大嫂。”

大少奶奶走进屋子里，身后还跟了个小丫头，托盘里头放着一个瓷盅。淮泗儿唤了声“大奶奶”，就掀开被子想下床。

大少奶奶赶忙扶住了她。“你病得这样重，就不要下床了。”又将枕头垫高了放在她身后，扶着她坐起来，再顺手掖了掖被角，这才转向沈如安，道，“妈在找你，你先去前厅吧。淮小姐这里有我照顾着呢，你且放心。”

沈如安点点头：“那就麻烦大嫂了。”说完深深看了淮泗儿一眼，便转身离开了。

淮泗儿垂着眼睛不看他。

大少奶奶接过了那丫头手里的托盘，便示意她退下，亲自端了瓷盅坐在床边上，含笑道："淮小姐，觉得身子可大好了？"

淮泗儿欠了欠身。"多谢大少奶奶关心，好多了。"

大少奶奶将手里的瓷盅揭开了盖子，用调羹轻轻搅拌了两下，才交到她手上，道："这是厨房才熬好的肉粥，你快喝了吧，补补身子。"

淮泗儿接过，道了谢，捧在手里焐着。

"淮小姐……总叫你淮小姐，倒显得太过生分，我叫你泗儿，不介意吧？"

淮泗儿摇头。

大少奶奶便道："泗儿，方才你同三弟说的话，我也是都听见了的。三弟那话，说得虽然不好听，但总归是他关心你，他对你的用心，你又岂能看不出来？这几天你一直昏睡不醒，他不分昼夜地守着你，生怕那些下人对你照看不周……你不晓得，他是一心一意想要娶你的。"

淮泗儿捧着瓷盅，沉默地听她说着，不言不语。

"自打那天他将你抱进这个院子起，妈都已经好几天没理过他了。你也应当知道，沈家家大业大，我丈夫早亡，二弟又常年不在家，家里只剩下三弟一个人撑着，将来这个家自然也是要传给他的。妈一直希望他能找一个门当户对的姑娘结婚，也当得起沈家的当家主母的这个位子。但如安铁了心要娶你，妈都差点被他气病。

"我虽是个做嫂嫂的，但家中公婆仍在，这些事原不该我插手过问，但这些个时候我冷眼看着，竟都是三弟一个人在一头忙着这些事情，你对他仍是不冷不热的，想一想，就免不了要替他感到心寒。我说一句不中听的话，在这样一个乱世里，你又出身那样一个行当，能找到一个好的归宿该是多么难得的一件事情，可是你怎么就能做到不为所动的呢？难道你心里，就真的没有他么？

"我也晓得你在怕什么，你是怕日后三弟会因为你的出身瞧不起你，你怕他会变心。但你不给他机会，不试一试，你怎么就知道，

将来他带给你的只会是失望呢？你怎么就能够确定，他将来就一定会变心呢？”

淮泗儿低眉沉默不语，半晌，她抬头看着大少奶奶，轻轻地道：“大奶奶，您说得太多了，让我想一想吧。”

大少奶奶笑起来。“你是个冰雪聪明的人，我相信你一定会想通的。”

淮泗儿动了动嘴角。“也许会吧。”她晓得，应该是沈如安请了大少奶奶来劝她的。只是，有些事情，又岂是三两句话，便能够劝解得开的？

听得她这样说，大少奶奶便越发地高兴了，眉开眼笑地道：“你若是能想通，那便是最好的了。”

大少奶奶离开后，淮泗儿便又躺下了，她身子虽不利索，但许是因为那番话的缘故，心里竟觉得轻松了些，头一沾了枕头，便又昏昏沉沉地睡了过去。

沈如安回到院子后，先是去看她，见她又睡着了，便也没有打扰她，只在她床前的凳子上坐着，望着她素净的脸出神。他又想起下午与母亲的对话来。

“如安，我晓得你只是图一时新鲜迷恋，等过些时候这股热情劲淡了，便也就过了。现在你非要娶她，也不是不行，做个姨太太，于她这样的出身来说，倒也不算辱没了她，这样你既得到了她，也不耽误你娶正妻，两全其美的，正好。”

“妈，您是了解儿子的，儿子从来不是个只贪一时新鲜的人，我要娶，便是娶她做太太，做妻子，而不是姨太太，我是要这一辈子都和她在一起的。”

“你这样说，我不答应。”

“妈，儿子自小到大未曾求过您什么，这一次，儿子求您了。”

淮泗儿睁开眼睛，便看到他出神的样子。屋子里光线昏暗，看

不太清他的表情，但却能感觉得到他的深沉如海。

“如安，你能帮我一件事么？”

沈如安回过神来。“什么事情？”

淮泗儿道：“我的小师妹小盐，那个孩子在班子里我不大放心，你能帮我把她赎回来，在沈府给她找份活干么？”

“好，我明天就把她带回来。”

淮泗儿对他微笑。“谢谢你。”

沈如安原想露一个微笑给她看，却突然想起什么，一把抓住她的手，问：“你叫我什么？”

淮泗儿不介意手被他抓得很疼，仍然微笑着，说：“如安，我叫你如安。”

不是沈如安，不是沈三爷，是如安。

她吃力地抬起上身，伸手想要抚摸一下他的脸，但她这些天生病，体力不好，总也不行。

沈如安用手揽住她的肩，一下子将她搂进怀里，搂得那样紧，淮泗儿甚至都喘不过气来，感觉他微微发着抖。

“对不起，如安，竟是我错了。”

大少奶奶说得对，她执着于那些虚无缥缈的将来，想要为此放弃眼前的幸福，是错的。她为什么就不能对沈如安有信心一些，怎么就能这么确定，沈如安将来一定会辜负她的情意呢？

一切只是因为她自卑罢了。

“真的错了么？”

“嗯，真的错了。”

沈如安低低地笑。“我大嫂究竟跟你说了什么，竟让你一下子回转了心意来？回头我可要好好地去谢谢她。”话虽如此说，但淮泗儿的个性他岂会不了解，若非她自己想通了，只凭大嫂的劝，是不会让她这样回心转意的。

沈如安说话算话。次日一早，他果然就带了小盐回沈府，当着

淮泗儿的面，对那个孩子道：“小盐，你愿不愿意在这里做事？”

小盐看了淮泗儿一眼，怯怯地点了点头，小声道：“愿意。”

沈如安笑道：“那好，从今天起你就留在这里了，专门伺候你姐姐，另外我每个月给你五块大洋做工钱。怎么样？”

小盐睁大了眼睛，几乎跳起来，摊开手掌，比了比。“五……五块大洋啊？！三爷您说的可是真的？”

“自然是真的。”

小盐一下子扑到淮泗儿身上，大声叫着：“姐！姐！五块大洋啊！”

淮泗儿笑。“是，五块大洋也不晓得能买多少洋糖多少糖葫芦，可够你吃的了。”

小盐笑嘻嘻地道：“我不吃洋糖和糖葫芦了。以前都是姐给我买新衣服，等我有了钱，我给姐买新衣服！”

沈如安看着她们姐妹亲昵地说话，叹道：“你这样一个性子，竟然同这个孩子这样的好，真想不到呢。”

淮泗儿道：“我将她当亲妹妹，如何能不疼她？”

沈如安叫来了阿舒——那个一直在照顾淮泗儿的丫头，让她带着小盐去见大少奶奶，然后再给她安排住处。

沈如安心里总算也是放下了心来，淮泗儿既然让他将小盐带回来，那便说明她是真的安下了心来跟着他了。

“但是我不能住在你的家里。”

沈如安沉默了一下，他晓得她话里的意思，过了一会儿才慢慢地道：“这你不必担心，我母亲不是一个不通情达理的人，她只是注重出身，我会处理好的。”

淮泗儿笑笑，没有说话。

沈如安握着她的手抵在自己额前，低声道：“有我，你还有什么不放心的？”

“嗯，”淮泗儿低低地应，过了好一会儿，又道，“沈如安，我走到这一步，是再没有退路的，我只剩下你了。”

淮泗儿这一病来势汹汹，自昨儿个下午醒了以后，还是一直下不了床。但沈家生意大，沈如安自然也不能一直陪着她，说了会儿话便被沈实叫走了。但是他刚一走，如涧就来了，陪着她说话。

“那你从今以后就不再唱戏了么？”

“嗯。”

如涧惋惜道：“真是可惜了，你扮相这么好，倒也是个难得一见的女伶呢！”

淮泗儿微笑，有得便有失，她不是梅先生，不是孟小姐，乱世之中不怕清白不保，艰难唱戏不怕人言侮辱。倘若她真正唱下去了，只怕将来她的声名会比现在还要难听吧？不论是现实还是历史，对于女人，从无公平可言，更何况现在又恰逢乱世，人心不古。还是早早找个归宿的好。

重要的是她这些年这样卖力地唱，不外是为了生存罢了。如今她既已找到归宿，又何必再唱？又何必惹沈家人不快，害沈如安丢脸？沈如安为她付出这样多，她不能自私只顾自己。

“你真是一个奇特的女子。”如涧说。

淮泗儿微笑。“不，我再平凡不过。”

“可我三哥很喜欢你呀，我也很喜欢你，我们家人都喜欢你，”她想了想，又肯定地道，“我想，没有人会不喜欢你。”

淮泗儿垂下眼睑，微微动了动嘴角。

“但是……三哥要娶你，妈可能会有些无法接受，不过时间长了就好了，你也不要太往心里面去，我妈其实也是很喜欢你的。”

“我晓得，你们是正经的清白人家……”这话说出来，却又觉得好不讽刺，话说到一半，只得闭口。

她不是个言语恶毒的人，对于沈家，她也并无恶感。她知道沈夫人也并非就是坏心思，否则又怎能教得沈家几个兄妹个个知书达理？她不接受自己，无关其他，只是根深蒂固的门第观念，让她无

法接受出身良好的儿子去娶一个下九流当妻子而已。莫说沈家，只怕任何一个正常的清白人家，都无法接受吧？

如涧讷讷，过了会子才道：“妈总是会接受你的……”

淮泗儿看着这位颇尴尬的沈家五小姐，心中突然不忍。这事原也是谁都没有错，沈家难接受她也是情理之中，这些她本就知晓的，否则之前又何必几次拒绝沈如安。现下她既接受了沈如安，那这些，便也应学着一并接受。

“我会努力让你的母亲接受我的。”

如涧惊奇地看着她，过了会子，方才低叹：“这样的话，真不像是傲骨铮铮的淮泗儿说出来的，真是令人难以置信！”

淮泗儿低眉一笑。

活在现实中的人，总要学着对现实低头，纵是傲骨铮铮，那也是要看场合看时候，看对什么人。否则，纵是有再多的傲骨，如何能在这乱世之中求得生存？

“我师娘在病逝之前曾对我说过，在这乱世之中，做伶人的，尊严值几个钱？傲骨又值几个钱？不值一提。而今，他是真心对我好，我既下定了决心要嫁他，那便要为他做出改变才对。”愿得一心人，白首不相离。若能如此，便也不枉来过这人世走一遭了。

如涧沉思着淮泗儿的话，嘴唇边露出一个奇异的笑来。“原来……你竟想得如此透彻，莫怪他们都对你如此着迷了。”

淮泗儿想到她与曲杼的事情，便不再多谈。

第九折
收拾钗和盒旧情缘　生生世世消前愿

淮泗儿如今住在沈家，原是该由她先去拜见沈氏夫妇的，但她病愈才刚刚能下床，憔悴的样子着实不宜见人，便也一直没去见沈老爷和沈太太。

哪承想，没隔几日沈夫人却先行来了沈如安的院子。身边只陪了大少奶奶并一个丫头。

“身子好些了吧？”

“好多了，多谢太太关心。”

沈夫人不再说话了，只是一个劲地盯着她瞧。

淮泗儿低眉不动，任她打量。屋子里一时间静悄悄的，谁也没有开口说话。大少奶奶冲着沈夫人身边的使唤丫头倩儿使了个眼色，那丫头便敛首退下了。屋里只余沈夫人、大少奶奶和淮泗儿。

“你上一次来，是老爷过寿，家里忙乱，我也没有好好看看你，如今这仔细一瞧，想不到竟长得这样标致，还有这一身的沉静性子，倒也是难得。怪不得我儿子对你这样神魂颠倒。”顿了一顿，又转了话锋，“但是我想知道，姑娘你同如安在一起，图的是什么？”

淮泗儿嘴角一抿，抬起黑湛湛的眼珠子直视沈夫人，声音微冷地问：“太太，您想说什么呢？”

沈夫人端坐，平淡地说：“我想说的是，姑娘你跟着我的儿子，你为的是什么？是为了如安，还是为了‘三爷’？你是为了他这个人，还是为了他背后的沈家？”

淮泗儿突然笑了笑，反问："那么，在您看来，我是为了什么呢？"

"这我可就猜不出来了。"

"那太太认为我是一个怎样的人？"

"姑娘你不必将我的军。我心里自然是想着，姑娘你是为了如安这个人才跟他的，"说着，话语里带着骄傲，"毕竟，如安的优秀，全北平的人都看在眼里，哪个姑娘不想嫁他！"

淮泗儿不接口。

但沈夫人话锋又一转，道："姑娘既然不说话，那我猜的，应该就是对的了。既然如此，那我想姑娘也一定是一心一意地盼着如安好了？"

"那是自然。"

"既然是真心为他好……"沈夫人的表情开始转淡，就连声音也变得冷淡而高高在上，"那我想姑娘也必不愿见到有人戳着他的脊梁骨骂他吧？"

听到这句话，淮泗儿放在腿上交叠的手忽然轻轻颤了一下。

"姑娘跟着如安，是为了名为了分？"

淮泗儿再也忍不住，清冷的声音里面带着飘忽："太太，您不必兜圈子了，想说什么话，就直接说了吧。"

沈夫人笑起来。"你是个聪明的姑娘，话说到现在，想必你也早明白了我话里的意思。你跟着如安，我不反对，说句掏心窝子的话，你这模样性子，也都是我喜欢的，我打心眼里就不讨厌你。但是，我不能同意我的儿子娶你，因为我不能让他被人戳脊梁骨，说沈家的三爷娶了个下九流当太太！"

淮泗儿面白如纸，浑身僵硬成一尊雕像。

见着淮泗儿这副样子，沈夫人的语气便又开始慢慢地缓和："左右不过是个名分而已，只要如安是真心待你，那便够了。将来你在沈家，虽说名分上是姨太太，但谁也不会亏待了你，若是有人敢对你不敬……"

“太太，”淮泗儿突然打断她的话，“您想说什么我都明白了，不论您说什么，我都答应您。”淮泗儿只希望她不要再说了，因为她说的那些话，都是羞辱，毫不留情的羞辱。

大少奶奶轻轻扯了扯沈夫人的袖子，道：“妈，淮小姐大病初愈，身子弱，咱们还是改日再闲话家常吧，让她先休息一下。”

沈夫人看淮泗儿脸色苍白如纸，叹了口气，顺势起身。“既然你都明白，那我便放心了。你先休息吧，好好养身子，有什么需要的就吩咐下人，我会让你大嫂时常来看你的。”

大少奶奶只管应着，扶着沈夫人转身离开的时候，冲着淮泗儿使了个眼色，示意她不要急。

沈夫人刚一离开，小盐便冲了进来，抱着淮泗儿大哭：“姐……姐，他们太欺负人了！你什么时候这样委曲求全过？走，咱们走吧！”原来，方才沈夫人同淮泗儿的那一番话，她躲在门外全都听见了，心里越想越替淮泗儿委屈。

淮泗儿一口气没有吐出来，憋得胸口生生地疼，她抚着小盐油光水滑的长辫子，嘴角扯出一抹奇异的笑来：“这些……我早该料到了……”

小盐抽抽搭搭地哭，那眼泪蹭到淮泗儿青色的旗袍上，晕开了一朵又一朵深色的花来。“姐……咱们走吧，咱们不要三爷了……”

“走？”淮泗儿闭上眼睛，“咱们走到哪儿去呢？还回去唱戏吗？跟小玉她们一样，为了争一个头牌，为了争一个男人，而打得头破血流？小盐啊，这乱世，没有给姐留一条路走，姐无路可退了，也无路可走了……”出去再找个人嫁了？沈如安不容她；再回到班子里去？她不想；学那些姐妹们去争男人？她亦不愿。

她扯起嘴角笑。

小盐抬起满是泪痕的小脸，问：“姐，难道咱们就只能留在沈三爷这里吗？”

淮泗儿找出手绢儿帮她细细地擦着脸，淡淡地道：“曲杼不愿娶

我了，那就只有沈如安了。如果一定逃不掉做姨太太的命运，那么，找一个真心对自己的，也好。”她竟还能微微一笑，“小盐，从今而后，你就真的是同姐相依为命了。”

沈如安晚上回府，便听院子里的丫头说，今儿他离开后太太来看了淮泗儿小姐。他皱眉，便急着往房间里去。淮泗儿住了他的房间，这些天他便一直住在厢房里。刚一进屋，便看到淮泗儿神情委顿地半靠在床头，小盐就坐在床边，面色悲戚。

他下意识地叫了一声：“泗儿。”

小盐一下子跳了起来，扭头看着他，表情愤恨。

灯光下，沈如安清清楚楚地看到小盐红肿的眼睛里委屈愤怒的眼神。

他心里咯噔了一下，冲到床边，将冰凉的手放到淮泗儿的脸上，轻声问：“怎么了？”

淮泗儿静静地望着他。

小盐叫了一声：“沈三爷！你——”

但尚未说完便被淮泗儿打断了：“小盐！”

小盐嘴角嚅动着，看着淮泗儿，再看了看沈如安，呜咽了一声，跺脚跑开了。

淮泗儿看着她跑开的背影，对沈如安微笑。“又同我闹脾气呢。”

沈如安握着她的手，问她：“我妈今天来过了，是不是？”

“是的。”

沈如安将她的手放到唇边，一手抚着她的脸颊，低低地道：“对不起。”

隔了好一会儿，淮泗儿道：“你又没有对不起我，又何必对我道歉呢？反倒是我，一直在连累你，辜负你的情意。如安，跟着你是我心甘情愿的，没有谁逼迫过我一丝一毫，这条路是我自己选的，无论结局如何，也都与别人无关。”

沈如安将她抱进怀里，说：“你总是这样，那时你执意要嫁曲杼的时候，也同我说过相似的话，你这倔强的性子，总也得改一改才好。”

淮泗儿将头搁在他的颈窝处，闭上眼。“生就的，只怕是改不了了。”

“改不了就不改，你不是一个委曲求全的人，我也不要你为了任何人去委曲求全，包括我。你明白吗？”

“嗯，我晓得。”

沈如安并没有当场问淮泗儿，而是事后找了小盐，仔细问明了沈夫人找淮泗儿时都是说了些什么话。

小盐是个孩子心性，沈夫人的那番话对她的震撼还是极大的。她从来都认为她的师姐是最完美的女子，极少有人能够配得上她。但今日却沈夫人那话里的意思竟是淮泗儿配不上沈如安！她眼中宠辱不惊清丽无双的师姐竟要给人做姨太太？而向来冷静淡然的师姐竟表现得那样的委曲求全！

她想不明白，无论如何都想不明白。沈夫人那样瞧不起唱戏的，虽然说她们是下九流，是给人当小的命，但她的师姐却也不能这样给人侮辱的。大户人家的眼睛都是长在头顶上的，她觉得现在的沈家，再也找不到一个她喜爱的人了。

她没给沈如安好脸色瞧，沈如安却也不在意——他本就同淮泗儿一样当她是个孩子。

沈如安听了小盐的转述，也不说什么，站起身，离开。

小盐在他身后叫：“三爷，你不会让姐当姨太太的，对吧？”

夜色中，沈如安慢慢转过身，回给这个孩子一个坚定的答案：“是的，我不会让你姐当姨太太的。”

对于这个答案，小盐满意了，终于露出了一个笑脸来，对沈如安道：“我就知道三爷您是真心对我姐好的。三爷，谢谢您。”

沈如安离开后，小盐跑去淮泗儿那里将此事告诉给她知道，却

只得淮泗儿低眉一笑，不置可否。

次日，如沐回娘家。实际上也是因为大少奶奶在电话里说了这件事，她特地跑回来看看。

“这事你只管放宽了心去，我妈那话虽说表面上说得硬，但她心软着呢。刚刚我听底下的丫头说，昨晚她跟三哥说了半宿的话呢，想来是说你的。而且，我回来的时候，也跟我婆婆说起了这件事，我婆婆说，若是只因为出身问题，这事倒也不大，她也是很喜欢你的，愿意认你做个干女儿，身份上配得起三哥，让你风风光光地嫁过来。”

淮泗儿欠了欠身。“我很感激四小姐的这番情意。”苏师长的夫人认识她淮泗儿是谁？之所以说出那样的话，无非还是为了如沐那个儿媳妇，这是如沐的情，“不过，我自认‘戏子’这个身份没有什么见不得人的，做妻或做妾，命运使然，不需要再找个靠山将这层身份给掩盖了。我曾与你三哥说过，我这辈子宁可饿死穷死所嫁非人给人糟蹋死，也不会进有钱人家的门给人做姨太太。但如今竟是我自己食言了……原也没什么可说的了，只当是自己作的，与人无尤。”

如沐怔住。

午后，如沐同沈氏夫妇还有大少奶奶坐在小花厅里聊天，便说到了淮泗儿的那一番话。

沈夫人颇为感慨地道：“她倒还挺有骨气，”说着她自己倒是笑了起来，“我原以为，若她脾气真硬的话，那么我昨天试探着让她做姨太太的事情，她定是不会甘休的，这样的一个人，又怎会肯折腰做姨太太？想不到，她就应承了下来。”

如沐道：“她那是真心想和三哥在一起，不在乎什么名分了。我早就说过了，三哥看上的人，哪里可能差得了，偏你就不信。妈你这一番试探，可不就是白费力气？”

沈老爷笑道：“早不让你横加阻拦，你还偏就不听。大大方方地将她迎进了门来，她心里还能感激你。如今你这样一闹，这往后她

心里落了个疙瘩，怎么都不会舒服了。你是吃了力还不讨好，白白让儿子埋怨你！”

沈夫人道：“我这么做自然是有这么做的目的，我就是要让她知道，咱们沈家的门没那么容易进，不是任谁都能当上这个三少奶奶的。若她连这点委屈都受不了，又怎么能配得上我儿子？我实话说了吧，她这个出身我始终无法接受，若不是你们父亲做主同意了如安娶她做妻子，纵是说一千道一万，我也是不会答应他们的。”

如沐乐不可支。“想必昨儿个三哥是气坏了。”

沈夫人哼了一声。“是啊，我这个做娘的欺负了他的媳妇，他能不跟我生气吗？”

沈老爷也笑道：“难得如安喜欢，咱们也就不要计较那么多了。虽说门当户对很重要，但现在是新时期了，讲究个婚姻自由，包办婚姻是不行的了，不如就这样遂了他的心愿，让他心里更记着咱们的好。这毕竟，往后跟他过日子的，还是他的媳妇，找个合他心意的最重要。”

沈夫人道：“不是我亲自挑出来的，我心里就是不舒服。”

如沐笑：“是，您早就说过了，怎么着也得挑个跟大嫂一样的。大嫂，妈对你可是偏心得很呢！”

大少奶奶也笑道：“那是妈心疼我。不过我看这淮泗儿虽说性子冷了点，品格倒也还是不错的。”

沈夫人叹道：“好不好，要等结了婚以后才能看得出来了。”

如沐点头：“这倒也是，日久见人心嘛。”忽然想起，“前儿不是说五妹的那位曲先生来家里了吗？怎么样了？今儿我还没看到五妹呢。”

沈夫人道：“那个曲杼，你父亲和三哥都不喜欢，不同意如涧跟他来往，但公然反对又怕如涧钻牛角尖心里不舒爽，怕伤了她的心，正好你外祖舅舅他们也想她了，便想了个主意将她送到钱塘你外祖家里去了。你三哥亲自去送的。”

如沐不解。“五妹不是说这个曲先生人挺不错的吗？”

沈夫人不满道："我看着也是个不错的后生，踏实肯干，又有上进心……偏你父亲就不同意，非要同我对着干！"

如沐想了想，道："妈，咱们不能只听五妹的，她哪里能够看得出谁好谁坏来？你看，咱们都说裴粟铭好，可是偏偏五妹就看上了曲杼，能有什么办法？"

沈夫人皱了一下眉头。"裴粟铭都多少年不在北平了，你们还惦记着这个人呢？我跟你说，别说现在裴粟铭不在北平，纵是他在，那也是不行的。他不像之平，是个做学问的，他是行伍之人，那一身的血腥子气。任他裴家多大的权势，我都不愿意！"

沈老爷听她们母女越扯越没边，便道："且不说裴粟铭，就那个曲杼，你也没看出个好歹来。那天他来，我看着这个人，就觉得不行，心思太活，这才来北平多久啊，就搭上了陈英汉，竟跑到警备司令部去工作了。那陈英汉是个什么人？乱七八糟的事没少干，就是没做过益于百姓的事！那曲杼能搭上这样的人，我看其本性，也好不到哪里去，不是个可托终身之人。"

如沐瞪大了眼。"爸，您不会看错了吧？五妹的眼光就这么差呀？"

沈老爷笑道："你父亲一生阅人无数，错不了。"

"那……将五妹送走也没有用啊，难不成就不让五妹回北平了？"

沈夫人道："这倒不是。我听你三哥说，那曲杼近来又同陈司令家的那位千金陈方萍走得挺近，只怕又在打别的主意。等过一段时间，曲杼不再缠你五妹了，而那丫头对他的心也慢慢淡了以后再将她接回来。"

"陈方萍？"如沐瞪眼，"她不是五妹最要好的朋友？这个曲杼！回头我一定让之平找人好好教训他一顿！当咱们沈家是块跳板，好欺负是不是？"

"不要！"沈老爷道，"善恶到头自有报。咱们沈家门风清白，从来就不干仗势欺人的事！你找之平教训他，若是让你婆家人知道

了，他们会怎么看待你？再说了，你公公人在官场，中间又有许多的利害关系。你做人家儿媳妇的，可不能由着性子胡闹，到时候惹了事情出来，我们也不好帮你！”

如沐翻了个白眼。“知道了，爸爸，每次都说这些，我都不晓得听了多少遍了！”

沈老爷语气缓和了些，缓缓地道：“不是父亲爱说这些，只是，现在世道乱，咱们家又树大招风。你大哥不在了，你二哥又常年不归家，家里现在就你三哥一个人顶事。你不晓得外面有多少人红着眼睛巴望着咱们家出事，实在是容不得咱们不谨小慎微啊！”

稍顿，又语重心长地说：“唉，国将不存，家何言幸？这北平是前朝故都，自古就处政治中心，日本人虎视眈眈，就等着一口将这故都吞了呢。到时候，不必惹，那麻烦必会找上咱们。”顿了顿，接过沈夫人递来的茶水，润了润嗓子，又接着道，“我同你母亲商量过了，打算着，就这一两年吧，把北平的摊子收拾妥当，咱们就举家迁回钱塘去，回老家，避一避这场战争。”

“回老家？”如沐大惊，“你们回去了，那我怎么办？”

“你不必担心，前几日我与你公公见面闲聊，他言谈之中也是对当局颇为不满，空有一腔爱国心，却苦无实现抱负之日，也是心灰意懒，起了退隐之意。我们商量着，两家便一起搬到钱塘去，相互之间也好有个照应。”

听到这话，如沐方才放下了心来，道：“当局这个样子，莫要怪国家被强虏所欺了。那些个军队不想着先驱逐外敌，倒是天天闹内讧，这样的当局，任何一个有爱国之心的人都会灰心。”

沈老爷叹口气。“乱啊！那些政党乱，咱们百姓心里就更乱了。咱们管不了那些军人如何，但是咱们的家，可万万不能乱啊！”

国乱，家就更要和；家和则人和，人和则国兴。

沈如安自钱塘回来后，淮泗儿同他商量着想回原来住的地方，

将东西收拾了。沈如安原是想要陪她一块儿回去，但淮泗儿没同意，收拾些东西而已，他还真怕她跑了不成？

沈如安笑，便让沈实和小盐开了车陪她去。

车停在巷子口开不进去，淮泗儿便让沈实在车里等着，她和小盐去收拾东西。

刚走进四合院，便看到曲杼站在她的门前，淮泗儿对小盐道："你先进去吧。"

小盐现在可不怕曲杼了，拿着一双大眼睛狠着劲儿地瞪他，末了又重重哼了一声，螓首一摆，昂首进屋里去了。

他们站在天井里，淮泗儿抱着胳膊不言语。

"你……真的住进了沈家？"

淮泗儿淡淡地看着他，这个人还是一派温文儒雅的样子，斯文得体，仍旧是她以前认识的那个曲杼。但不晓得为什么，她却始终无法对他动心。

"沈如安，他真的要娶你？为什么我听说，沈家要接受你，却必须是要做姨太太的？你以前不是宁死都不愿做姨太太吗？"

淮泗儿眼眸清亮地看着他。"不论是做妻或做妾，总要那个男人肯真心实意才好。"

曲杼上前一步，一下子箍住她的双肩，激烈地道："我对你也是真心实意的！我是真心真意地爱你，泗儿！"

淮泗儿被他困住了，也不挣扎，依旧是用那清亮的眼睛淡淡地看着他，似笑非笑，却好不讽刺。

爱她，就爱到抛弃她，与别的女人好上？

曲杼终于被她看得再也支撑不住，颓然放下了双手，艰难呼吸着："我是真心实意地爱你的，只是……只是如果我没有实力，什么都没有，我始终要被沈如安比下去，他甚至可以不说话，只看我一眼，就可以让我觉得我是多么的卑微，他对我是多么地不屑一顾。这样的我，拿什么跟他争你？泗儿……"

“那么，”淮泗儿问，“你想我怎么做呢，曲杼？”

曲杼的眼睛里忽然就又充满了光亮，一把握住她的双手，急道：“你不要嫁给他，你等我，我很快就能出人头地了，是真的！”

淮泗儿低眉看着被他握着的自己的双手，再清冷地抬起眼睫。“你让我等你？等你娶了警备司令的千金之后，有权有势了，再来包养我，是吗？”

曲杼一震，垂眉不答。

淮泗儿抽出自己的手。“利用沈家小姐来接近司令家的千金。曲杼，你知道的，我淮泗儿这辈子最瞧不起下作的人，你我好歹情谊一场，别让我瞧不起你。”

曲杼愤怒。“我下作？你跟着沈如安做姨太太就高尚了？还不是一样被包养！”

淮泗儿转身往屋里走。“我喜欢他，给他做妾做小我认了。曲杼，从今而后，阳关道独木桥，你我各走各的。”

曲杼一急，上前就要抓她，却不想身后有人一把扣住了他的肩，是沈实面无表情的脸。

“曲先生，请对我家三少奶奶放尊重些。”

晚上，沈如安回沈府后，沈实便将白天发生的事情告诉给了他。

“今天你见着曲杼了？”他问淮泗儿。

“你既然都知道了，又何必再多此一问？”

沈如安笑。“我知道是一回事，但是你亲自告诉我，却又是另外一回事了。”

淮泗儿横他一眼。“也就是说，三爷您信不过我了？”

沈如安笑容不变，搂着她的腰在她耳边轻声道：“若连你都信不过，那我还要信谁？”

淮泗儿不动，也不说话，过了一会儿，才轻轻哼了一声。这一声“哼”不同于她往日的冷哼或嘲讽，而是只属情人之间的，轻轻

淡淡的，带着些不易察觉的情意，还有欢愉的得意，如同一把小钩子一般，一下子便勾住了沈如安的心。沈如安想，给她这么一哼，只怕他这辈子也休想离开她了。

“第一次。”

“什么？”

沈如安叹口气。“你第一次用这样撒娇的语气同我说话。以往不是冷冰冰就是发脾气，却从来没有这样心不设防过。若你我从此以后都如现在这般，纵是我死在你面前，也不枉来人世走这遭了。”

淮泗儿回过身，清亮的眼眸直直望着他，过了会儿，方才微笑着，道：“你活着，我便活着，你要是死了，我的天就塌了。”。

沈如安额头与她相抵。“我们会相守终老。”

次日，沈如安院子里的下人便到主屋去报告消息，说三少爷昨儿个没有再睡厢房，而是宿在了卧房里。

于是，在沈如安早起去定省的时候，沈夫人道：“等过了农历年，你们就把喜事办了吧。”

沈如安笑问：“妈不想着再试探淮泗儿了？”

沈夫人先是一怔，而后才笑了，拍了沈如安一下。“这孩子！”

沈老爷道：“既然这事都定下来了，那么你也带她来正厅吃饭吧，也让下人们都认识她，算是先把身份给她定了，也安安人家的心。”

沈如安大喜过望。“多谢父亲和母亲成全！”

沈夫人叹道：“这事可算是遂了你的心愿了。”

于是，吃完早饭不多时，“府里多了位三少奶奶”这事便传遍了整个沈府。起初他们只知道三少爷的院子里多了位陌生的小姐，说是要做三少爷的姨太太的，却哪知，这摇身一变竟成了少奶奶，当真是小看不得。

小盐是最高兴的，因为沈如安没有骗她，他说不让师姐做姨太太，就真的没有，当真是说话算话。

虽说现在沈府上下都知道了淮泗儿就是三少奶奶，但毕竟是少

了道正式入门的程序，说起来，也终究是名不正言不顺。

沈老爷的意思是，再过两个月就要过年了，等过了年就把他们的婚事给办了吧，毕竟这是宗大事，拖不得。

但究竟是隆重来办，还是低调来办，这可就是个问题了。

若是以沈家的财势和沈如安在北平的名声，这婚礼排场自然是不能小了；但话又说回来，淮泗儿在北平的名声也不小。沈家三爷在北平的名媛淑女中左挑右挑，挑花了眼睛，最后居然挑了梨园名伶淮泗儿做太太。这要是传出去，就真不晓得有多轰动了。

沈老爷道："既然咱们家接受了她，承认了她，那就不要再多想了，一切照常！若咱们真是办得躲躲藏藏，那才是真招人闲话！这婚礼就要风光了来办。不用去避讳什么，戏子的身份原也没有什么见不得人的。"

这话说得自然是万分地合沈如安的心意，他本意就是要给淮泗儿一个隆重的婚礼，让北平城里所有的人都知道，淮泗儿嫁给了他沈如安，不是姨太太，而是明媒正娶的妻子。

但淮泗儿却只是一笑置之。

之前沈夫人的那番话虽说只是试探，但又何尝不是实话？她虽自认做伶人并没有什么见不得人的，但别人却不这么想。戏子和娼妓一样，干的都是下九流的行当，谁又将她往高雅处去想呢？曲杼尚且觉得娶得她跟戴顶绿帽子差不多，那么别人又会如何看待沈如安呢？

终究是要被人戳脊梁骨的。

以前她不在意，但现在……

放纵的结果便是如此，心中不舍，做事犹豫。早就说了，不该沦陷，但奈何，天不从人愿，故使奴见郎。

农历新年要来了，北平城里却平静得没有过年应有的气氛。毕竟，现在日本人对北平虎视眈眈，战争一触即发，北平城城里，人人自危，

担心都还来不及，谁还有闲心去过这新年。

但在这人心惶惶死气沉沉的当口，人们却突然在报纸上看到了一条消息："君子比德于玉焉。温润而泽，言念君子，温其如玉，乃君子贵之也。今有淑女，桃之夭夭，灼灼其华。今有君子曲杼，温润而泽，温其如玉，愿与陈氏女方萍同结蓝田之美，共普举案齐眉之好。兹定于本月十六日在六国饭店举行婚礼。落款：陈府君英汉。日期：民国二十年十一月十六日。"

这则消息是警备司令部陈家发出来的。

沈老爷将报纸扔到桌子上，手指重重地点着。"我当初是怎么说来着？心思不正！"

沈夫人一阵后怕，沉着脸道："我果然是没有识人的眼光，还当他是个好后生！亏得当初没有让如涧和他好！"

沈老爷环视着坐在一旁的沈如安、大少奶奶和淮泗儿，问道："你们怎么看？"

沈如安道："好在五妹现在还在钱塘，对此事不知道。"

沈夫人道："但是昨晚收到的电报，说她已经动身回来了。"

是的，如涧已经回来了，并且也已知晓曲杼要与陈方萍结婚的事情。

回来后便一个人躲在房间里面哭得异常的伤心，任沈夫人和大少奶奶怎么劝都劝不好。如涧是沈家最小的一个孩子，自幼因为身体不好的缘故在沈家就被无比地疼宠着，从未曾遇过什么委屈伤心的事情。而如今这一哭，在沈家当算得上是件顶严重的事情了。

如沐赶回来，却也是没办法，她劝天劝地，却劝不了妹妹不伤心，恼得直嚷着不会放过曲杼，转眼又怪起沈如安来。

"三哥，亏你还北平城里有名的沈三爷，五妹这么被人欺负，你居然什么都不做。你平常不是挺厉害的吗？"

沈如安苦笑不已。曲杼突然玩这一手，是所有人都没有想到的，包括他。他无论如何都没有想到，曲杼竟能将陈方萍迷成这样。

“我能让他在北平找不到工作，也找了曲杼为人不实的证据让人交给陈司令与陈小姐，但是……”他顿了顿，叹道，“你们还当真以为那陈司令能看上曲杼？他什么样的女婿找不着？何必非找一个没根没基的曲杼？这里头是有原因的。昨天沈实才从长安街的那家西医院里查出来，陈小姐怀了身孕。这也是陈家这么出人意料，急着嫁女的原因。”

此言一出，惊呆了沈府一群太太小姐们。

“这……这……”

都不得不感叹曲杼的好手段、好能耐。他既能背着沈家跟沈如涧好上，又能利用沈如涧和陈方萍好上，明知自己没根基，不可能让人看得上眼，就索性骗得陈方萍大了肚子，打了陈英汉一个措手不及。

到如今，一切都成定局，陈英汉不想嫁女都不行。

“所以，”沈如安苦笑，“我们只是商人，能做的有限。要知道，陈司令现在是在急着要培养自己的亲信势力，曲杼这个女婿虽然说没根基，但有一点是旁人所不及的——他是复旦大学新闻系毕业的，对于政治里的这些门门道道，清楚得很。反正木已成舟，他培养自己的女婿，总好过培养外人。另外，苏师长现在的情况也不太乐观，我们两家如今是一荣俱荣，一损俱损，牵一发而动全身，所以就更不能轻举妄动了。”

如沐咬牙。“难道我们就真的奈何不了他了么？就这么任如涧被他欺负了去？”

沈如安揉了揉额角，缓缓地道：“倒也不是全然没有办法……只是……”

沈老爷却断然道：“纵是有办法，如安，我也不许你轻举妄动！在这动乱的时期里，咱们家是能避就避，万万不能在这个时候出风头，咱们家可出不起这个风头！”顿了顿，“我和你们母亲都老了，再也经不起什么变故了，我们万不能因为家里的事情，而牵连到你二哥，

让他走你大哥的老路！”

沈如安道：“父亲说得极是，我顾虑的也是这个。”说着，他苦笑，“如沐啊，往后咱们家要越发小心翼翼了，又怎能在这个时候招惹曲杼这个陈司令的新贵？”

晚上沈如安和淮泗儿独处时，低叹道：“时局造人，时局也毁人啊！我大哥就是因为家里大意才身亡的。想想，我也得学着韬光养晦了。”

淮泗儿抱着手臂从窗户旁边走过去，站在他的躺椅后面，伸手轻轻给他揉着太阳穴，慢慢地道：“你父亲说得对，现在北平太乱了，迁到钱塘去也好。那里不是重庆，不是上海，相对来说要太平些。”

沈如安握住她微凉的手，将她拉到身前，坐在自己腿上，脸慢慢埋进她的胸口，低低地道：“是我对不起五妹……”

淮泗儿搂住他的脖颈，轻轻抚着他的头发。“感情的事情，不是别人可以插手的，纵是从一开始你就反对，也不见得就真能阻止得了她。更何况这是曲杼有意为之。”

“明天，你去看看如涧，劝一劝她吧。你跟她说一说，也许要好一些。”

“好。”

上半夜的时候，天开始下起了雪，纷纷扬扬的，一夜也没停。到了次日，整个北平城便都银装素裹，再也没了往日的沉重，似乎连整个人间都洁白了起来。

沈府的下人们一早就开始忙着扫雪，小盐和铮儿满院子地跑着忙着玩雪，要沈实帮他们堆个雪人儿来玩。

吃了早饭后，淮泗儿去了如沐和如涧的院子。如涧的丫头沈兰穿着红色衬圆点的夹袄，坐在廊下同一个老妈子聊天，看到淮泗儿进来，便都站起来恭恭敬敬地叫了声：“三少奶奶。”

“五小姐在吗？”

“在屋里呢！三少奶奶，我刚刚还在跟王妈说呢，五小姐这个样子，可怎么办才好？您想想法子，劝劝她吧！”说着就要给她带路。

淮泗儿阻止了她。“我自己去就行。”转身就往如涧的屋子里走。

刚转过一个花圃，便听到王妈压低了的声音。“真不晓得老爷太太还有三少爷是怎么想的，不过是个唱戏的下九流，怎么就让她当了三少奶奶呢？”

沈兰道：“王妈，我是小辈，说句不当讲的您别见怪。您老也是咱们沈府的老人了，怎么能说这话呢？选谁当三少奶奶，那都是主子的事儿，咱们做下人哪能多这嘴呢？沈府的规矩您又不是不知道，这话要是给大少奶奶或太太晓得了，那还得了！”

淮泗儿转过走廊，面孔平静无波。

王妈的声音拔高，哟了一声：“我说兰姑娘，你这些年也是跟着五小姐学了不少书本上的道理了！你瞅瞅这小嘴说出来的这些话儿，竟跟个正派的主子似的！哎呀，你们是做学问的，我老婆子哪里懂得？我是乡下人，嘴碎，原是该打的！”

掀开帘子进屋里，外面的声音再也听不到。

轻轻叫了一声：“如涧。”

坐在窗前的如涧回过头来，看着进来的淮泗儿，眼神凄楚，神色悲哀。“三嫂。”

淮泗儿走到一张贵妃椅旁边坐下，望着她，也不说话。

两人对视了许多，如涧才突然开口：“三……三嫂，你与他，并不只是旧识，对吧？”这个“他”自然指的是新觐为陈家驸马爷的曲杼。

“是的。我与他，三年前在上海相识，来北平之前，便已然互许了嫁娶之事。”

“那……为什么你又跟了我三哥？你们不是要结婚了吗？”

淮泗儿低眉微笑。“人生的事情，总是说不清楚。纵使我与他已然谈及婚嫁，但还不是一样各走各的路。尘埃落定以前，再笃定的事情，都是有变卦的可能。”

“那你爱他吗？”

“不，”淮泗儿摇头，“我爱沈如安。”

不爱？如涧不解：“你既不爱他，为什么还能与他谈及婚嫁，决定嫁给他呢？”

“因为我想要嫁一个平凡的男人，做一个平凡的妻子，有人真心待我即可。所以，我才决定与他在一起，纵使我不爱他。”

“不爱他，却可以与他在一起？”

“是的，为了我想要的生活。”

“原来，两个人在一起，也可以是有目的的……”

“是的，他与你在一起，也是与我同他在一起是一样，也是有目的的。这些，你都知道吗？”

如涧迟疑了一下，又点了点头。

“那么，此时你应该庆幸，而非悲伤。如涧，为一个不值得爱的男人去伤悲，才是最可悲的。并且，因为你伤悲，父母、兄嫂、姐姐都担心，这也是最不该的。”

如涧抬起眼睛看着她。

淮泗儿站起身来，道：“我不懂得如何劝慰人，但我的话你仔细想一想。眼内有尘三界窄，心头无事一床宽，你会想明白的。”

淮泗儿离开，留了如涧一个人在房里。

第十折
禁烟花一种春无赖　近柳梅一处情无外

如涧如老僧入定一般，想了一天一夜，然后，她顿悟了。

次日吃完晚饭的时候，她对着一家人宣布了她想了一天一夜的决定。

“我想跟着三哥学做生意。”

惊得沈夫人几乎要昏倒。“姑娘家学做生意，这成什么体统？！”

如涧却道：“家里的生意平常就只有三哥一个人在管，又累又忙，纵是再信任别人，那也不如自己的家人帮衬着来得放心。再说了，你看上海的那位孔家二小姐，不也是位极厉害的人物？”

沈夫人念着“阿弥陀佛”，急道：“那是个男人婆！我可不希望咱们沈家也出一个男人婆！”

不论怎么说，如涧要学做生意的事情终究是没得到家里人同意。

沈如安想不明白。“她怎么会心思转变得这样快？不像是那个乖巧听话的五妹，这事倒像是如沐才会干得出来的。你昨天都跟她说了些什么？”

淮泗儿便将昨天与如涧的对话说给沈如安听，末了才道：“如涧对曲杍，感情并不深，也并非是爱，不过是……姑娘家情窦初开，对突如其来帮助她的男人的一种迷恋罢了。”

沈如安搂着她低笑，亲吻着她的鬓角。“也是你厉害，我们劝了老半天都劝不好的，倒是让你三言两语地给说通了。”

“就让她跟你去学做生意吧。”

沈如安盯着她左看看右看看，也不说话，只是一个劲儿地打量着她。

淮泗儿冷眼瞧着他这样古怪。“看什么？”

沈如安笑眯眯地说：“你向来不爱管闲事，对别人的事情从来都是宁可冷眼旁观，也不愿多说一句嘴。怎么对如涧就突然这样热心了起来？”

淮泗儿横他一眼。“三爷若是不高兴,就只当我是狗拿耗子好了。”

沈如安纵声大笑，将她搂得越发地紧了。“那我怎舍得？你能有这样的转变，我很开心。”

淮泗儿斜睨他，似笑非笑。“三爷不觉得这是多事？”

“多事？”沈如安反问，“如果关心家人也算多事，那么太太，什么才算是不多事呢？独善其身？不不不，你既然嫁了我，就不要想着还能再独善其身了。”说着，脱了长衫外套，让淮泗儿挂起来，坐进了被窝里去。

“让五妹跟我去做生意，倒也不是不行，她出去见识得多了，眼界开阔了，也就不会只局限于内宅的那点伤心事了。只是怕妈那一关没有那么好过，让她接受女儿这样离经叛道，这比要了她的命还可怕！你不晓得，妈最骄傲的事情就是她的儿女们个个知书达理识大体，且谨守本分，大嫂就是最合她心意的，她对大嫂，比对我们几个兄妹还要好。以前你不在的时候，如沐要是说了些什么有失体统的话来，就准是要挨骂的。”

淮泗儿闻言叹口气。“她能接受我，倒也真是难得了。”

沈如安道：“她喜欢你的脾气，她认为，女人家就该是这样的。到床上来吧，被窝都暖了。”

淮泗儿便脱了大袄和中袄，只穿着小袄坐到床上，偎进沈如安怀里取着暖。沈如安将被子盖过她的肩，焐着她总是冰凉的手指。两个人现在这样相互取暖，却是以前想都不敢想的。

“只要你父亲同意了，你母亲自然就会同意。”

沈如安笑："原来你也看出来了？"

虽然在沈家沈老爷总是一副"就按你母亲的意思来办"的样子，但若是沈老爷不点头，纵是沈夫人说再多也是无用。以夫为天，是沈夫人大半生最恪守的一件事。

"那么，你做的那些危险的事情，也是你父亲同意的了？"

沈如安一怔，他做的那些事情，从未刻意隐瞒过她，却未曾刻意让她知道过。想了想，才道："父亲算是默许吧，因为他知道，纵使他不同意，我跟二哥私底下也会这么做。一方面是为了我大哥，另一方面……就像是父亲说过的，强敌犯我国土，欺我国人，任何一个有血性的中国人都不会置之不管。这无关其他，只因为驱逐强虏保家卫国家是男儿的天职。"搂紧了怀中的人，他低语，"我不能让我的妻子和妹妹被敌人欺辱。"

淮泗儿抬眼看着他，伸出手一点一点地抚着他的眉眼鼻唇，眼睛里闪烁着骄傲和崇拜。"那么，你是一个英雄么？"

"不，"沈如安低语，"我不是一个英雄，我只是一个男人。"

"那……大爷是怎么死的？"

沈如安咬了咬牙，搂得太紧了，淮泗儿浑身的骨头都在疼，她反手抱着这个男人，听他讲。

"为了保护二哥……在平津码头……"等了许久，才接着说，"被人乱枪打死的！"

淮泗儿手下蓦然一紧。

"二哥被人告了密，在平津码头，当局派了人去抓他，生死不论。大哥得到消息，赶到码头去救二哥，为了掩护他……那个时候，他才跟大嫂结婚不到半年。"

淮泗儿想到大少奶奶总是微笑着的样子，恬静美好的脸颊上总是带着平和安详的笑意，温和地对待弟妹，守着稚儿，平静地生活，无欲无求，无悲无喜。

"那你们怎么逃得了这场劫难？一旦他们得知了二爷的身份，那

你们也是跑不掉的吧？”

“他们并不知道要抓的人是沈家二爷，二哥在外用的是假身份，没有人知道他的真实身份是沈家二少爷。而大哥，当时也是以送货的名义，去的平津码头……当然，也不是没人怀疑，只是这些年来，北平城的大小官员都得过我们家的好处，所以仅有的几个怀疑的声音也没有了。后来，当局为了平息事件，便枪决了几个人，又许诺了我们在北平的一些特权，此事才算了结。我们与当局虽说都在欲盖弥彰，但所有人的平安，却是用大哥的命换来的。”顿了一顿，“从此以后，二哥就彻底离开了家，不顾一切地投入到了革命里去。但是战争是最需要钱的，所以，二哥在暗，我在明。这些……妈都知道……”

明明知道，却要装作不知道，这是一个母亲的无奈。

“其实，大哥不想死的，他不舍得死……临死前他还紧紧抓住二哥的手……那时候……妈正在生病，大嫂才怀了身孕，他连她们最后一面都没有见到。他不放心大嫂，到死都没能放下心来。所以，二哥就对大哥发了誓，他替大哥，守着大嫂一辈子。”

替？刻在骨子里的那个人，又岂是他人能够替的？

“如安，你怕死么？”她问他。

“怕，”他答，“我怕死，很怕。”他怕她会变成第二个大嫂，可是，他更怕的是他已经死了，但敌寇却仍旧留在这个国家，欺辱他的老父老母，欺辱他的妻子和妹妹。那时候已经没有第二个二哥代替他守着她，没有第二个沈如安来守着沈家了。

她抬起脸，亲吻着他的嘴唇，低低地道：“但是如安，我不怕死。”

“嗯，我们都好好活着。”沈如安回吻着她，想起他们曾经说过的话。

“我们会相守终老。”

是的，他们会相守终老。

守到天下太平，守到再无战争，再无伤害，守到儿孙满堂，守到共赴黄泉。

十一月十六日那一天，是曲杼与陈方萍的婚礼，六国饭店异常地热闹。沈家早在几天前便收到了烫金的请柬。

另书：请务必阖府莅临。

如涧把玩着请柬，冷嗤道："就差没写上'务必请五小姐赏光'了，炫耀到沈家来了。"又斩钉截铁地继续说道，"我也去。"

沈夫人自然是不允许。

如涧又道："不许我去也可以，但您得答应我让我去学做生意。"

沈夫人被她气得不轻。"你这个孩子，莫不是魔征了？你懂得什么是做生意？你一个没结婚的姑娘家整天跟一群男人打交道，这传出去成何体统？"

如涧道："在国外，做生意的女人可多了去了。纵是在上海，那也有许多。凭什么到了北平到了咱们家就不行了？"

沈夫人道："上海是上海，北平是北平！祖宗家法传下来的规矩，女人就是要安分守已！我真后悔，当初就不该让你去外国留什么洋，好好的一个姑娘家愣是被那些洋鬼子给教坏了！"

如涧嘴角一动，又要反驳，沈如安一拉如涧，对沈夫人道："妈您别急，要不咱们就先让五妹去公司玩两日，让她先见识一下……"

"什么见识？不许去就是不许去！"

眼看沈夫人怒气一发不可收拾，一直沉默的沈老爷终于发话："就先让她跟着沈如安去公司看看吧。"

沈夫人瞪大了眼睛。"老爷，这不是小事，我们不能这么由着她！"

沈老爷道："这孩子虽说听话，但打小脾气就倔，你又不是不知道。再说了，她跟着如安，也出不了什么岔子。"说着拍了拍她的手。

沈老爷都发话了，沈夫人再反对也没用了，只得怒瞪如涧一眼作罢，但其实她心里明白，这个孩子别看平时乖巧得紧，但若一旦犯起倔来，九头牛也拉不回来，今日若是不答应她，只怕她还真敢到六国饭店去闹。

如涧刚刚失恋，心里面正是难过得不行，如今胜了母亲一场，心情自然好，得意地躲到大少奶奶身后笑眯眯的。

沈如安与沈老爷的意思是让淮泗儿也伴着沈如安出席，但淮泗儿却婉拒了。沈夫人的那些话如钉子一般扎在了她的心里，她不想陪同沈如安出现在任何的公众场合，不想他因为自己被人笑话，受人指点。

沈如安不赞同地对她摇了摇头。

但沈夫人的脸色却是极满意的，在被如涧引来了这么大的怒气以后，淮泗儿的做法极符她的心意，她脸色逐渐地缓和了，对着淮泗儿露出满意的微笑来，似乎直到这个时候，她才真正地对这个名义上即将过门，实际上已经是她儿媳的三儿媳妇感到满意。

沈氏夫妇和沈如安离开后，如涧对淮泗儿道："三嫂你应该跟着三哥一块儿去的！又没有什么见不得人的，干什么要这样躲躲藏藏的？"

淮泗儿坐回沙发上。"我只是有些不舒服。"

但如涧却显然不信，道："三嫂你劝我的我都已经想通了，怎么偏生你就有了这么多的顾虑了呢？你不应该是这样的人啊！"

大少奶奶毕竟不像如涧那般的不懂事，看着淮泗儿的脸色，伸手探了探她的额头，淮泗儿不喜欢与沈如安之外的人有身体接触，头一偏，躲了过去。

大少奶奶怔了一下，笑道："别躲，我试试你发不发烧。"

大少奶奶的话让淮泗儿微微有些尴尬，终于不动地任大少奶奶将手贴上了她的额头。

试了温度后，大少奶奶又将另一只手贴上了自己的额头，试了试，"不发烧，哪里不舒服？"

淮泗儿道："许是吃错了东西，就是胃里不舒服。"

如涧急道："哎呀，方才三哥还在的时候你怎么不说呢？"

淮泗儿道："不能因为我而耽误了正事。"

大少奶奶却已经在吩咐阿香了。"快，打电话叫家庭医生来。"

一个小时之后，沈家的家仆被六国饭店的侍者带进了喜气洋洋衣香鬓影的婚宴大厅，找到正在同陈司令和他的乘龙快婿寒暄的沈氏夫妇和沈如安。

家仆快步走过去，也不管所有人讶异的表情，恭恭敬敬地道："老爷，太太，三少爷。"

沈如安皱眉。"怎么来这里了？家里出了什么事？"

家仆道："三少奶奶身体不舒服，大少奶奶就叫了家庭医生来府里帮三少奶奶看了……"

话未说完，沈如安已然神色大变。"三少奶奶怎么了？"

家仆笑嘻嘻地道："三少爷您别急，医生说三少奶奶没有病，是有喜了！"

可怜沈如安这一惊一喜之下，竟然一时不知道该如何反应，呆住了。

沈老爷和沈夫人对视了一眼，均是笑逐颜开，喜上眉梢。

陈司令站在边上，听到这些，忙笑着拱手，道："这可真是个好消息啊，老哥，恭喜恭喜啦！"

沈老爷笑道："同喜同喜。"

"如安是什么时候娶的夫人？怎么我们都没有听到消息呢？老哥连个请柬也没有发，莫非是瞧不起兄弟？"

沈老爷道："不敢不敢，只是两人已拜了天地，我原是想着年后再给他们补办一场婚礼，但是哪承想，是孙子等不及了！"

站在一旁的曲杼，听着这些，原本喜气的脸上，已然变得铁青一片，握在手里的酒杯，差点被他捏碎了。

沈如安这个时候才回过神来，忙将手里的酒杯放到桌子上，向来懂得隐藏情绪的一个人，这个时候再也忍不住喜悦之情，管不了那些虚应的礼数了，拔腿就往外面跑。

陈司令见着沈如安这个样子，哈哈大笑。

沈老爷笑着对陈司令道："小儿无状，一急起来便没了规矩了，还请司令勿见怪。今日是世侄女的大喜之日，按说我这观礼之人应等到礼毕，喝完了世侄女的喜酒才能走，但……"

陈司令哈哈大笑："兄弟理解，老哥再添孙子辈，也是大喜之事呢！能让沈如安急成这个样子的，我还是头一回见呢，来来来，我送你和嫂子。"

沈老爷道："不敢劳烦司令了，家里开了车来，对不住了，我们先走一步，回头我再送大礼向世侄女赔不是。"

淮泗儿怀孕的消息还没等沈如安和沈氏夫妇到家，便传遍了整个沈府，沈如安一路往院里走，下人们看到他，个个笑嘻嘻地向他道贺。

刚走到院子里，便听到了里面的笑声，小盐拿着一包药刚走出屋子，一看到沈如安便跑过来，笑得一双大眼睛眯成了弯弯的月牙儿。

"三爷三爷，我姐姐可是要当妈妈了呢！我要做小姨了！恭喜三爷您要当爸爸啦！"

沈如安心里高兴，看到她手里的药，边往屋里走，边回了她一句："小盐，你若是把你姐照顾好了，我一个月给你十块大洋！"掀帘子进了屋里，便看到大少奶奶抱着铮儿还有如涧，连如沐也回来了，都围着淮泗儿坐着说话呢，一屋子的喜气洋洋。

看到沈如安进来，就都站起来，嘴里说着："三哥，恭喜恭喜！"

"三弟恭喜了！"

沈如安心思不在她们身上，只是盯着淮泗儿看，两个人对望着，眼角眉梢都是掩不住的喜悦。

如沐看着他们这个样子，笑道："你们看三哥，都得意得忘形了！"

小盐跟着沈如安也跑了过来，在后面叫着："三爷您说话可当真？当真给十块大洋？"

沈如安道："当真给。"

小盐欢天喜地地跑开了。

如涧抱过铮儿，在小侄子的耳边悄声说着话，然后便放了铮儿下来。小家伙脚一着地，便一把抱住了沈如安的腿，呀呀地叫着："三叔三叔，铮儿也讨要赏钱！"

沈如安看了看一屋子不肯离开等着看他笑话的女人，就连一向喜爱冷清的淮泗儿也抿着嘴角，很开心的样子，他笑着低头看看抱着他腿的小侄子，笑道："赏！赏铮儿小少爷十块大洋！"心里却叹着，看来不到晚上，他是别想能够单独跟泗儿温存一下了。

如沐道："三哥这个样子，从小到大我都没见过。我还记得当年大嫂怀铮儿的时候，大哥的反应也是这样！"

此言一出，屋子里的气氛猛然僵住，如沐也意识到自己说错了话，脸色一变垂下了头来。大少奶奶强笑道："这天底下，哪个男人刚一当上爸爸不是这样，你大哥当年可没三弟表现得这样傻！"

如涧忙接口道："就是就是！"

这时候沈夫人也跟了过来，一掀帘子叫了声"泗儿"，就拉着她的手问她身子好不好，有没有哪里不舒服的地方，想吃什么，缺什么。

站在一旁的兄妹几个互视了一眼。自从大哥死后，除却如沐出嫁，沈家是第一次有这样天降的喜事发生，沈夫人也是第一次表露这样真心的喜悦之情。

淮泗儿怀孕，成了沈家的头等大事。下人们往日视之平常，甚至有些瞧不起的三少奶奶，突然成了沈家最受重视的人。事无大小，一应全由沈夫人亲自督促照顾着。

一夜之间，淮泗儿在沈府成了香饽饽。

所谓母凭子贵，大抵便是如此吧！

沈夫人的殷勤备至让淮泗儿皱眉，她向来不爱被人过分热情地关爱。更何况整个沈府从上到下从主到仆，个个都护着她，就连小盐那个丫头都是她走一步就跟一步，生怕她有一丁点的不适。

沈如安对淮泗儿道："我晓得你不喜欢妈这样，但原谅她老人家盼孙心切，你好歹忍一忍吧。"

其实，说起来沈家人丁也算是兴旺，沈氏夫妇三子两女，但若说起孙子辈的，却是只有铮儿一个。大爷虽然早亡，但好歹留下了铮儿这一滴骨血，也算是后继有人了；而二爷常年不归家，又是发了誓要代大哥一辈子照顾大少奶奶两母子的，这娶妻生子一事只怕是再无希望了；只余下三爷沈如安一个，这开枝散叶一事，只怕就要落到他的肩上了。

因为淮泗儿的怀孕，让许多原定好的事情都有了变化，只怕婚礼得提前了。

从淮泗儿进沈府，到她怀孕，虽已有几个月的时间了，沈夫人嘴上也答应他们结婚，但心里到底还是介意淮泗儿的身份，她还是想着沈如安图的是一时的新鲜，怕万一两人真结了婚，哪天沈如安不喜欢淮泗儿了，那就连后悔的余地都没有了。于是这婚礼她便以要办得隆重为借口，一直拖到了现在。

没拖到沈如安后悔，反倒拖到有了孙子。

这一回，这婚礼是不办也得办了。

沈夫人翻着黄历看了许久，又与沈老爷商量好了以后，便将日子定在了小年那一天，二十三，也算是个好日子了。

剩下的便是要忙沈如安的婚礼了。

尽管常有俗话说"福无双至，祸不单行"，但这话却在沈家换了个说法。就在沈家上下都忙着将淮泗儿捧在手心里的时候，苏家也打发了人来报喜，说是苏家大少奶奶怀孕了。

苏家大少奶奶，那可不就是如沐吗？

沈夫人双手合十念着阿弥陀佛，直道感谢祖宗保佑。

如涧笑着说道："妈，要感谢祖宗保佑的，那也是苏太太，您该感谢祖宗保佑的是我三嫂！"

沈夫人喜道："都要谢都要谢，这是双喜临门！"

给了赏钱后，打发走了来报喜的苏家仆人，沈氏夫妇便要往苏家去。沈夫人临走前还不忘叮嘱沈如安和大少奶奶要好好照顾淮泗儿。

如涧直叹着："可怜三嫂，从怀孕那天起你就走了大嫂的老路了啊……"

大少奶奶神色几不可闻地一变，接着便轻笑："泗儿可不是走我的老路，这一人一条路的，哪能走重？我瞧着妈就是对泗儿更偏心一点。"

如涧笑眯眯地点头附和："我看也是！"

淮泗儿晓得她们是有意说这些讨她高兴，便也笑了起来。

沈如安在一旁看着心中也是欣慰。淮泗儿自打到沈府以后，就一点点地在改变，她原是不论与任何人说话都保持着距离，但这几个月却渐渐地与大少奶奶和如涧处得越来越好，也懂得了如何去接受别人的好意。她的这些改变他都看在眼里，更何况如今她又怀了他的孩子，心里也越发疼她爱她。

淮泗儿抬眼，恰好对上沈如安满是深情的凝视，不自觉地便露出了笑容，千万般的情致就都含在了那一抹笑里。

守着自己的爱人，等待着肚子里孩子的出世。淮泗儿常想，若不苛求，这样的日子其实才是最幸福的。一个人待你是真心还是假意，是看得出来的，沈家待她并不差，甚至她慢慢地也都将自己当成了沈家的人。

沈如安凡是在家，有点空闲便喜欢与她待在一起，哪怕不说话，只是对望个几眼，也都是好的。两人的感情，倒似是比着从前更好了几分。

小盐每每被沈如安赶走，过后便笑她："三爷见姐，真是'多情人一见了有情娘，这小生心儿里早痒痒。迤逗得肠荒，断送得眼乱，引惹得心忙……'哈哈！"戏里的唱词带了些婉转的腔调，调笑的意味很浓。

惹得淮泗儿嗔她，之后又告诫她："日后不要总提戏班子的事，

这些个戏词也不要总拿出来说。”

既然成了沈家的人，就得依着沈家的规矩来。沈夫人不喜欢她的出身，那她就得彻底地告别过去，吊嗓子唱戏是不能的，甚至连想都不能想。

小盐倒是不在意，她笑着点头。“不说就不说，反正沈家好！”

淮泗儿笑着摸摸她的头。

日子这样一天天地过着，再也没有了登台唱戏时的空虚。就像大少奶奶常常同她说的，知足者方才能常乐。

只是如涧近日总是在她这耳边叨念着“天下熙熙皆为利来，天下攘攘皆为利往”。现在，如涧跟着沈如安每天出门去谈生意巡铺子，沈如安常对着她夸他的这个妹子竟天生是个做生意的料。

但如涧这话却每次都能气得沈夫人骂她：“简直比如沐还会气我！我怎么就生了你们这两个来讨债的小鬼？”

沈如安私底下笑着对淮泗儿道：“以前妈总觉得如沐就是她管教下最大的败笔，现在如沐出嫁了，如涧的问题又来了，她的固守传统，只怕越往后越难跟新思想融合了。”

离小年还有不到半个月的时候，沈如安开始越来越忙了。他要给淮泗儿一个隆重的婚礼，他发誓一般地对淮泗儿说：“我要让全北平的人都知道，淮泗儿嫁给了沈如安，做了沈如安的妻子。我要让所有人，都不再看轻你。”

淮泗儿闭着眼睛抱着他，满足地笑着。许是因为怀孕的缘故，许多的事情她突然就能想得开了，名分于她不再那般的重要，只要还有他，只要还有爱，做妻做妾又有什么区别？盛名虚名，不过是场浮华，爱才是真。

她将这些想法说给沈如安听，但沈如安却笑道：“你现在这样想，才是我守得云开见月明，终于盼得你完全想开了。但是，你的名分对我、对孩子却是最重要的，还是要给你正名的。”

淮泗儿便不再说什么，她是爱这个男人的，爱他从容不迫的气度，爱他谦逊的态度。如今，她只盼着与他相依，一生足矣。

沈如安陪着她，在湖边慢慢地散着步，握着她的手，为她取暖。

“还记不记得我父亲过寿的那天，也是这个时候，你站在对岸，我就在这儿看着，看你浮萍一般地站在那儿，像是没有根一般。我就在想，我要给你一个根，让你有所依、有所靠。所以我说，早晚有一天，你会在这个大宅子里安身立命，你看，我果然就做到了。”

淮泗儿道：“我晓得你能做得到，我一直都晓得。”

沈如安的嘴唇是温暖的，他吻着她被冷风吹得冰冷的脸颊，低笑：“早答应跟了我不就好了，白白浪费了那么多时间。”

淮泗儿也笑：“若不考验你，谁晓得你是不是真心的呢！”

“那太太，现在你可满意？”

淮泗儿想了想：“我所求不多。‘鹪鹩巢于深林，不过一枝；鼹鼠饮河，不过满腹。’”说是少说戏词，但她并没有太多的学识，许多时候，所说所用，还是来于戏词。但这个时候，她心里却已经不再那么介怀了。

沈如安放声大笑。

两人甜蜜地说着夫妻间的私房话，外人实是不应打扰的。但沈实皱着眉在远处徘徊了两圈，终于还是小跑过去，站在一边叫了声：“三爷。”

沈如安回头，就着灯色，看到沈实的脸色，眉峰一动，对怀里的淮泗儿道：“你等一下。”

淮泗儿点头，撤离了沈如安的怀抱，北风一吹，却忽觉一阵寒冷刺骨。她看着沈如安走过去，沈实在他的耳边小声说着些什么，沈如安表情越发地凝重。

不一会儿，他又走到淮泗儿身边，道：“有些事情要我去处理一下，我先送你回去吧。”

淮泗儿道：“我自己回去就行，你先去吧。”

沈如安揽过她，重重地亲了亲她的额头。“你现在是两个人的身子，走路小心一些，有事就找小盐或阿玉去办，今晚你先睡，不必等我回来。”说完等淮泗儿点了点头，才放开她，疾步而去。

淮泗儿站在原地，看着他的背影一点点地隐没在黑暗里，直到再也看不到了，才收回目光，用手轻轻抚了抚仍旧平坦的肚子，才慢慢地顺着来时路往回走。

当夜，沈如安回来的时候，淮泗儿已经睡下了。因为怀孕的缘故，她总是嗜睡，也不易醒，等到了半夜，沈如安还没有回来，实在挺不住了便去睡了，沈如安什么时候回来的她根本就不晓得。

次日早上，如常相处，沈如安闭口不提他昨晚去了哪里。淮泗儿也不问，她曾对他说过，他在外面不论做什么，她都不问，只要求他能平安回来。

但吃早饭的时候，沈如安却突然向沈氏夫妇提出想把婚期提前的想法。

“反正婚礼所需的一应物什都已经置办妥当，就差请柬还没有写，日期对外也尚未定下，咱们把婚期提前倒也不显得仓促。”

所有人都不解他为何突然下此决定，连淮泗儿也同样疑惑地望着他。

沈老爷放下筷子，站起身往书房去。“老三，你跟我来。”

沈如安跟过去。淮泗儿垂下眼睫，想起昨夜沈如安同沈实匆匆离开的样子，猜着他突然决定将婚礼提前，定然是与昨晚之事有关。但是她并不想知道那到底是什么事情，她不愿干涉，也理解沈如安的决定，如果他真的有些事情需要借助婚礼来办，那她愿意配合。

沈老爷与沈如安父子二人在书房谈了许久，再出来时，沈老爷做主，将婚期定在了三日后。

沈夫人并未提出任何异议，大少奶奶与如涧点头照办，连一声疑问也无。包括后来被通知到的如沐在内，沈氏家族所有成员对此

事都心照不宣地三缄其口。

上午请柬赶着写了出来，下午整个沈府的下人们开始满城跑着送请柬、发电报；苏记绸缎庄的大掌柜亲自带着绸子去沈府给太太小姐们量身赶制礼服；珠宝首饰是沈氏自家就有的，只需要淮泗儿亲自去挑便是了；戏班子不必找，阳叔亲自上门应下的，分文不取，只当是给淮泗儿做贺礼了。

只消一天的工夫，婚礼一应所需，尽数办妥，整座沈府朱漆描金，装点一新，人人展颜，个个带笑，就连花草树木都带着洋洋的喜气。

晚上，沈如安揽着她，嘴角摩挲着她的额头低问："不问我为什么？"

淮泗儿伏在他的胸口，过了一时，才弯起嘴角，轻声道："三爷想让我知道便会告诉我，三爷若是不想让我知道，我自然不会多问。"

沈如安喟叹："还没有想好该不该让你知道，怕你知道了会担心，但也害怕你不担心。"

淮泗儿抬起眼睛，看着他光洁的下巴，微微一笑："你可真是矛盾。"

沈如安嗯了一声。"可不是。"

过了一时，两人都不言语了，就这样静静相拥着，淮泗儿倦意上来了，意识慢慢地开始蒙眬起来。

"泗儿。"沈如安轻轻地唤她。

淮泗儿打起精神，睁开眼睛，慢慢地应了一声："嗯？"

"明日你陪我出去一趟。"

缓慢地闭上眼，她又应了一声："嗯。"

第十一折
不想这一曲瑶琴声婉转　包藏着那美满姻缘

第二日，吃了早饭，沈如安对沈氏夫妇禀明要带着淮泗儿去挑首饰，沈夫人道："挑首饰让你妹妹陪着泗儿就成了，家里还有许多事情要你办呢！"

大少奶奶忙道："妈，就让三弟陪泗儿去吧。家里也不外乎是些琐碎的事情，交给我办就成了，"说着又笑眯眯地说，"明儿个泗儿得去外头住，咱们好歹也体贴些吧！"

沈夫人心情极好，加之这些日子以来对淮泗儿也是愈发满意，那些礼教上的虚数便也就渐渐地淡了些，此时沈如安陪淮泗儿出去，便也不太放在心上了。只笑道："泗儿现在身子不比从前，要记得多注意，不可多走路，要早些回来。"

沈如安和淮泗儿便一一含笑应了，又向沈老爷告了假，这才出来。

先去了珠宝行，为淮泗儿选了些首饰，中间又去陈李记吃了些点心，休息了片刻才往得顺茶楼赶过去。

到了楼下，沈如安扶着淮泗儿下了车，小盐将大包小包的东西丢在车上，扶着淮泗儿进茶楼，淮泗儿眉头微蹙，握着小盐的手道："小盐，你是我妹妹。"

小盐笑眯眯地道："我是心甘情愿扶着姐的。"

淮泗儿无奈，沈如安握着她的手对身后的小盐和沈实道："你们留在楼下。"

带着淮泗儿上楼，进了一间极为雅致的包间，淮泗儿粗粗打量

了几眼，对面是一扇窗子，打开着，一眼便望见了楼下往来的人群，细雕的屏风围在两边，一旁的墙上挂着两幅水墨蜿蜒的山水画——她不懂什么画作欣赏，也看不出什么好坏来，却只觉得，这个房间的布置也仅仅只是雅致而已。

沈如安脱了大衣和西装，露出里面的黑色缎面的马甲，衬着雪白色的衬衣和黑色的西裤，分外的俊朗与儒雅。

叫人上了菜，却是置了四个人的碗筷，淮泗儿也不多问，只是安静地坐着。沈如安要了些干果、蜜饯，摆在淮泗儿面前，一个一个地夹给她吃。

“这些干果和蜜饯都不错，你来吃吃看。另外你想想，还要再吃些什么，我再叫。”

淮泗儿看着眼前小碟子里的银杏、桂圆、蒸枣、金橘和桃条，倒也是认真地想了想，抿着嘴儿细细地笑道：“看着这些倒也真的嘴馋了。嗯，想吃些咸酸的。”

沈如安看着她如斯模样，心中柔情满溢，忍不住抚了抚她的脸颊，倾身轻轻吻了吻，微笑道：“就是要吃咸酸的才好。”便又要了二两樱桃干和姜丝梅。

淮泗儿口中噙着樱桃干，突然满目柔情地看着沈如安，轻轻地道：“如安，我觉得真是幸福极了。”

沈如安握着她的手，微笑地看着她，点头，道：“我也是。”

正在此时，突听门外传来轻轻的敲门声，接着，门被小心地打开，一个身着灰布大褂的男子闪进来，对沈如安道：“三爷，许先生到了。”

沈如安面上闪过一阵欣喜，忙站起身，向窗外看了看，关上窗户，道：“快进来。”

话音刚落，门口处便又闪进来两个人，起先一人身着灰色的长马褂，头戴着礼帽，压得低低的，遮住了半张脸，下边是满脸的络腮胡子。挺高大的一个人，只是腰际却有些暗红的血迹。

而后面一人——淮泗儿只看了一眼，便是心头一惊。细长的丹

凤眼，妖娆的身姿，时髦的发型……不是小玉又是谁!

电光石火间，她忽然想起了几个月前，她那一次见着小玉时，小玉恶声恶气地，一直劝她离开北平。当时对她说，是看在她是师姐的分上，才劝她离开的。她事后一直猜不到小玉为何突然劝她离开北平，后来到了沈家，便将这件事抛在了脑后。却没想到，今日会在这里碰上小玉。

她看看小玉，又看看小玉身旁的人，从前小玉性格的转变、之后突如其来的善意，似乎一下子都能解释清楚了。

小玉的身份，也许不简单。而她的身份，沈如安是最清楚不过的。

只是此时小玉却并未看她，只是向沈如安点了点头，扶着络腮胡子往里面走，边问："三爷，东西都准备好了吗？"

沈如安点头："都准备好了，小三，快，去帮许先生换行头。"

小三接过了许先生，掀开墙上的山水画，也不知是按了墙上的哪个按钮，一旁的墙上突然就出现了一道裂缝，他使力推开，扶着许先生进去后，便又关上，房间恢复原样。

淮泗儿不动声色地看着。

小玉也不管沈如安是不是就在眼前，飞快地解开身上毛呢大衣的扣子，脱掉后露出里面鲜红的旗袍，又从随身的皮包里拿出钻戒戴在手上，然后开始涂口红、搽胭脂、戴耳环、喷香水……不过短短两分钟的时间，妖娆妩媚、款款生姿的小玉便又出现在了眼前。

她用手轻轻抚了抚细长的眉毛，抬眼问淮泗儿："泗儿，炭笔有没有？"

淮泗儿摇头："没有。"她从来不用这些。

小玉撇了撇嘴："堂堂沈家三爷，叱咤北平城也算是一号了不得的人物了，怎么，连支小小的炭笔都舍不得给太太买？"

没等沈如安答，淮泗儿却先冷冷一笑："你我师姐妹这么多年，却不知道我向来不爱这个。"

小玉慢慢收拾起自己皮包里的东西，闻言嗤笑道："姐妹情谊？"

然后从呢子大衣里掏出一把手枪放到皮包里去，系好了扣子，“我好心劝你离开北平，你不听我的。那时候我就说了，那是我最后一次叫你师姐，咱俩以后没关系了。”

淮泗儿向来不是个牙尖嘴利的，耍嘴皮子的事情更是做不来，只是此时她并不明白沈如安他们要做什么，但看许先生与小玉进来时的情况，心里也隐约地猜到了些，便只得又接口道：“这个行当，我退出了就是退出了，也没有打算再和你扯上关系。”

小玉涂着蔻丹的纤指抚着红唇，看了一旁带笑的沈如安一眼，扑哧一笑。“嫁到沈家做了正房太太就是不一样，底气足啊，不像我，连个姨太太都算不上。”

正说着，密室的门又被打开了，这次先出来的却是一个年轻俊秀的青年，穿着三件套的西装，臂弯处还拎着一件外套，只是面容稍显苍白。

小三就跟在他身后，接过小玉递来的呢子外套，随手扔进了密室里，接着，又把门关好，室内一切恢复原样。

尚未来得及说话，门外便又传来了轻轻的敲门声，众人脸色皆是一变，小玉把手探进了装着枪的包里。

“三爷，何云生带人进来了。”是沈实的声音，只说完这一句话，便又退去了。

小三对着沈如安和许先生点了点头，便也闪出去了。

沈如安倒了杯酒放到许先生面前，问：“伤不要紧吧？”

许先生摇头：“小三给我做了包扎，能撑得住。”许先生将酒喝光了，又自己倒酒，连喝了三杯，脸色这才稍显得红润些。

沈如安点点头：“那就好。”

皮靴踩在木头楼梯上的声音，听起来很响，小玉喝着酒，突然笑着看向淮泗儿说道：“穿的衣服倒是变新了，一看就知道是杭缎，上好的料子，啧，颜色还是这么素淡，都是要结婚的人了，还穿得这么素净，也不嫌晦气！不过珍珠的色泽倒是不错，只是可惜不如

钻石来得亮眼。”

脚步声已经来到了门口。

淮泗儿的外套只是解开了扣子，沈如安怕她冷，吃饭也没有让她脱掉，露出里面藏青色的旗袍与脖子上的一串色泽温润的珍珠项链。她低头看了一眼，淡淡地说：“珍珠或钻石并不重要，重要的是，送的人是谁。”她低眉看着桌子上的樱桃干，一笑抬眉，“我戴着珍珠却觉得比钻石更珍贵。”

咔啦一声，门被推开。

小玉的声音娇媚里带着嫉妒，半含酸半造作：“哟，果然是耳闻不如一见，三爷对三少奶奶的心，可就是不一般呢！”

沈如安抬眼看着闯进来的警察局局长何云生与调查科队长吴复举，慢慢地放下筷子，站起来。

“何局长，吴队长，带兵闯入我这包间，是为着什么事？”

何云生忙笑道：“如安老弟不要误会，只是有人举报说有共党分子进了这茶楼，我们只是过来搜查。”

沈如安哦了一声，轻笑：“是单搜我这个包间呢，还是都搜？”

吴复举赔笑：“自然是……”

他话未说完，却被人接去了下半句。

“单搜你这个包间！”

淮泗儿微一蹙眉，居然是曲杼的声音。

沈如安哼了一声，冷冷地道：“曲副科长的意思是，我沈如安是共产党？”

何云生一惊，忙摆手道：“不不不，如安老弟怎么可能会是共产党！”

皮靴的咔咔声慢慢进入这个房间，挺拔的身影一步步走进屋子的中央，笔挺的军装带着扬眉吐气一般的傲然。曲杼先是深深看了一眼淮泗儿，再将目光转向小玉与许先生，看了许久，才转向沈如安。

“那可不一定，有时候看着像人的，说不定他是个鬼；而看着是

鬼的，可也保不定他就是个人了。是与不是，这还得要确认了才行，否则，人鬼难辨，可就不好了。沈三爷，您说我这话对不对？”

沈如安双手插进裤兜里，安然地：“那请问曲副科长要如何确认？”

何云生与吴复举的额头已经见了汗。按说，曲杼现在是军需处副科长，是无论如何都没有资格在他二人面前出头的，警察局的要抓人，怎么也轮不到这种级别的人支使，只是警备司令的乘龙快婿的这个身份却也是他们不得不戒备的，不敢轻易得罪了去。

但是同样的，对于财势冲天的沈家，他们也一样不敢轻易得罪。须知，现如今这年头，势小的不如钱多的，人家拿钱买官，一麻袋大洋都能砸死他们。

曲杼头一偏，看向许先生。

“干什么的？”

许先生露出得体的微笑，手压着衣角微微欠身。“敝姓许，许为民。是如安的中学同学，现在在上海经营珠宝店。”

曲杼挑起眉梢，意有所指地说道：“许，为，民，倒是挺会取名字的，”又似笑非笑地，“珠宝店，可是个好生意。来北平做什么？”

“沈如安结婚，身为老同学老朋友，说什么也要亲自来道贺！曲科长难道不知道如安和淮小姐要结婚的消息？”说着又转向沈如安，“如安，你报纸上没登？”

沈如安笑道：“昨天就登了，还一连登了两天的，不信我让沈实买一份来给你看？”

许为民也笑，看向曲杼。“我是怕曲副科长日理万机，没空看报纸，不晓得你要结婚的消息。这误会了我倒不要紧，就怕今儿曲副科长查得慢了，明儿大喜的日子别让人不快了。唉，莫不是你忘了给曲副科长送请柬？”

沈如安似有所悟。“说起来倒是我的不是了，竟忘了着人给曲副科长送请柬，真是该罚！”说着倒了一杯酒递到曲杼面前，“这杯酒我敬曲副科长，当赔罪。回头立刻便将请柬补上。”

曲杼眯着眼睛看他二人你唱我和，捏紧了拳头，不去接沈如安的这杯酒。

“许先生是沈三爷的同学，那高小姐又怎么会在这里？”

小玉凤目一转，巧笑嫣然风姿摇曳地走到曲杼面前，软着身段靠近他身上。“曲先生，许久不见，您高升了啊！看起来，我干爹对您还真是青眼有加呢！”

曲杼轻哼，捏起小玉的左手，将她扯开。“你还没回答我的话。”

“这你得去问我干爹呀，他让我出来挑首饰的，许先生还是他介绍的呢！”

“是吗？”曲杼似漫不经心地打量了一眼她的穿着，挑起嘴角，“只是这么冷的天，怕是高小姐从公馆里出来得急了吧？连外套都不穿，可要小心别生病了。”

淮泗儿心头猛地一紧，手心里的冷汗一下子就冒了出来，沈如安握着她的手，轻轻捏了捏，示意她安心。

就见小玉捂着嘴呵呵呵地笑开了，边笑边道：“曲副科长您这么年轻，怎么就这么不解风情呢？再暖和的外套，”说着，用食指点了点他的胸口，“也比不得你们男人的胸膛啊！这个你们男人体会不到，但有三爷在，泗儿可绝对体会得到的。泗儿，你说是不是？”

淮泗儿配合地扯了扯嘴角，觉得有些疲惫，悄悄往沈如安的身后挪了挪。

曲杼眼神一暗，但看淮泗儿状若局外人一般地将头靠在沈如安肩上，垂着眼睫闭目养神的样子，脸色就越来越阴沉。

他不管不顾地一把掀开小玉，挑眉冷冷地说：“少跟我说这些废话！今天这间屋子里的人都得跟我走一趟，谁是共产党，得等我查清楚了再说！”

沈如安将淮泗儿护到身后，冷冷一笑。“曲副科长这是什么意思？吃饱了闲的跑来找麻烦？日本人就在北平城城外，要是曲副科长真闲，就去找他们练把式。想在我沈如安跟前逞威风，也得三爷有那

个时间陪你玩才行！”

曲杼冷笑起来，谁陪谁玩还真不一定呢！他这边刚要示意手下抓人，却忽然听到楼梯间传来了嘈杂的脚步声、拉枪栓声。

“谁准你们闯上来的！下去！”

“狗东西，他妈的给老子滚开吧！”

“你他妈的什么东西，敢骂老子！”

“老子骂的就是你这等狗仗人势不长眼的狗东西！揣个王八盒子穿上军装，就真当自己是个长官了？呸！不长眼的东西！你敢开枪试试，老子借你仨胆！”

曲杼脸色越来越难看，何云生与吴复举忙跑出去看，原来是吴复举手下的一个队长与沈如安的随从沈实对上了。

这沈实原就是沈家的家仆，打小就跟着沈如安，黑白道替沈如安干了不少事，接触过的人，也都是非富即贵，旁人看在沈家的面子上，也大都给他几分面子。所以，别看平日里他跟在沈如安身后安安分分不言不语的，可在外行走得多了，见的世面广了，在那些地位不算高的人眼里，他也算是一号人物了。

何云生与吴复举一看沈实带着一群横眉竖眼的汉子上来了，同时都松了口气。曲杼发疯似的要在沈如安成婚的前一天抓他，说他是共党,他们可不能也跟着发疯。沈家本就财势冲天北平城里排第一，跟城内城外的许多权势要员都或多或少有些关系，又跟苏家是姻亲，这盘根错节的，可不敢乱开刀。

且莫说沈如安或者他的朋友许为民不是共产党，就算他们是，这无凭无据的，他们也不敢乱拿人，真要是办错了事，丢了屁股底下的位子是小，要是被人无声无息地革了命，那可真就得不偿失了！

那个队长黑着脸揪着沈实的前襟，还真是没胆子开枪，只得向吴复举急道：“队长，这些人太无法无天了！”

吴复举一脸的无奈，刚张开了嘴，还没等说什么，就听楼下慢悠悠地有人说话。

“可我这旁观的却想知道，这无法无天的，到底是谁！”

沈如安听到声音，嘴角露出了一抹笑，拍拍淮泗儿，让她坐下来——她怀着孕，不比其他人，不能累着了。

曲杼皱着眉，不知道来的人究竟是谁，但看着沈如安似是松了一口气的样子，又对淮泗儿体贴，却是只觉得妒火中烧，整个人快要发疯。

沈实带着人进了包间，稳稳地站在沈如安和淮泗儿身后，枪匣子就在腰间挂着，手放在匣子上，双眼死死盯着曲杼，所有的人都看得明白，那表情就是在传达着“我是三爷手下，不管是谁，只要谁敢拘三爷，我就敢拿枪毙了他”的讯息，这副天不怕地不怕，连命都敢豁出去的模样，看得何、吴二位心里一阵发寒。

小盐跟在沈实身后冲进来，站在淮泗儿身边，已经吓得手脚发软了，反倒要淮泗儿拉着她的手安慰她。

而后面进来的几人，为首的是位身形笔挺的年轻军官，五官俊朗，双目似电，比之沈如安的儒雅，又多了些军人的硬气与犀利。

此人乃北平城城防司令孙源辖下第四军军长裴春生家的大公子——裴粟铭，现任第四师师长裴冬奇的师参谋长，与沈如安是多年的好友。

而跟在裴粟铭身后进来的居然是苏之平和沈如沐两夫妇。

“出来喝酒却不叫上我，如安你不够意思啊！”此时，能够无视何云生和吴复举以及陈司令的新贵曲杼而直接走到沈如安面前的，只怕也只有这位出身极厉害的裴参谋了。只见他眼光一转，看向淮泗儿，笑眯眯地道：“想必，这位就是嫂夫人吧？”

沈如安笑道：“裴参谋这手眼通天的，我在哪儿干了什么你还不知道？现在不就自己跑来了，还用得着我叫？”对已经站起身的淮泗儿介绍，“来，泗儿，这是裴粟铭，老朋友了。”

淮泗儿伸出手与裴粟铭握了握，微笑着说了声：“您好。”

裴粟铭微笑道：“嫂夫人不必客气，叫我粟铭就行了。”

“不敢。”

裴粟铭也不多做计较，转身向何云生和吴复举打了个招呼，又看向曲杼，疑道：“这位是？”

何云生忙赔笑道：“这位是军需处的曲科长。”

其实，对于裴粟铭的到来何云生和吴复举是欣喜的，他们不想抓沈如安，但也不想得罪曲杼这位北平新贵，现在唯一能说得上话，并化解此事的，就只有裴粟铭这位位高权重的军长公子了。

“曲科长？”裴粟铭皱了皱眉，“军需处的科长什么时候改姓曲了，我怎么不知道？”

何云生支吾了一下，含含糊糊地说道：“是……副科长……”

“哦，”裴粟铭点点头，做恍然大悟状，“原来是副科长，那我怎么听二位叫的是‘科长’呢？哦，是不是嫌‘副科长’叫着不顺口，就索性改成了‘科长’？那要不要连位子也一并挪了？”

何云生和吴复举尴尬着，不知道如何接口，而曲杼此刻已经脸色难看到铁青了。

这一次是有人告了密，说是有共产党要刺杀陈司令，他们昨夜在司令府布了天罗地网，结果因为司令府里有内应，还是让这人给跑了。今天在西南胡同发现此人踪迹，结果他们追到得顺茶楼附近的时候，人不见了踪影。曲杼也一路顺着踪迹追到茶楼里，发现沈如安在，便想要趁机连沈如安也一并收拾掉。

原以为一切都很顺利，不管沈如安背景有多厉害，警察局和调查科的要抓共产党，不管你是不是，不跟他们走就等于你自认是共产党了。他敢肯定沈如安会跟他们去警察局里走一趟，但不管是今晚放回来还是明天放回来，对于即将当新郎的沈如安来说都是件丢脸的事情。他就是要让沈如安丢脸！

只是没有想到，半路会杀出一个裴粟铭！

而裴粟铭也显然不打算这样轻易放过他。

“曲副科长，”他特地咬重“副科长”三个字，似笑非笑，“你是

军需处的，怎么抓共产党这件事，也是你们军需处负责的吗？我怎么不知道？”不等曲杼回答，便又转向吴复举，“连军需处的都能抓共党了，那党国还要你们这些调查科的人做什么用？”

这个时候，裴粟铭的这些嘲弄的话，如同最无情的鞭子一般，字字句句打在曲杼脸上，让他几乎无地自容。

怎么离开得顺茶楼的他不知道，但是转头看向茶楼时，他深吸了一口气。

“这次让你们逃了，那咱们就下次一并算账！”

曲杼离开后，沈如安着实是松了一口气，再看许为民，也是有些撑不住了。但是，走了个曲杼，这又多了个裴粟铭。

裴粟铭看了看桌子上的酒菜，盯着许为民看了许久，才对沈如安笑了笑，道：“我刚从四什锦花园胡同陈玉帅那里回来，路上就碰到了之平和如沐，本来想跟他们来这里喝点茶水的，没想到就碰上了你这事，也是赶巧了。”

许为民皱皱眉，问道：“陈玉帅？可是不纳妾、不积钱、不出洋、不进租界的陈景远陈玉帅？”

裴粟铭笑道：“这世上难道还有第二个陈玉帅不成？旁人可是当不起的。没想到许先生知道的还挺多的。”

许为民垂首，略一思索，笑道：“敝虽为商人，但报纸还是常看的，从前读书的时候就听说过陈玉帅的‘四不’之联，极为钦佩。若中国军人都能有如陈玉帅这般‘文臣不爱钞,武臣不惜死’之精神，那这泱泱大国，又如何会被东洋倭寇所欺辱？所以，”他指了指门外裴粟铭卫队的佩枪，“中国军人理应像枪一样，只能折，不能弯。”

此言一出，室内其余人等立刻僵住，如沐掐着苏之平的手心，吓得直打寒战，就连小玉也抓紧了皮包，静等着裴粟铭的反应。

要问裴粟铭知不知道许为民的心思，在场几人都是心知肚明的，只是裴粟铭不点破，反而还救了他们，那他就一定有他自己的思量，须知，裴粟铭虽是彬彬君子，但他也终究是属于国民党的军人。

裴粟铭双目似利刃，死死盯着许为民的脸，想要从他脸上看出点不一样的东西，但许为民脸上的微笑却是没有多一分没有少一分，一成不变。

过了一会儿，裴粟铭点点头，略带赞赏地道："许先生这话说得好。不过……许先生说自己是经商的，但我看许先生不像是个商人，倒更像是……军人！一个有着坚定的信仰和理想主义的爱国精神的军人，"稍顿，"但是，许先生应该不会不知道吧，想当年陈玉帅可是出了名的以'消灭革命'为己任的，有这一层，许先生还佩服陈玉帅？"

裴粟铭一句"消灭革命"，彻底泄露天机，许为民反而欲抱琵琶半遮面了，哪怕被点破了，也不能承认。"我可不是什么军人，就只是个小商人罢了，但我虽是商，却也是民。不管陈玉帅革的是谁的命，赤的是什么化，只要他不革人民的命，在我心里，他就是一个好的军人。所以，不管是中央，还是反革命分子，得民心，最重要。"有些话，只要不说透，就总还有挽回的余地，陈帅是所有军人的楷模，高捧此人，总不会错。

裴粟铭笑起来。"好好好，你的这番话，我定然会如实转告陈玉帅的。"说着转向沈如安，"如安，明日你结婚，礼我还是会备的，但是最大的一份礼，今天我已经送给你了，也算是对得住朋友了。我先走一步，明日再好好跟你大喝一顿。"

沈如安暗吁一口气，点点头说道："多谢。"

裴粟铭笑道："道什么谢，我说过，只要你有事，不管是什么，我都会帮你。"说完转身便往外走，刚走了两步，又转过身来，"许先生，这里是北平城，可不是你们……你要好自为之。"

还没等他走出门口，一直没作声的如沐忽然叫住了裴粟铭，问："你回北平这些日子，可见着我五妹了没有？"

裴粟铭的脸上多了许多的笑容，他回头道："如涧如今成了厉害人物，做生意一等一的好，可比如沐你厉害多了。"

如沐咦了一声，撇嘴。"裴少真会打击人，"摆摆手，"慢走，不送。"

裴粟铭大笑离开。“不必送了，反正多的是机会见面。”

裴粟铭离开后，众人都松了一口气，沈如安让沈实带人在外面守着，以防曲杼去而重返，临走时也将小盐一并叫了出去。

如沐快人快语，对着许为民道：“许先生，不是我说您，您今天这话说得委实有些冒失，您是不知道这裴粟铭是什么人，在北平城那是只手遮天！我们都不敢轻易得罪了他的，您那些话说得可真是……”语气之中满是责备。

沈如安却笑了。“四妹，你当裴粟铭今天来这儿的目的是什么？真就为了来与我喝茶？我看未必！只怕他也是冲着许先生来的，之所以方才没动手，只怕也是临时改变主意了而已。”

苏之平点头道：“这就对了。我和如沐往这里赶的时候，正好碰上他下车，听说我们要到这里来，就执意要跟我们上来了。”

如沐眨了眨眼。“抓共产党是调查科的事，关他一个参谋什么事？”说到这里，她突然想起来，惊叫一声，“他亲眼看到三哥跟许先生在一起，那……那……”说到这里，脸色已经变得煞白了。

淮泗儿这个时候才插了一句嘴：“我方才一直观察这个人，我觉得他身上有一股子正直之气，举手投足都不似是一般的北平高官，应当还是有那么几分风骨的。”

这时候，一直没有说话的许为民赞同地点头。“三少奶奶这话说得很准。裴粟铭这个人，是我们重点拉拢的对象，在来北平之前，我们特地研究过他。这人读书的时候参加过进步活动，后来被裴春生送到了苏联读书，回国以后，又去了中央军校学习，在学期间也一直对革命很积极，胸怀救国之志，是一个有思想、有抱负的人，如果我们能拉拢到这个人，对我们来说，是百利而无一害的。所以，我一定要想尽办法拉拢此人。”

苏之平点点头。“现在我也正在做我父亲的思想工作，他最近也是思想起伏很大，一方面是对中央的所作所为十分地不满，另一方

面也是对东北事变后奉系的不抵抗政策和孙源的撤离感到十分地愤怒和灰心。但是，我父亲毕竟是个受保守教育的有气节的军人，忠臣不事二君，是他一直所信奉的。现在突然间让他放弃奉军他还是无法一下子接受的，他需要时间。”

许为民道：“这个我们完全理解，其实不管苏师长最终是不是选择了我们，他在东北三省的所作所为，也都为我们所钦佩，所以，不管到了什么时候，我们都一样期待着他的加入。”

如沐突然想起来什么，说：“今早的时候，我听到外面有传言说……有人到司令府里行刺？许先生，不会是您吧？”

许为民和小玉相视一笑。“我刺杀他一北平城警备司令做什么？只不过是到司令府办别的事情。苏先生，通行证拿到了吗？”

苏之平点点头。“拿到了。”从怀里掏出一张纸展开，递给许为民。

如沐看了一眼，是去东北的特别通行证，不禁疑道：“许先生要去东北？”

许为民点头道：“现在进出北平城都查得太严了，只好明天借沈先生的婚礼离开，去组织东北那里的义勇军。我们去里面谈。”说着，站起来打开密室，“沈先生，苏先生，请！”

沈如安、苏之平和小玉随着许为民进入密室，外面余下淮泗儿和如沐。

如沐啃着干果，看淮泗儿平静地喝茶，忍了又忍，忍不住问：“三嫂，我三哥都跟你说啦？”

淮泗儿摇摇头。“没有。”

如沐瞪眼。“你一点儿都不好奇？有没有想过，保不定我三哥背着你在做什么坏事儿呢？”

淮泗儿笑了笑。“不会的。”

如沐支着下巴叹口气。“我跟你说吧，我三哥其实早就加入了地下党组织，是二哥介绍的，之平也是，他背着我干的。本来我是死

活也要加入的，可三哥不许，平时就让我给他们打打掩护，旁的都没有我份！”

淮泗儿道：“他们也是为了你好，干这个不是儿戏，一步走错，是会掉脑袋的。”

如沐瞪眼。“我没当它是玩，我是真心的！我是真心想加入。国军害死了我大哥，我们沈家跟他们有仇，等我们把日本人赶出了中国，我就……我就……”就怎样，她也不知道了。

淮泗儿点点头。“我知道你是真心的。你放心吧，等把日本人赶出了我们的国家，国军也就会跟着一起败了，因为只有人民自动想加入的党派，才会是最终的胜利者。”

如沐慢慢坐直身子，看着淮泗儿，眼睛里突然散发出希望的光芒。“会吗？会吗，三嫂？”

“会的。只要你心里想着有希望，你就会看到希望。”

如沐看了她半晌，又叹了口气，趴在桌子上，歪着脑袋看她。“他们总想着在北平找适合的人发展成为同志，但就有一个人忘了，那么适合的一个人，怎么就没有发现呢！”

淮泗儿不解。

“你呀！”如沐指着她，“你一下子点出了共产党为什么在国民党军不断围剿的条件下，仍旧能够不停发展壮大的原因了。民心啊，老祖宗都说了，‘得民心者得天下’。”

淮泗儿笑着摇了摇头。

“我说的都是真话！三嫂，你不晓得，起初吧，我以为你也就是戏唱得好，可是没想到你人还那么好，现在更没想到的是你居然还这么有见地！说实话，嫁我三哥你真的可惜了，你应该到共产党的队伍里去为人民奋斗！”

刚好沈如安和小玉自密室里出来，就听到如沐这句使劲地鼓动淮泗儿加入共产党的话，沈如安没好气地敲敲她的头。“都嫁人了还这么口没遮拦地瞎胡闹，回去还是要让之平好好管管你！”

如沐不服气。“我三嫂就是被你这种大男子主义的思想给压迫得不懂得反抗了！你说什么她就听什么，你不说她就不问！你都不知道她多有见地，她很有思想的，只要她想站出来，她做的定然不比你差！”

沈如安转头看淮泗儿。

淮泗儿一脸无辜，她都不知道如沐怎么就扯到她身上去了。

小玉却忍不住笑了，向如沐道：“四小姐，这你可就冤枉三爷了。你三嫂她不是给三爷的‘大男子主义的思想给压迫得不懂得反抗’，而是不爱反抗，不想反抗，她甘于这种‘被压迫’，她甚至觉得这种‘被压迫’是理所应当的，是幸福的。她想要的，不是为别人出头，而是被别人保护。所以，三爷的这种强势的压迫，正是她心中想要的。泗儿，你说我说的是不是？”

淮泗儿抬头看着小玉，心里微微地笑。人家都说，最了解你的人，不是你的朋友，而是你的敌人。她和小玉虽说从前要好过，但后来小玉因为掩饰身份的原因，性格变得尖锐，在班子里一直和她争头牌，也算得上是某种意义上的敌人了，只是她却从来都没有想到过，原来小玉竟是如此地了解她。

沈如安低头看她，轻问：“是这样么？”

淮泗儿诚实地摇头，很是茫然的样子。“我不晓得。”

“我明白了，”如沐似有所悟，“虽说现在报纸上都在说提倡男女平等、提倡新女性，但真正能做到新女性的却不多，像妈一样的守旧派其实算不得什么阻力，而真正的阻力是几千年来根深蒂固的男尊女卑思想，它已经浸入了人们的骨子里。就算是天天标新立异要做新女性，但不少女人骨子里还是认为女人被男人保护是理所应当的。而我大嫂和三嫂这样的，连标榜都不必，就是跟我妈一样的守旧派！”

“行了你，”沈如安瞪她，“走到哪儿都不忘发表你的新青年感慨，你要是真有这本事，把妈发展了去，你要是能发展得了妈，我就不

管你了！”

如沐闻言，立刻蔫了。

“发展妈？这辈子都没希望。”

离开得顺茶楼后，沈如安为许为民安排住进了北平饭店。

曲杼派了人跟踪他们，沈如安不管这些，光明正大地带着许为民进出北平饭店，还让沈实带人保护着。

有了裴粟铭的干预，沈如安将他安排到那个地方，只要曲杼没有确凿的证据，他就不敢公然到北平饭店拿人——沈如安的婚礼就办在北平饭店。

沈如安将淮泗儿送回到阳叔那里，明天他要从阳叔那里将她先接到沈府，再到北平饭店宴宾。随行的除了小盐外，还有几个丫头仆妇，阳叔一早就打扫好了院子又腾了屋子，等着她回来。

沈家一箱一箱的东西往院子里抬，她也没有给自己置办嫁妆，所有的东西都是沈夫人和大少奶奶置办出来的，金银首饰、古董玉器、嫁衣绸缎一应俱全，甚至许多她没有想到的，她们也都为她备下了，极为周全。

她拿出自己这些年攒的钱给沈如安，但沈如安却搂着她笑起来：“你的这点钱还是自己存着当私房买花吧，要不然就留着给孩子做零花钱。”

淮泗儿也没有坚持，又将钱收了回来。是啊，他们沈家什么都可以缺，但绝不会缺钱，沈家要的是她的人，是她肚子里的孩子，她的这点钱与其拿出来，还不如存着将来留给孩子。

沈如安搂着她坐下来，突然问她：“高小姐的那番话，是不是真的就是你心里所想的？”

淮泗儿先是不解，想了想，才明白是小玉说的有关她“甘于被压迫”的那番话，忍不住抿嘴笑了起来，一直到沈如安再三追问，才收起笑脸，直视着他，一字一句地道：“沈如安，如果不是因为心

中喜欢，你以为我会甘于被你压迫？”

沈如安也笑。“我想也是。”

“知道你还问？”

“总要确定了才能真正放心。”

“你就这样信不过我？”

沈如安搂着她轻轻地摇着，在她耳边低声说：“不是信不过，只是从来都没有真正确定过你的心意，你从前总是把自己的心藏得很深，虽然我感觉得到你是爱我的，但你却给我一种你根本不爱我的假象，这让我有些难过。”

淮泗儿沉默了好半晌，才抬起眼睛，直视着他，认真地道：“沈如安，我知道我出身差，配不上你，我不让你保证以后不纳妾，但是，将来，以后，你不要，也不能因为我的出身而瞧不起我。你知道的，旁人说什么我都无所谓，只有你……你不能瞧不起我……”

“纳妾……”沈如安深深地感到无奈了。有些时候，他以为她变了，然而事实上她还是没有变，她仍旧还是那样。

这些日子，在府里，她凡事不参与，少开口，或不开口，与其说是独善其身，倒不如说是不信任。她不相信他，不，她不是不相信他，她是不相信任何人。“下九流”与“不信任”这几个字已经刻进了她的骨子里，连她自己都瞧不起自己，她连她自己都不信任，于是，就连他也不信任。戏子，是的，连她自己都瞧不起戏子，于是她就觉得，所有人都与她一样，瞧不起戏子。

她在家里不要说再唱戏，就连谈论都不曾，甚至他还听小盐说，她也不许小盐再讲戏班子里的事。她害怕她讲戏班子，沈家人会瞧不起她，她怕他负心，更怕他也瞧不起她。

沈如安闭了闭眼，他想发脾气了，可是他忍住了。“你是一定要我发最毒的誓言，才能取得你的信任么？”

淮泗儿眼睛忽然一热，有些委屈，将头埋进他怀里。“不，不用了，不用了沈如安。对不起……”

沈如安叹了口气，紧紧抱住她。

“咱们明天就要结婚了，很快咱们的孩子就要降生了，你不能总这样不相信我，否则，往后数十年，日子要怎样过呢？你得相信我。”

过了许久，淮泗儿才在他怀里点头。

次日一早，小盐并几个丫头帮她换了嫁衣，婚礼是中式的，拜了堂后再去北平饭店宴客。于是就先穿着大红嫁衣，然后又备了套旗袍，等宴客的时候穿。

不过却没有坐轿子，而是一排的十余辆轿车护送，淮泗儿坐的那辆是雪佛兰，这是沈如安的车。陪着她坐进车里的除了小盐外，还有一位姓余的太太，据说是沈家的亲戚，被找来当作他们的媒人。

她被盖着盖头，什么都看不到，就听到有鞭炮声不停地响着，人声极为嘈杂，除了小盐外，身边全是陌生的人。

不久，她被小盐和余太太扶进轿车里，而后说是吉时到了，要走了。车辆沿着长安街走上一趟即可，算着吉时到沈府拜堂。

淮泗儿端庄地坐在车内，双手叠放在腿上。她心里是难以表达的欢喜，不是小，不是姨太太，是正大光明地嫁给北平城多少名媛淑女想嫁而不得的沈府三爷。许是骄傲吧？以她的出身，竟也可以嫁得这样好，老天毕竟待她不薄。

沈如安。

她在心里默念着这个名，她不知道自己是什么时候爱上的他，也许……她常想，也许就是在上海时，他对着狼狈的她伸出手的时候吧？

你还好吧？

她一抬眼，他的脸落进她的视线里，那时的样子，至今未曾忘。

可是，不敢，自卑，胆怯。

还好未曾错过，否则，是不是就要抱憾终生？

车子在沈府门口停下，门口处乱糟糟的，就听到小盐呀了一声：

“怎么这么多人？”

余太太笑道：“沈三爷娶妻，可不是要轰动北平城了！我想啊，大半北平城的人都跑来看热闹了！你看，”她指着车窗外，几个手里捧着长斗的下人，“一百块大洋和洋糖全分在那几个斗里了，等少奶奶下了车，就要全撒了。”

小盐咋舌：“一百块大洋全撒了啊？那多……”到底也没敢把“浪费”两个字说出来。

余太太看着窗外笑着说道：“不就是图个喜庆，咱们喜庆，给看热闹的也喜庆喜庆！”又看了一眼一动不动的淮泗儿，“再说了，办得这样隆重，那就说明了沈老爷、沈夫人和三爷对三少奶奶是真看重，否则，搁到哪家，这一百块大洋他也舍不得这么撒出去啊！”

小盐听了这话喜滋滋的，连坐也坐不住了，得意地道：“那是自然，三爷最爱我姐了！”

淮泗儿的嘴角终于忍不住抿了又抿，心底里一股甜蜜涌上来，整颗心都泡在了蜜里一般。

外面又有人在高声叫着：“快！快！新郎出来了，新娘子该下车了！”

接着，又传来一阵欢呼声，鞭炮声也响了起来，小盐在淮泗儿耳边喜道：“三爷出来了！”

淮泗儿扬起嘴角。

有人在喊：“三少爷，时辰到了，要迎三少奶奶下轿了。要踢轿门，踢轿门！”

但接着又有人喊起来：“这是轿车，踢什么轿门？！”

“没轿门，踢车门也算！三少爷，要踢了车门三少奶奶才能下车的啊！”

余太太和小盐再也忍不住，扑哧一声笑了出来。

接着，车门被轻轻踢了一下，然后打开，余太太将淮泗儿的手交到沈如安手里，带着小盐自另一边下了车。

淮泗儿的手指放到沈如安温热的手心里，沈如安轻轻握住，扶住她的胳膊将她扶下车。余太太忙走过来将沈如安另一只手里的红绸拿出一头给淮泗儿牵着，然后扶着淮泗儿，跟在沈如安的身后跨过火盆，走进了沈府。

三拜后，她被小盐扶进了沈如安的院子里，大少奶奶随后就跟了进来。

“泗儿，身子累不累？”

淮泗儿摇摇头。“还好。”

“那就快换了衣服，还要去北平饭店，客人都在那里呢。”说着让身后的丫鬟捧出一件大红的旗袍来，“这是妈特地找的一个儿多孙众家人齐全的老妈妈亲手缝的，要穿这件去。小盐，快，给三少奶奶换上！”

刚穿戴完毕，如涧又赶了过来，身后丫鬟手上还托着一个托盘，上面是一碗燕窝粥。

“妈怕三嫂身子盯不住，吩咐了厨房做了碗燕窝粥，让我送来给三嫂吃。”

淮泗儿现在是两个人的身子，饿不得累不得，见如涧送来了燕窝粥也不讲什么矜持了，捧着碗全吃了。

待吃完了一众人才簇拥着她出来。

到了正厅不免有些恭维的赞叹话出来，淮泗儿不失礼数，一概微笑以对，全由余太太和沈如安招呼了去。又耽搁了一时，众人才出府，坐上车往北平饭店里去。

直到这个时候，他们才有机会说上一句话。

“身体还好不好？”

淮泗儿摇摇头。“方才换衣服的时候，妈……让如涧送了碗燕窝粥给我喝了，现在还好。”

沈如安长出了口气，握着她的手。“那就好，起初我还一直担心呢。”

淮泗儿对他微笑，轻声说："没事，你不用担心。"

沈如安伸手将她揽进怀里，淮泗儿"欸"了一声，抬眼看了看前排的余太太，沈如安在她耳边轻轻地道："这样鲜艳的颜色你穿上才最好看。"

淮泗儿挑了挑眉梢，清亮的眼睛里满是笑意。

沈如安几乎要忍不住吻下去了，在她耳边低喃："很好看……"

前排的余太太突然扑哧笑出声来。

"三少爷别急，等进了洞房，就让你看个够，只是这个时候可不能乱了三少奶奶的装束，否则等下到了饭店就不好看了。"

淮泗儿忙自沈如安怀里撤出来，理了理头发，脸上微微有些发热。

沈如安叹了口气，又将她的手抓进了手心里握着。

到了北平饭店，随着沈如安又要敬酒，但好在沈夫人和沈如安早早向人告了罪，说是淮泗儿不擅饮酒，又有沈如安和余太太在边上护着，也没有陪客太久。随着沈老爷沈夫人和沈家一家人照了几张相片后，便由余太太扶着进了里面的宴客厅与沈夫人和大少奶奶一起陪女客们了。

第十二折

云遮断玉砌雕栏　按不住浩然气透霄汉

晚上过了八点，淮泗儿随着沈氏夫妇和女眷们先行回府，沈如安留在北平饭店陪那些从各地赶来参加婚礼的知交好友们继续喝酒。

酒过三巡后，裴粟铭先行告辞，沈如安将他送到饭店门外。

裴粟铭递了支烟给他。“今天喝得不尽兴，改天继续。”

沈如安笑着接过，点了在嘴边抽着。“我都快醉了，你还不尽兴？”

“要不是想着今天是你小子的洞房花烛夜，非灌醉了你不可！”

“那还回去接着喝？”

裴粟铭摇头。“不能喝了，部队有门禁。我得回去了，改天有空了我请客。”司机开着车子停在他们面前，裴粟铭转身上车前，突然又停下，面向沈如安，“如安，按说咱们两家的关系，不算世交，可是咱俩打小就是兄弟，我出入你家，你出入我家，都视如平常，这么多年，真的不容易。你现在在做什么，我不想知道，也不想问，我能帮你的不多，但你……”他点点头，拍拍沈如安的肩膀，“你要好自为之。”

沈如安笑着拍拍他放在自己肩膀上的手。“没事，去吧。”

谁知裴粟铭却突然又勾了他的肩，在他耳边道：“其实我的让步，不是为了你。”

沈如安挑眉。“你让我卖妹求荣？”

“有何不可？”裴粟铭哈哈大笑离开。

轿车缓缓驶离，沈如安抽着烟看着轿车一点点消失在黑暗里，

才将手里的烟头丢掉，在脚底下碾了碾，叫了声：“沈实。”

沈实悄无声息地出现在他身后。“三爷。”

“人出城了么？”

“出城了。”

“没遇上什么事吧？”

“在火车站的时候，被司令部的人盘查，但后来裴参谋的人赶过来解了围。”

“没被人盯上吧？”

沈实确定地摇头说道：“没有，我亲自送许先生上火车的，加足了小心，没被人盯上。”

沈如安出了口气，在进饭店之前，鼻尖抵着门又说了句：“高小玉很有可能会被曲杼盯上，你留意点。”

“知道了，三爷。”

沈如安自饭店回来的时候，快接近十点了，淮泗儿已经睡下了，沈如安俯在床头看着她的睡脸，心中升出了一种前所未有的满足感。他实现了自己的诺言，终于娶这个女人为妻，哪怕只这样看着她安安静静地睡在自己的床上，他都是幸福的。轻轻抚摸着她的脸，忍不住吻了又吻。

淮泗儿醒过来，看着他近在咫尺的脸，笑了笑，闻到他满身的酒气，才又挣扎着坐起来。“丫头们都睡下了，我去给你打水洗脸。”

沈如安摁住她，将她裹好。“你别动，我刚刚在爸妈那里擦过脸了，他们都睡下了我才回来的。”

淮泗儿伸出手臂环住他的脖子，与他鼻尖相抵，闭着眼睛轻笑。“我还以为你今晚要忙别的事，不回来了呢。”

沈如安挪到床上，搂着她大半身子，吻着她的嘴唇低声说：“今晚可是我的洞房花烛夜，天大的事都得让步。”一边抚着她尚未显怀的肚子，“早让沈实办妥了，放心吧。”

淮泗儿似笑非笑。“你还想过洞房花烛？”

沈如安脱掉外衣，将她紧紧地搂在怀里，叹了口气说：“就这么过了！”

次日一早，新婚夫妇要去向父母敬茶，虽说淮泗儿早入了沈家的门，但毕竟昨天才办的婚礼，这道程序还是不能少的。

厅里主子下人的早就在这儿候着了，丫鬟端了两杯茶过来，沈如安和淮泗儿一人端了一杯，分别敬给了沈老爷和沈夫人，沈氏夫妇笑眯眯地说了声好，又封了红包给她，随后沈夫人递过来一只晶莹碧绿的镯子，抓过她的手，给她套在了腕子上。

“这是我娘家陪送的，原是一对，那一只给了你大嫂，这一只便给你。现如今你是沈家的人了，是如安的太太，凡事要多为如安想，要学着照顾他。另外要跟你大嫂和妹妹们和睦相处，互相帮衬。”

淮泗儿恭敬地应下，才又道了谢。

接着大少奶奶和如沐、如涧向她道喜，大少奶奶递了红包给她，她含笑道了谢，又将昨晚封好的红包递给了如涧和如沐一人一只。

如沐边笑嘻嘻地说：“哟，三嫂，还有我的份啊？”一边不客气地接了过来，惹得四下人尽是笑话她。

衣角一紧，淮泗儿低头看，却看到铮儿抱着她的腿奶声奶气地叫：“三婶三婶。”

沈铮是沈家大爷留下来的唯一的命根子，可不比旁人。淮泗儿笑着蹲下身，拿了最后一个分量极重的红包出来，放到他胸前的口袋里，笑道：“自然是有铮儿的。”

沈铮捂着小口袋笑逐颜开，见淮泗儿要起身，突然一把扑到她身上，搂着她的脖子，小嘴巴一努，在淮泗儿的脸上吧唧亲了一口。

淮泗儿一愣，一屋子人顿时笑得前俯后仰，淮泗儿转过神，也忍不住笑出声来。沈如安虚拧着他的小耳朵，将他揪到一旁，忍着笑道：“你个小坏蛋，当你三叔我不存在是不是！”

铮儿哇哇大叫，沈夫人一把将他搂了过去，抱在怀里心肝肉似

的可着劲地亲。“我的小祖宗，这是跟谁学的呀？”

大少奶奶连忙摆手。“可不是我教的！”

如涧推了身旁的如沐一下。“定然是四姐！她最爱教铮儿这些了！”

如沐揉着肚子止不住笑道：“我只教他问三嫂要红包，可没教他亲三嫂！”

一屋子人正笑作一团，厅外沈实突然轻轻叫了声：“三爷。”

沈如安看了他一眼，向淮泗儿她们笑着道了句：“我去去就来。”与淮泗儿对望了一眼，见其余人也没在意，便出了厅去。

沈实跟着他到了僻静处，才在他耳边轻声道：“许先生被抓了。”

沈如安心头一沉，脸色立变：“怎么会？你不是亲自把他送上火车的吗？”

沈实道：“是，许先生是在火车上被调查科的人给抓到的。今早传来的消息，已经在送往天津的路上了。”

沈如安原地走了几个来回，突然抬头：“你是怎么知道的？消息是谁传来的？可靠吗？”

“消息是我们潜伏在调查科的同志传来的，应该可靠。三爷，天津的调查科不像北平的，被他们抓进去的人，要么死，要么招，您得早做准备了。”

沈如安点点头。“我知道了，这两天你也小心点。”

沈实离开后，他一个人慢慢地往回走，上了回廊才发现淮泗儿在等他。

“出了什么事情？”

“没事。”

淮泗儿不信他。“告诉我，到底发生了什么事？”

沈如安心中明白，这事也不能瞒她，便不经意地四下看了看，才低声道：“许为民被抓了。”

淮泗儿大惊，一把抓住沈如安的手，看着他，说不出话来。

沈如安反握着她的手，安抚她。“你先不要担心，现在除了他被抓，我们还什么都不知道，也许并不如我们想象的那般糟也说不定。”

“你同他接触过，你会有危险！”

“我知道。”沈如安将她搂在怀里，在她耳边悄声将他方才的打算说给她听，然后道，“所以，这两天我必须要安排你和爸爸妈妈还有大嫂他们离开北平。只有你们离开了，我才放心。”

淮泗儿要挣脱他。“我不能离开你！”

沈如安按住她的背，不让她动。“你怀着身孕，在我身边我会有诸多顾虑。你陪爸妈避回钱塘，等北平的事情安排好了，我会去找你们。”稍顿，又说，“不过，这些都只是我的主观臆断，也许事情还没有到这一步。许为民的事情我知道的不多，只是听高小玉说他是个老共产党，所以，我必须要先见到高小玉一面，才能对以后的事情做个安排。”

“我将她邀到家里来？”

沈如安摇头。“那天在茶楼里她就已经被怀疑了，或者，连我都已经被怀疑了。所以，得想个万全的对策。”

淮泗儿想了想，道：“明天以感谢阳叔为由，宴请春申班。”再也没有比这更理所应当的理由了。

“这个理由好，”沈如安点头，“我这就叫人去通知，要大张旗鼓。”

两人正说着，忽听身后有人拍手笑。“好啊，三哥三嫂，怪不得找不着你们，原来是避开了我们跑这儿亲热来了！”

沈如安和淮泗儿回头，原来是如沐。

淮泗儿挣开沈如安的怀抱，整了整衣襟。

沈如安向如沐笑道：“明知道我们在亲热，你还跑过来打扰……”被淮泗儿悄悄揪了一下，才住了嘴。

如沐捂着嘴笑。“我也不想啊，但爸妈找你们吃饭呢！”

到了饭厅才知道，原来苏之平也来了，倒也没有说些什么，只

是一家人高高兴兴地吃完了饭。

饭后，沈如安和苏之平外出去北平饭店送贺客，淮泗儿陪着沈夫人和大少奶奶以及如沐姐妹说了会儿话，沈夫人怕她累着，便早早地让她回房歇息去了，等沈如安回去差不多接近晌午了。

淮泗儿在屋子里坐了一个上午，见沈如安回来，才略略放下心来。沈如安握着她冰凉的手，不禁担心。“这样冷，怎么不躺到床上去？”

淮泗儿叹了口气。“我担心你。”

沈如安深深地看着她，轻轻抚摸着她的鬓角。“别担心，不会有事的。”

“你同苏之平说了吗？”

“他在来家里之前就已经知道了，他来是找我商量对策。我让他先做好最坏的打算，现在调查科还有许为民那里都还没有传来消息，也许我们可以看作是他们还没有从许为民嘴里得到任何东西。”

“那小玉还见不见？”

“见，有些事情必须得通过她才能了解。我已经同爸妈说过了，也通知了阳班主和你的师姐妹，就定在得顺茶楼，明天我陪着你过去。”

“小玉怎么通知的？”

“她现在住在陈司令给她买的房子里，我让小盐找你的一个师妹去告诉她的。她会明白我们的用意，而且她也一定急着想见我们。”

淮泗儿看着他，不知怎的，心头忽然升起了一种过一刻便少一刻的凄凉感来，似乎已经真到了过了今日便没有明日的那一刻了。

沈如安安慰她：“我们才刚结婚，往后的日子还长着呢，咱们一定能白头偕老。”

淮泗儿反手搂住他的腰身，叹了口气。

次日上午，沈如安带着淮泗儿出门，沈夫人原还有几分不乐意，就算是回门，也得过了三天吧，这才两天就带着她去见春申班的人，不合礼法。不停地嘱咐着沈如安不许淮泗儿吃酒，早些回来，沈如安一面应着，一面拉着淮泗儿出了门。

汽车到了得顺茶楼门口停下，沈如安和淮泗儿刚下了车，便听见身后有人叫："沈三爷，您新婚大喜呀！"

沈如安回头，看见一名四十余岁长衫短袄商人打扮的男子。

"您是……"

没等沈如安说完，那人倒是抢先上前一步，笑呵呵地道："沈三爷，我是张福记银楼的张宝恭啊，三爷大婚，没能赶上去吃杯喜酒，真是罪过！"

沈如安看着他，似是恍然。"哦，原来是张老板。又回头找我来了？看来您那银楼还没有找到买家呀？"

张老板面色微窘，搓着手笑。"在北平做生意的，除了三爷您，旁的咱也信不过啊，要做生意，还得跟您做！但是，三爷，那价钱，咱们能不能再商量商量？毕竟这家业不是我一个人的，您开的价太低，咱不好分啊！"看了看身后的饭馆，又道，"这样吧，三爷，既然您也出来了，那您就赏脸吃个便饭，咱们边吃边谈，您看如何？"

沈如安看了看身边的淮泗儿，客套地笑道："我还有事呢。"

张老板顺着他的眼光，这才留意到淮泗儿，忙道："这位小姐是？"

"我太太。"

"哎呀，原来是沈太太，失敬失敬！"

淮泗儿点了点头，对沈如安道："你先去谈生意吧，谈完了早些去茶楼。阳叔他们会体谅的。"

沈如安稍作迟疑，才道："这样也好，我去了再向阳叔赔罪。让沈实和小盐先陪你过去。"

淮泗儿道："沈实就不用去了，让小盐陪着我就行了，离得这样近，没事的。"说完对着张老板微欠了欠身，带着小盐先进了得顺茶楼。

刚进茶楼，一名店伙计便招呼了过来，这伙计一身短袄棉裤，肩头上搭条白布巾，言笑间颇有几分谄媚之色，正是那日见过的小三。

"您可是沈家三少奶奶？"

小盐上前一步，道："正是。"

小三笑里的谄媚又加深了几分，点头哈腰。“三少奶奶好，三爷订的包间在楼上，小的为您引路。”

淮泗儿边跟着他上楼，边问：“我请的客人到了么？”

小三道：“到了到了，都在包间里等您和三爷呢！小的为客人们上了茶水，都是热乎的！”说着，似是不经意地往前倾了一下身，迅速地在她耳边说了一句，“这里已经被人盯上了，隔壁有不少人，三少奶奶要小心。”

到了包间门口，小三打开了门。“您请进。”

淮泗儿点了点头，意有所指地道了声：“多谢。”便领着小盐进了包间。

包间里坐满了人，阳叔坐在中间，满面笑容，淮泗儿看着他，微微一笑，叫了声：“阳叔。”

阳叔利落地答应：“哎，好丫头！”

又与众师姐弟妹见了礼，这才入了座，阳叔见沈如安没有来，不免疑问：“泗儿，沈三爷没有来？”他这样问，脸色便也有了几分不自然，心里在想，莫不是沈如安因为他是戏班的而瞧不起他。

淮泗儿道：“来了，方才在茶楼外被一个生意上的客人缠住了，走不脱，就让我先向您赔个不是，他解决了生意上的事就来。”

阳叔面上又有了光，忙哈哈地笑着说：“没事没事，三爷家大业大生意大，自然是以生意上的事为主，以后大家都是自己人了，哪里在意这些。”

淮泗儿不动声色地打量了一圈，除了几个不认识的新人外，众师姐妹都在，但独独少了小玉。

她问阳叔：“阳叔，小玉没有来么？”

阳叔道：“来了呀，方才见你没有来，就说有什么事，先出去了一趟。”说着略带几分不满之情，“她现在是陈司令跟前的红人，哪还将咱们放在眼里……”话还未说完，却被人接了去。

“哟，阳叔，我现在再红，那也比不过泗儿啊，人家现在可是正

经的沈家三少奶奶，高贵着呢！”

听这声音便知道是小玉，回过头，见小玉还是那般款款生姿千娇百媚的模样，淮泗儿心头也不知是一松还是一紧，一口气憋在了胸口，吐不出咽不下。

小玉抱着手臂走到她旁边，向旁边的人抬了抬下颏，让坐在淮泗儿一边的人给她让出了一个位子，一屁股坐了下来，打量着淮泗儿耳垂上的珍珠耳环。

“哟，看看，当了少奶奶的人就是不一样，戴的珍珠都比人家的大。”说着，又伸出涂着鲜红蔻丹的手指，摸了摸她身上穿的大衣，啧啧地叹，“一摸就知道是外国货，啧，就是比中国人自己制的看着顺眼，穿着高贵。”

阳叔皱着眉，不满意地叫她：“小玉！”

小玉撇了撇嘴，抱着手臂靠进椅子里。“阳叔，我知道您偏心泗儿，可我也没说别的啊，净捧她的好呢，瞧您那语气，跟我怎么着她了似的！人家现在是金凤凰，我还想着要巴结呢！”

淮泗儿看了她一眼。“你想要，自然也会有人给你买。”

小玉冷笑。“咱们哪能跟你比，找个男人都能为你神魂颠倒！沈三爷是瞧不起咱们还是怎么着，怎么就你一个人来了？”

“他有事，随后就到。”

小玉冷嗤。“瞧不起我们就直说，还找什么借口！”顺手拿起自己的手提包，从里面摸出了一只新的炭眉笔，啪的一声丢到她前面的桌子上，“不必给钱了，当是送你的结婚礼物。”

淮泗儿看了一眼那只炭笔，没拿，只是冷冷地道：“这是给人送礼的态度么？”

小玉大怒，伸手就要拿回。“爱要不要！”

但淮泗儿却抢先捏在了手里，放进包里，又拿了几张钞票出来，递过去。“给你钱。”

小玉接过，转手递给小盐。“赏给你了，拿着买糖吃。”

小盐噘着嘴接了过去。

小玉又转向淮泗儿，慢声问："怎么着现在，贵客没有到，咱们是吃饭呢？还是散了啊？"

淮泗儿道："自然是要上菜，三爷等下就到了。"

"你不是就能代表他了吗？他来不来，我看倒是无所谓。阳叔，你看呢？"

阳叔道："我看还是等等三爷的好，毕竟主人不到客人先吃，这不合礼数。"

小玉冷哼一声，还没再说什么，便听到了包间外面的楼梯间传来一阵嘈杂的脚步声和拉枪栓的声音。

淮泗儿的脸色猛然一变，转头看向小玉。

包间里其他人不知道外头发生了什么事，一下子静了下来。唯独小玉笑容依旧，相较于淮泗儿的脸色大变，显得极为镇定，没有方才演戏的悠闲，她悄悄握住淮泗儿的手，紧紧握了握，淮泗儿转头看她，只看见她露出一个万事勿惧的微笑来。

淮泗儿亲眼看到她自手提包里摸出一把枪，悄悄藏在了袖子里，心一下子又提了起来。

包间的门被人一脚踢开，发出哐当一声响，所有人吓了一跳。

来的人不是旁人，还是上一次来过的吴复举和曲杼。不过，这一次吴复举迈着八字步负手而行，显然是比上一次更理直气壮些。而曲杼则是面色冷峻，不动声色。

包间里一群姑娘孩子被这突如其来的拿着枪的警察吓到了，尖叫着抱作了一团，只有小玉和淮泗儿稳如泰山地坐在原处。

阳叔壮着胆子上前一步，讨好地问："各位……大人，这是……这是做什么？"

吴复举一把揪住阳叔的前襟，冷笑道："做什么，自然是抓共党！"

阳叔双腿一软。"大人啊，咱们这儿是唱戏的班子，哪里有什

么……什么共党啊！”

吴复举一把甩开他。“有没有老子说了算！”

淮泗儿见阳叔被推倒在地，摔得半天没有起来，起身去扶他，对吴复举冷冷道：“你们要抓便抓，怎能动手伤人？”

吴复举见只有淮泗儿一个人，便少了几分忌惮，面上换了假笑，道：“沈太太，这儿没有您的事，您最好去一边歇着，否则不小心伤了您，我们可不负责任。”

淮泗儿看了曲杼一眼，扶着阳叔退到了小玉身后。她知道，这些人就是冲着小玉来的，只要有曲杼在，小玉就没那么容易脱身。她甚至有些庆幸沈如安并没有随她一同来，否则，就真不晓得会怎么样了。

“高小姐，您倒还真能沉得住气。”

小玉轻笑。“就算沉不住气，您吴队长不是该来的也都来了？”

吴复举道：“高小姐是个聪明人，你要是老老实实跟我们走，那咱们皆大欢喜。陈司令也说了，只要您交代了该交代的，他会论功行赏的。”

小玉突然站起来，但随着她的动作，又是一阵拉枪栓的声音，几十个枪口一下子对准了她。

阳叔一下子瞪大了眼，指着她：“你……你……你……”

小玉嫣然一笑。“论功行赏，赏什么？”

吴复举道：“赏什么自然是由陈司令定，总之少不了你的好处！”

“那好啊！”小玉应了一声，转向阳叔说，“您也别惊奇，虽然我还没有入党，但也是干了很多年革命了，骗骗你们，太容易了。”

淮泗儿看着她，不明白她想要做什么。

“淮泗儿。”小玉突然叫她，她一怔，就看到小玉眼里光芒一闪，还没有来得及反应，手臂就被她一把抓了过去，等反应过来的时候，只感觉额角被顶了一个冰冷的东西。

小盐尖叫一声，兜头就要冲过来，被人一把拉住捂住了嘴。

淮泗儿瞪大了眼睛，她弄不清楚小玉的真正意图究竟是什么了。

曲杼脸色大变，一把抽出了枪，上前一步，咬牙切齿地道："高小玉，你敢动她一下，我杀了你！"

小玉勒着淮泗儿的脖子，整个身子藏在她身后。"你要是不想她死，就给我退后。快点！"

曲杼担心地看着淮泗儿开始泛白的脸，挥了挥手。"退后。"

吴复举向曲杼道："曲科长，不能退后，咱们必须得抓住这个女的，这是陈司令下的命令。"

"退后！"

"不行，那女人死了就死了，算是为党国事业尽忠，沈家人没话说。咱们绝不能因为一个女人而放跑了这女共产党！"

曲杼面容扭曲，一把揪住吴复举的前襟，将他向后推。"我让你退后，出了事我顶着！"

吴复举无奈，只得让手下一点点地往楼梯下面退。他们后退一步，小玉便挟持着淮泗儿前进一步，直至下了楼梯，到了茶楼门口。

这时候沈如安却突然从门外跑了进来，看到小玉挟持着淮泗儿，脸色瞬间大变，作势就往里冲，却被吴复举一把拦住，不许他进去。

沈如安双目赤红，一脚将他踹翻在地。"里面他妈的不是你的女人！"

小玉见沈如安来到，引起了一片混乱，悄声在淮泗儿耳边道："泗儿，对不住了，等下我放松手，你挣开我就往外跑，记住，东西千万别丢了。"

淮泗儿闻言下意识地又将腕上的提包抓得更紧了。

这边沈如安踹翻了吴复举，却又被曲杼拦住了。"你不能进去！"曲杼担心淮泗儿，但他更恨沈如安，这个时候看到沈如安闯进来，他突然就想，宁愿淮泗儿死了，也不能再让沈如安将她带走。

沈如安眯了眯眼，咬牙道："她要是出一丁点的意外，我他妈弄死你！"

曲杼毫不相让，重复着方才吴复举的话："她死了，算是为党国尽忠了！"

正说着，却听见四周一片惊呼声，沈如安抬头一看，几乎肝胆俱裂。

原来淮泗儿趁小玉不备竟一口咬在了她的腕子上，小玉吃痛，手一松，淮泗儿趁机从她身边跑开了，但刚跑两步，小玉的枪口却已经瞄准了她！

沈如安头脑一片空白，什么都来不及想，狠狠一把抢过曲杼手里的枪，抬手对准了小玉。

"砰！"

"砰！"

两声枪响同时响起，淮泗儿和小玉一起倒下，淮泗儿是肩头中弹，而小玉则是心口中弹。

等沈如安扑上去，淮泗儿已经倒在了地上。四下一片混乱，警察们忙着去看小玉，曲杼站在一旁看着沈如安抱起淮泗儿往外冲，看着淮泗儿肩头被血染红，头一懵，突然拦住了沈如安。"你为什么打死高小玉？"

淮泗儿不停地淌血，小盐捂都捂不住，沈如安这个时候是彻底地心神大乱，沈实一把推开曲杼，杀气腾腾地道："别说什么高小玉，我家三少奶奶若是有一丁点的意外，你他妈也得死！"说完，护着沈如安便上了车。

在车上，淮泗儿疼得不停地抽搐，抖着手将自己死死握在手里的手提包交给沈如安，忍着痛道："这里面有一支炭笔，是小玉，要我给……你的！"

沈如安接过手提包，将她搂紧。"别说了别说了，泗儿，我们快到医院了。"

淮泗儿埋头在他怀里，疼得狠了，张口咬在他衣服上。

沈如安睚眦欲裂，对着沈实嘶吼："开快点！"

沈实将油门踩到底，一路呼啸着，飞快地往医院开去。

小玉那一枪是打在了淮泗儿的肩胛上，没有造成致命的伤害，到了西医院，里面的一位洋人医生当即为她做了手术，将弹片取了出来。

沈氏夫妇得到消息赶到医院来的时候，淮泗儿已经动完了手术，送到病房去休息了，一家人看到淮泗儿惨白着脸躺在病床上都吓得不轻。

“沈如安，你交代清楚，这到底是怎么一回事！”沈夫人又急又怒，见到沈如安劈头盖脸便是一顿责问。

沈如安坐在外头的椅子上，神情有几分憔悴。“她是被人劫持，不小心伤到的。”他的身上和手上沾满了淮泗儿的血，他看着双手，揪心的感觉还没有过去，说：“没事了，妈，已经没有事了。”他是在安慰沈夫人，也是在安慰他自己。

“什么叫没有事了？你太太现在人还躺在里头呢！亏得没有伤到孩子，要是连孩子也伤到了，看你怎么说没事？”

大少奶奶和如沐都看出了沈如安的慌乱，都上前忙着去安抚沈夫人。淮泗儿受伤，没有人比沈如安更心疼，现在再问淮泗儿是如何受伤的都于事无补，好好地等淮泗儿醒来才是正经。

沈老爷看着沈如安的样子，叹了口气，道：“你先去洗洗吧，再换身衣服。”

沈如安摇头。

正好这个时候如涧自病房出来，见沈如安还坐在那儿，道：“三哥，你怎么不去看看三嫂，她没有事了，等下就要醒了。”

沈如安这才慢慢地站起来往病房走，才走了两步，苏之平赶了过来，看到沈如安劈头便问：“三哥，听说是你开枪打死了高小玉？”

一家人听到这话又是吓了一跳，沈夫人一把抓住沈如安的手臂，失声问道：“如安，你杀人了？！”

如沐拽了拽苏之平。“你不要再问了，三嫂也受伤了。”

苏之平大惊。“三嫂怎么会受伤？你们今天不是……”

沈如安定了定神，看着他，极平静地道：“是高小玉伤了她。”说完，便开门进了病房。

苏之平脑子一片混乱，高小玉想要做什么？无缘无故的，她为什么要伤了淮泗儿？她怎么会去伤淮泗儿？也就是——沈如安是为了救淮泗儿，才开枪打死高小玉的？

沈如安现在管不了苏之平心里面是怎样想的，他一个人进到病房里面，看到淮泗儿惨白的脸，一动也不动地躺在那里，心里便又是一阵痛。

小盐原本伏在淮泗儿床头悄声地抹泪，看到沈如安进来，便站起来，叫了声：“三爷，您……”

沈如安摆了摆手，做了个手势让她出去，她看了一眼淮泗儿，抹了抹眼泪，便走了出去。沈如安在床边坐下，看着淮泗儿一动也不动的样子，心中忽然害怕起来，他伸手探了探她的脸颊，感觉到是温热的，这才略略放下心来，然后握着她的手，抵在自己的额头上，安静地等她醒过来。

淮泗儿醒过来的时候，看到沈如安握着她的手，伏在床边，他的手上还有干涸的血渍，头发和衣服都是凌乱的，心中便明白，自己受伤，他必是慌乱极了。

“如安。”

沈如安猛然抬头，看到她清亮的眼睛里带着微微的笑意，心头一宽，再也忍不住，俯身在她的额上重重地吻了一下。

“对不起。”

但淮泗儿却摇摇头，松了一口气道：“还好当时你不在。”她将脸颊紧紧地偎了偎沈如安的手，低声道，“方才我昏昏沉沉地睡着的时候，不知怎的，突然就明白了小玉为什么要打伤我了。”

沈如安看着她。

“她之所以要打伤我，就是为了让你能够亲手杀了她。”她看着沈如安，“我说的这些，你明白吗？”

沈如安点点头。

她笑了笑。“这才是让你撇掉嫌疑的最好的办法。她这样做，保住了沈家，保住了你，保住了苏之平，保住了许多人。”

“我知道，”沈如安低声，“我都知道。可是这一枪，我宁愿打在我身上。我说过要保护你的，我说过在北平只要我沈如安在，就绝不会让你受到一丁点的伤害……我没能护住你，都是我的错。”

淮泗儿摇头。“我们夫妻是一体的，伤了你或伤了我，都是一样的。”

沈如安埋首在她的颈边，长长出了口气。“这一生都不曾这样慌乱过，害怕到不知所措。”

淮泗儿用脸颊摩挲着他的头发，微笑着道：“对不起，让你受惊了。”

沈如安道：“下不为例。”

两人都不再说话了，沉默而缱绻。

病房的门突然被打开，如涧进来，看到淮泗儿醒来了，高兴地道：“三嫂醒啦？你可叫人担心死了！”

淮泗儿心中感动，微笑道：“让你们受惊了。”

如涧走过来，道：“我们担心倒是真的，但是只怕吓得只剩半条命的那个人，是我三哥。”

沈如安抬起头，看着如涧，问：“你进来做什么？”

如涧道：“警察局的局长何云生和调查科的队长吴复举来了，说是要见三嫂，有事情要问她。”

淮泗儿皱眉，看向沈如安：“难道是……”

沈如安坐直了身子，眼睛慢慢变得深邃，又恢复到了平日冷静的姿态，说：“正好，我也要见他们呢。”

淮泗儿有些担心。“不会有事吧？”

沈如安道："不会，只怕现在真正气极败坏的是他们，高小玉这条线一断，他们就什么也抓不住了，现在来这里，不过是亡羊补牢而已。"

如涧听不懂他们在说些什么，只是看沈如安这个样子，实在不宜出去见客，便拧了条毛巾给他擦了擦手和脸，又替他理了理衣服和头发，这才看着像些样子。

沈如安将毛巾丢给她。"照顾好你三嫂。"说完便走了出去。

不一会儿，沈老爷和沈夫人，还有大少奶奶和如沐都进来了，只留了苏之平在外头陪沈如安应付那些人。

淮泗儿见沈氏夫妇进来，挣扎着要坐起来，沈夫人忙上前，一把按住她，道："你且快躺下！伤得这样重，可不敢乱动。"帮她掖了掖被角，才在床边坐下。

淮泗儿道："不碍事的。"

沈夫人道："是不碍事，那等碍事就晚了！到底是怎么伤的？"

淮泗儿沉吟了一下，正想着要如何回答，却听到外面沈如安的声音传过来。"我还想去找二位呢，没想到二位倒是先来了。"

"沈三爷，咱们来呢，没别的意思，就是想找三少奶奶问问高小玉的事情，还望三爷体谅。"

"我倒还想问二位呢，你们警察局、调查科抓人，那是你们的事，我太太她一介女流被人挟持，你们身为警察不想着解救却还说什么'死了算是为党国尽忠'的话，我太太的命，可还真是一文不值啊！为党国尽忠那是你们警察的事，我们平民百姓的只想平平安安地过日子，现在我太太人就躺在里面，当时若是有个毫厘之差，便是一尸两命！你们不为此事表达歉意倒也罢了，竟然还要来医院审问她！这件事我定然是要讨个说法的！"

何云生和吴复举又说了什么，他们在里面听得不太清楚，沈夫人似乎是明白了些什么，俯身在淮泗儿耳边悄声问："怎么回事？"

淮泗儿微微一笑。"祸福所依，这一枪值了。"

第十三折
不因重做兴亡梦　儿女浓情何处消

年关已至，淮泗儿在医院住了两天。沈夫人觉着没有让她在医院里过年的道理，便让沈如安将她接回了家里休养。

许为民和小玉的事似乎是就此了结了。在医院里不方便说，到了自己屋里，淮泗儿才和沈如安说起。

“你知道陈英汉为什么突然发疯要抓高小玉吗？”沈如安问她。

“为什么？”她以为是因为许为民被抓，小玉暴露了的原因。

“咱们结婚之前，许为民曾夜探陈氏府邸，你还记得吧？”

淮泗儿点点头，她记得，许为民还为此受了伤。

“我也是前两日刚得到的消息，”沈如安在她耳边细细地道，“那夜情况十分混乱，不止许为民受了伤，陈英汉也不知道被谁的乱枪打到了腰椎，瘫了。”

淮泗儿有些吃惊。“可是报纸上一点消息都没有写。”

沈如安冷笑。“这事被警备司令部瞒下来了，都没敢去医院，在陈府动的手术，如今陈英汉是醒过来了，可是却下不了床了。”

淮泗儿明白了过来。许为民能顺利出入陈府，必然是有内应，所以他们才一定要抓到许为民，不只要抓许为民，还要抓内奸。

小玉，就是那一夜被怀疑了。

沈如安又接着道：“记不记得那日去茶楼前，我被一个银楼的老板给阻拦住了，央着我去吃饭谈生意？”

淮泗儿点了点头，她自然记得，若不是那个人的阻拦，沈如安

就真去了茶楼，那就真不知道又会发生什么事了，只怕后果真的不堪设想。

“那个人并不是什么茶楼的老板，而是一个地下党的同志，银楼买卖是个暗语，他是特地等在那里的，就是为了阻止我去茶楼。他告诉我，许为民在被抓的时候就咬了舌头，在天津调查科的地下牢房里被活活打死了。”他长长叹了口气，“调查科没有从他身上得到任何情报。于是，就只剩下了高小玉这条线，高小玉知道自己被盯住了，就断了跟所有人的联系，调查科见从高小玉这里盯不出什么，就决定抓捕她。”

“也就是说，那天阻拦你的人知道调查科的人要去茶楼抓捕小玉？”

“是的。”

“那，他们为什么不去救她？反而……”

“因为，”沈如安想了想，“那天茶楼附近全部被包围了，他们就等着地下党的人去救高小玉，好来个一网打尽。高小玉让小三传出的消息，不用去救她，她自有办法。但我怎么都没想到，她的办法竟然是……”

“那你呢？我感觉，他们已经怀疑你了。”

“是，”沈如安点头，“你还在医院的时候，天津调查科的人来过家里，询问许为民的事，但是没有确凿证据，他们不能像抓捕高小玉那样来抓我，所以以后，我不能跟任何地下党的人联系了。好在，高小玉交给你的那支炭笔里有已经有了起义之心的人员名单，而且我已经转送了出去。这样，她才没有白死，你受的伤也值了。”

“你不会有事吧？”淮泗儿到底是不放心。

“不会，”沈如安道，“我趁这段时间教教如涧做生意，她在这方面，倒是十分有天赋。”

他话是这样说，可经此一事，淮泗儿心里，还是不得安稳，总觉得事情不会这样平静地过去，也许后面还会有更大的风波要发生。

只是不管她如何担忧，日子仍旧是一日日平静地过去了，民国二十一年即将结束。

就这样，看似平静的北平城迎来了民国二十二年的伊始。

一家人高高兴兴地吃完了年夜饭，便要围在一起守岁，但因为淮泗儿有身子，又伤后初愈，沈夫人怕她身子扛不住，便早早着了沈如安送她回房去休息。

因为高兴，淮泗儿也喝了一小杯酒，听着外面的鞭炮声，回到房里便有些睡不着了。沈如安便哄着她："明日要早起，再不睡你这一夜也就睡不成了。"

淮泗儿将他的手拉进被窝里暖着。"那你便陪着我吧。"

沈如安笑着。"好，"将她搂进怀里。"新的一年，可有什么心愿？"

淮泗儿想了想。"现世安稳。"

沈如安微笑着。"现世安稳？"

"是的，现世安稳。"

沈如安轻轻叹了口气，重复着那四个字。"现世安稳，难啊，难。谁知道明天天一亮，又会有什么事情发生呢？现在多安稳一天，便是赚得一天了。"

淮泗儿道："总会好的，再黑的夜，也总有天亮的时候，历朝历代都是这样，国家在重整山河之前，人民总是要经过战争，颠沛流离，才会获得最终的安宁，"说着抚了抚他的胸口，"过年呢，不要总想着这些事情。"

沈如安奇怪地看着她，"你怎么会说出这样的话来？这可不像是你会说的话。"

淮泗儿抿嘴笑了笑："戏词上……就是这样写的。而且你是知道的，最近如涧和如沐总是拿她们的书给我看，她们说都是新文学。不指望我做新女性，但多知道一些外面的世界总是没有错的。"她指着书桌上的一本书，"你看，晚饭前如涧才拿来的，一本她译的外国书，

叫《复活》，我还没有看呢。”

沈如安笑道：“你若想做新女性，我是没有意见的，多看一看外面的世界，眼界开阔一些，对你总是没有坏处的。”

淮泗儿道：“我爹是乡下的教书先生，进戏班子之前，我便跟着他学《论语》，进了戏班子，每天就练功、吊嗓子，也没有旁的爱好，长大后在戏台上，说是花团锦簇，其实并没有什么见识，对外面的世界没有什么兴趣。”

似乎是受了一次伤之后，她便看开了许多的事情，也不再避讳她从前的事情了，有时还会主动和沈如安谈起。

这对她来说，是好事，沈如安甚至是鼓励的。他细细抚摸着她的头发，轻声道：“但是现在不一样了，你有我了，我为你撑起的天是大的，我托着你，你爱做什么便做什么。”

淮泗儿摇头。“我不喜爱外面，现在，你，这个院子，沈家，便是我的天地，我只愿与你一起，守着沈家，守到时局安稳，守到我们平安终老。”

沈如安轻轻地吻她。“好，我与你一起。”

两人说了半宿的话，凌晨四点的时候，便又起了床，到大厅里向沈氏夫妇拜了年。因为淮泗儿是新媳妇，这也是她在沈家过的第一个新年，沈氏夫妇封了极厚的红包给她，淮泗儿含笑接过去，又给了铮儿一个大红包，铮儿忙将之前学好的吉祥话有模有样地背了出来，得了沈如安的赞赏，便又多赚了沈如安一个红包，兴冲冲跑到外头跟下人们去放鞭炮。

之后各个院里的下人们都聚了过来，向沈氏夫妇和各院的主子们拜年，沈如安都备了红包，统一发给了下人们。

天亮后，各处认识的或不认识的都涌来沈府拜年，沈如安不停地忙着招呼客人。就这样，大年初一在闹哄哄的鞭炮声和贺岁声中过去了。

大年初二，苏之平陪如沐回娘家，吃了饭后，如沐便和大少奶奶、如涧一起聚到沈如安的院子里闲谈。

“你们听说了没有，陈方萍流产了。”

如涧摇了摇头，问如沐：“好好的怎么会流产？”

如沐撇嘴：“说是因为陈司令的什么事情，陈府里几个小妾闹得厉害，她那种脾气的人，闹出事儿来了呗！就住在仁爱医院里。”到底陈司令的什么事情，小妾为什么闹，为什么能闹到陈方萍流产，她也没能说出个一二三来。

但淮泗儿却大致能猜到，不外是因为陈英汉瘫在床上的事情，陈府现在人心惶惶，闹得不安生罢了。

“不过我听之平说，陈司令现在所有事情都是交给女婿去办，陈方萍可得意呢！”

大少奶奶看了一眼如涧，暗中扯了一把如沐，转问如涧：“五妹你是不是要去看望她一下？毕竟你们曾是很好的朋友。”

如沐又撇嘴道：“我倒不想五妹去，陈方萍也不是什么善良的人，看她做什么！”说着问淮泗儿，“你说呢三嫂？”

淮泗儿想了想，道：“这个还是要看五妹的意思。”

“那我就去看看她吧，毕竟在国外她也帮了我许多，”稍顿，“不过还要再过些时候，现在去看她，免不了要被她认为是去看她笑话的，依她的脾气，管保又是一场不愉快。”

“随你的便，反正我跟你说啊，我早就听我公公说，那个曲杼近来同几个日本人往来十分密切，怎么看都像是个汉奸，你要去看望陈方萍，得小心些。”

淮泗儿暗自摇头，曲杼想出人头地想疯了，竟然交上了日本人，这无疑是在自掘坟墓，只怕是离死期不远了。

晚上同沈如安说起这个事，沈如安道：“这个我早就知道，我想他也看出来了，日本人早晚要占领北平城，他这个时候巴结日本人，就是想给自己找后路——毕竟他只是陈英汉的女婿，而不是警备司

令，更重要的是，陈英汉瘫了，以后谁还会再买他的账？他是打算换靠山了，”说着叹了口气，“现在像他这样的人，有很多。”

淮泗儿捏了捏他的手，慢慢地说：“你要……小心些。”她的意思是，要小心防着曲杍，毕竟曲杍视沈如安为眼中钉，一旦北平城被占领，只怕第一个有麻烦的人，便是沈如安。

沈如安晓得她话里的意思，便笑了笑。“放心吧，我心里有数。”

“沈实呢？你让他去做什么了？我从昨天便没有看到他了。”沈实没有跟在沈如安的身边，唯一的可能，便是被他派出去了。

沈如安笑了笑。“真是什么都瞒不过你。我月前在外头收购了一批粮食，趁着过年，让沈实秘密给二哥送过去。”

“你不是说……”她看着沈如安，没有说下去。

沈如安笑道：“这次不要紧，我知道该怎么做。”

“我也晓得你一定会小心的，但是，我还是想说，你现在并不是一个人了……”

沈如安将手放到她腹部，温柔地道：“是，我们现在是三个人了，不管怎样，我一定会留一条命，我们还有一辈子要过呢。”

之后的日子，沈如安足不出户，在家陪着淮泗儿和沈氏夫妇，公司里的事情都交给如涧打理，日子倒也过得逍遥自在。

半个月后，如涧打听到陈方萍出院的日子，便携了礼品去曲公馆探望她。本来沈夫人怕她见到曲杍心中不自在，不太愿意她去，但如涧执意要去，无奈之下沈夫人只得多派了几个下人陪她过去。

她去得快，回来得也快，刚走了两个小时，淮泗儿和大少奶奶正在小花厅陪沈夫人聊天，便看到下人进来向沈夫人禀道：“太太，五小姐回来了，同来的还有裴参谋。”

“裴参谋？”沈夫人愣了一下，“知道了，你去请三少爷来。”

下人才退下，如涧便陪着一身西装打扮的裴粟铭进来了。

“妈，裴少来了。”

沈夫人忙带着大少奶奶和淮泗儿站起来，笑道："裴少快里面坐，你可是有好一阵子没有来了。"

裴粟铭微躬身站在沈夫人面前，笑道："小侄可是来向伯父、伯母拜年的，伯母新年好，"说着又向大少奶奶和淮泗儿欠欠身，"大嫂，三嫂，"因没有看到沈老爷，便问，"伯父不在？"

大少奶奶和淮泗儿都还了礼，沈夫人笑道："你呀，这拜的可是晚年了，红包我早都发完了！你伯父他现在日子过得可轻闲了，这不，一大早就去茶楼会老朋友去了。"

裴粟铭笑道："那小侄可不依，虽然是晚了，可我也是巴巴来给您老拜年，您少不得要赏我一块大洋的！"

如涧笑吟吟地道："原来裴少巴巴跑过来，不是为了拜年，而是为了讨一块大洋啊？"

裴粟铭道："五妹妹蕙质兰心聪颖过人，一猜就中。"棱角分明的脸上，竟也温润了下来，往日的硬气与犀利，通通不见，只剩那含笑的眉眼，只是那笑容里却带了些许的痞气，又似乎是逗弄。

淮泗儿看在眼里，低眉一笑，心中了然。

如涧不知打哪儿摸了块银圆出来，在他面前晃了晃，挑眉道："那我便赏你一块好了。"

裴粟铭笑着伸手去接，道："多谢五小姐打赏。"

如涧瞪眼，道："你还真要啊？"

裴粟铭一本正经地说道："都说了是问伯母讨红包的，你非要给，我也不忍驳了你的面子，那便只好却之不恭了。"

如涧将银圆握回手里，一抬下巴，说道："你要，我还偏不给了！"

正好沈如安进来，就看到两个人在闹，便笑问："裴少同五妹这闹的是哪一出啊？"

裴粟铭道："我本是来向伯母讨红包的，但没想到你家五小姐学会做生意之后越发地吝啬小气了，一块大洋都舍不得给，白白讨了个没趣。且丢人呢！"

沈如安也摸出一块银圆出来，抛向裴粟铭。“她吝啬小气，那是她的。在我这儿，你要旁的没有，但一块大洋还是拿得出来的，喏，这是我小侄铮儿的，我替他赏你了！”

于是，众人又大笑起来。

既然沈如安来作陪，大少奶奶和淮泗儿又不便多待，便一起退了出来。走了没多远，大少奶奶便道：“我看这裴少不像是专程来拜年的，”说着自己也忍不住笑了起来，“倒像是别有目的。”

淮泗儿也微微地笑，裴粟铭陪如涧插科打诨那半天，显然醉翁之意不在酒，她自然也看出来了。

“你是不知道，裴少同三弟小时候经常一块玩，他小时候没少到咱们家来混饭吃，当然了，也没少同如安打架。也因为如安的关系，如沐和如涧两个也都和他混得熟，什么话都敢说……”

淮泗儿想起如涧和裴粟铭说话时的神情，亲昵，又毫无顾忌。

“裴少也确实是疼如沐和如涧两个，特别是如涧，见面就要逗逗她，逗哭了，他又手忙脚乱地哄，也不知道他图什么？”

图什么？

图个乐。也不知怎么，淮泗儿脑子里便想起了这三个字。她抿嘴笑了笑，问大少奶奶：“难道就没想过，小妹和裴参谋……”她想了想，直白地吐出了两个字，“结亲？”

大少奶奶先是一愣，然后笑起来，说：“别说，还真没有想过。裴少十几岁的时候，去了国外读书，回来后，又去读了军校，和如安走了两条不同的路。他极少再来家里玩，而如安后来接手了家里的生意，天天忙，也没怎么找过他，两人的关系也就淡了下来。再后来，如涧又去了国外，就彻底不联系了，谁还会把他们两人想到一块儿去？不过你这么一说啊，倒是可以想想啊。”

大少奶奶陪淮泗儿在屋子里坐了一会儿，说了些闲话，见淮泗儿有些疲惫，便嘱咐她好好休息，正要走时，如涧却过来了。

大少奶奶笑着问她：“你不是在同裴少聊天，怎么跑回来了？”

如涧撇了撇嘴，略带不满。“说了半晌，他们在讲东北义勇军跟日本人打仗的事，妈又不许我插嘴，坐在那儿也是无趣。”

大少奶奶嗯了一声，说：“你不在，我想裴少也无趣。”

如涧先是一怔，随后便俏脸一红，嗔了一声：“大嫂你再乱说我不理你了！”

大少奶奶笑问：“那你是怎么和他一同回来的？你不是去看陈方萍去了？”

如涧看了一眼淮泗儿，见她眉眼之间也略带笑意，脸色更红了，辩解道：“我不过是回来的路上碰到了他，他说……过来找三哥聊聊天。”

大少奶奶显然不相信她的辩解，仍取笑她：“只是不知道你们什么时候又联系上了，莫非你一回国，他就找过你了？这丫头，瞒得我们好苦。我们原还怕你因为曲杼的事要伤好一阵子心呢！”

“那时是我不懂……”

“嗯，”大少奶奶接口，“瞧，现在不是懂得了！裴粟铭是个人物，跟你三哥关系好，又是打小就疼你的，知根知底，比那曲杼强了不知道多少倍！”说着又想起，“那陈方萍怎么样了？”

如涧沉寂下来，叹了口气，淡淡地道：“同以前完全不一样，脾气也更大了。我去的时候正满屋子砸东西呢，外头站了一堆丫头老妈子，没有一个人敢上前。”

“她没有为难你吧？”

“没有，她也后悔了，说当初就不该上曲杼的当，否则也不会变成今日这副样子。她说曲杼在外头置了院子，天天不归家，说不准是养了女人。她回娘家找陈司令告状，可陈司令瘫在床上，等着天津那边空降的新司令来接替他的职务呢，现在连他的秘书都不拿他当回事了。何况曲杼现在有日本人给他撑腰，陈司令现在还指望他这个女婿呢，怎么敢轻易跟他撕破脸皮！”说着看向淮泗儿，“你们不知道吧，他现在已经是军需处的处长了。上一次茶楼抓捕高小玉，

也就是三嫂你受伤那一次，他还只是个副科长呢。”摇了摇头，“他几乎每过十多天便升一次官职，正如日中天呢。”

淮泗儿冷笑道：“虽如日中天，但何尝不是自掘坟墓。”

说到底，如涧是因祸得福，她自己又何尝不是？

裴粟铭来了一次沈家，与如涧短短一番玩笑话，沈家上下看在眼里，再想想裴粟铭小时候就格外地喜欢逗如涧，多年不联系了，如今却又贸然跟着如涧上门，讨压岁钱？谁信？

沈夫人摇头不解：“这孩子，悄没声的怎么就……”

大少奶奶道：“这可不是悄没声的，人家裴少都来家里了，等着吧，过不了多久裴家的媒人就该上门了，咱们家呀，又该办喜事了！”

沈夫人叹了口气，道：“再说吧！”她不太想如涧嫁给一个当兵的，任裴家现在权势再大，可现如今外头乱糟糟的，到处都在打仗，人家都说养兵千日用兵一时，等到了战场上那命就不是自己的了，上战场的时候全须全尾，等下了战场保不定就只剩下一团血肉了！到头来苦的是谁？还不是守在家里的女人！

当初她同意如沐嫁给苏之平，那是看中了苏之平是个做学问的，他老子虽然是个当兵的，可他却跟政治战场沾不上边，日子小打小闹地过着，如沐高兴她心里也满意。可裴粟铭跟苏之平不一样，不是如涧轻易驾驭得了的人物，如涧跟了他，她不放心。

沈夫人正怔怔地想着如涧的事，却突然听到外头闹哄哄的，便打发下人出去问发生了什么事。不一会儿，门房老马跑过来说道：“太太，外头是学生还有工人在游行示威，乌泱泱的，到处都是人，可是乱糟糟的呢。”

沈夫人哎呀了一声。“如安和如涧还在公司里呢！快快，去把他们叫回来，外头不安全。”

老马答应了一声，正要出去，沈夫人又叫住他：“要开车去，万万不可让他们参加什么示威游行，那都是胡闹，要把小命闹掉的！”

老马笑应道：“太太放心吧，三少爷不是冲动的人。”

沈夫人道：“三少爷不是，可咱们还有一个五小姐呢。你是不知道啊，那一年吴令安还在北平的时候，杀了多少游行的学生，那些学生一个个的，都那么小，就那么把小命给断送了。唉，现在想起来都还心有余悸呢！”

老马道：“太太您忘了，那一年我已经来沈家了，就在离咱们这儿不远的地方，被警察打死了好几十的学生，那血啊，淌得到处都是，惨，是真惨！”说着摇摇头，便出了厅，派车去接沈如安和如涧去了。

一个小时后，沈如安和如涧回到家，均是一脸的凝重，到了厅里也不说话，都只是沉默地坐着。

沈夫人问沈如安：“到底怎么了？公司里出事了？”

沈如安摇摇头，道：“没有事，工人们都罢工了，我把公司暂停了三天。”

沈夫人惊问：“这是为什么呀？好端端的为什么要罢工？是嫌我们给的工钱低了？还是给他们干的活太累了？”

如涧道：“都不是，北平好多公司和工厂里的工人都罢工了，去和学生一起参加示威游行，还有好多卖日本货的铺子都被砸了。”

大少奶奶哟了一声。“那咱们的铺子没事吧？”

“没事，咱们又不卖日本货。我听说城南杨家的一辆日本汽车，被那些工人们给砸了个稀烂，差点就闹出人命来。”

沈夫人皱眉，怎么也想不明白。“昨天还平平静静的，这今儿就开始闹事，这些人到底想干什么呀？”

淮泗儿想了想，问沈如安道：“是不是又出了什么事了？”

沈如安看着外头灰蒙蒙的天，凝重地道：“昨天夜里，日本海军陆战队强占了上海闸北，十九路军在上海同日本人打起来了。”

如涧拿出一张报纸递给淮泗儿。“十九路军通电全国，他们要坚决抗日，誓死保卫国土。这是电报内容。”

“不是早就不打了停战了吗？怎么又打起来了？”沈夫人说着就

突然想起来，一把抓住沈如安的手，慌张地问，“上海离钱塘那么近，钱塘不会有事吧？你外公舅舅他们可都在钱塘呢！”

沈如安拍拍沈夫人的手，安慰她：“放心吧妈，钱塘离上海也不近，且是在内陆，日本人暂时打不到那里去的，”说着起身，“我去找爸爸。”

出了花厅，刚走出不远，淮泗儿便追了过来。

“如安。”

沈如安停下，等着她走近。

“你是不是想要做些什么？”

沈如安先是抬头四下环顾这座大宅子，才又苦笑：“不是我想要做什么，而是我又能做些什么呢？我不可能像二哥一样，一走了之。这一大家子人，老弱妇孺，”他叹了口气，“我丢不掉。”

淮泗儿也微微叹息，拉住他的手，轻声道：“我晓得你心中苦闷，是我们连累了你，成了你的负担，让你只能闷在家里，什么事都不能做，不敢做。”

沈如安握住她的手，放在嘴边吻了一下。“为什么说是连累、负担呢？这担子是我应该担的，也是我心甘情愿担的。所谓保家卫国，如果连家都保不住，又何谈卫国呢？你不用担心，我没事的。”

没过几天，上海的消息，以报纸的方式，一刻也不停地往北平传。

一月二十八日，五名日本人乔装成僧人，在上海纵火焚烧中国公司，并接连杀死数名中国人，遭到上海民众的殊死反抗，日本人以此为借口，向上海增兵。当日夜间，日军由租界向闸北进攻。驻守上海的军长蔡廷锴、上海警备司令蒋光鼐率领第十九路军奋起抵抗，数次击败日军。但十九路军也损失惨重。

上海人民在宋夫人、廖夫人等人的带动下，筹备物资支援抗日，甚至连那位杜先生也组织了上海市民地方维持会，他在学生界和文艺界组织起战地服务团，又在工商界带头募捐，并在战火中驱车到十九路军军部，送去大量罐头食品和生活用品。

一时间，上海全民抗日。

上海战事吃紧，北平也跟着紧张起来，学生和工人们都坐不住了。于是，示威游行的人，一日比一日人多。

淮泗儿一个人在天井里站着，抬头看着灰蒙蒙的天空，突然觉得，北平的冬天真冷。

她低头抚了抚小腹，那里已经渐渐地隆起了。

也许，等到北平回暖的时候，上海的那场战火，就会烧到北平了。

也不知道等他出生时，北平城里，又会是怎样的光景？

“三嫂。”身后是如涧在轻声叫她。

她回过头看着如涧，微微露出笑意。

如涧走过来，略有些迟疑：“三嫂……我……”

淮泗儿耐心地看着她，轻问：“怎么了？”

如涧踌躇再三，终于将话说出口：“今天上午陈方萍让人递了句话给我，说是她想见见你。”

“我不认得她，”不相识的人淮泗儿向来不爱理会，更何况是曲杼的太太陈方萍，“你去回话给她，就说我身体不舒服，不宜外出。”

“我也是这样回给她的，可后来她打电话到我办公室里，说是如果你不愿意赴约，她就要亲自来家里拜访。”

淮泗儿眉头紧了紧，有些厌烦。“你晓不晓得她找我做什么？”

“我也不晓得，但她执意要见你。”

“什么时候？”

“明天上午，乌锦花园玫瑰西餐厅。”

既然躲不过，那就只好赴约。“明天上午，你陪我过去吧。”

“当然，”如涧欣然答应，“正好我也想看看她葫芦里卖的到底是什么药。”她和淮泗儿都是心知肚明，素不相识的两个人，这一面有什么好见的？又有什么话可说？说来说去，无非就是一个曲杼罢了！

淮泗儿固然不屑，如涧亦是鄙然。

第二天等沈如安去了公司后，如涧扯了个由头，跟沈夫人说是让淮泗儿陪她去见老同学，去说说话，不刻就回来。

沈夫人自然不放心，外头都乱成这样了，还去见什么老同学！自然不许她去。如涧再三说是同人家约好的，不去岂不是太失礼了，又极力保证了一定会照顾好淮泗儿，这才让沈夫人放行。和淮泗儿带着小盐和沈兰，出了门坐上黄包车便直奔乌锦花园去了。

到了玫瑰西餐厅，陈方萍还没有到，如涧不满。“明明是她约的这个时间，却还不来，太不把人放在眼里了！”

淮泗儿安抚如涧。“我们来都来了，你别烦躁，等等就是了，二十分钟后如果她还不来，我们就走。”

如涧忍下不满，为淮泗儿点了些清淡的糕点，自己要了杯咖啡，边喝边向淮泗儿讲解怎样进食西餐和刀叉的用法。刚刚大概讲完，淮泗儿却突然用餐巾拭了拭嘴角，道：“我们回去吧。”

如涧看了看手表，果然二十分钟了。“那我们就走吧！”

两人刚站起来，却看到餐厅门一开，裹着名贵皮裘披肩的陈方萍带着两个下人迤迤然走了进来，笑吟吟地到她们这一桌，向如涧道：“我来晚了，让你们久等了。”

如涧冷冷地道：“不久，才等了二十分钟而已。”

陈方萍也不尴尬，只是掩嘴笑。“如涧你的脾气倒是跟从前不一样了，咱们在国外读书的时候你可是最温柔的了。”

如涧看了她一眼，依旧是一副光鲜亮丽骄矜煊赫的样子，就好像前段时间流产和摔东西的人不是她一样。可有些东西变了就是变了，现在的这个陈方萍，再也不是她的挚友了。那天去曲公馆看望她的时候，她就知道了，两人之间那么多年的友谊已经不复存在。

突然间有些意冷，再多的话也说不出口了，暗叹一声，指着淮泗儿向陈方萍道：“这是我三嫂，你不是要见她吗？她来了，有什么话你就说吧！”

如涧说话的时候陈方萍就已经毫不掩饰地在打量淮泗儿了，脸

上极平静，看不出什么特别的情绪来。

“原来，”她轻轻抚着披肩，似笑非笑，“你就是淮泗儿啊？”

淮泗儿微微欠身。“曲太太。”

似乎是为了更好地看她，陈方萍上前了一步，离她又近了些。“这样的脸蛋儿这样的身段，既把曲杼迷得神魂颠倒，又能轻易勾住沈三爷魂，顺利嫁入沈家……果然是百闻不如一见啊！”

这话说得太过了。

如涧听此言怒气顿升，身形一动，被淮泗儿一把握住了手，却见淮泗儿清凌凌的眼珠子直视着陈方萍，语气里多了些如清涧雪流一般的冷意。“曲太太，有话请直说。”

“说什么呢？”陈方萍低头看了看自己指甲上的猩红的蔻丹，冲着淮泗儿微微一笑，却突然扬手向淮泗儿脸上闪电般地狠狠劈了过来。

淮泗儿猝不及防，被她一巴掌打到了脸上，一下子便懵了。

不光是淮泗儿，连同如涧、小盐和沈兰，还有餐厅里正在用餐的所有人都懵住了，怔怔地望着这边。

陈方萍目露凶光，咬牙切齿地道：“说什么？说你其实就是个只会勾引男人的臭婊子！”说完抬手又要打，淮泗儿这个时候已经反应了过来，在她的巴掌挥过来之前，一把抓住了她的手腕。

“曲太太，请自重！”

这时候如涧和小盐也反应了过来，一起冲过来，一个将淮泗儿护到身后，一个将陈方萍狠狠推到一边，尖声叫嚷：“你这个女人怎么那么坏！凭什么打我姐？”

如涧怒不可遏，将淮泗儿交给沈兰护住，上前一步，指着陈方萍怒骂：“陈方萍你疯了是不是！你以为这儿是你的司令府啊，你想打谁就打谁！我三嫂怎么你了你要打她？你别太过分了！”

陈方萍一把推开扶着她的下人，指着淮泗儿尖叫道：“我打的就是这个臭婊子！一个下九流的贱人，专门勾引别人的丈夫！”

小盐最听不得别人侮辱淮泗儿，抓起桌子上的蛋糕盘子狠狠向陈方萍砸过去。“你才是婊子你才是贱人你才勾引别人的丈夫！”

盘子砸到陈方萍身上，奶油弄得她满身都是，她看着满身的奶油，冲身后两个呆住的丫头大叫：“你们都瞎了吗！去，”她指着小盐，“给我打！打死这个不知死活的贱丫头！”

这时候餐厅里的人都停下了刀叉，望着这边的热闹，餐厅的服务员也走过来干预。淮泗儿深深吸了口气，在陈方萍的两个丫头冲过来跟小盐动手之前，将小盐拉到身后，轻喝一声：“陈方萍！”

陈方萍怒目而视。

淮泗儿挣脱如涧的手，上前一步站到陈方萍面前，冷冷地道：“陈方萍，你说我勾引别人的丈夫，我勾引了谁？曲杼么？”她一声嗤笑，“他在你眼里是个宝，可在我看来，他什么都不是！要我勾引他，那也要看他够不够资格。像这样不顾身份犹如泼妇般大闹，我若是个男人，也必定不要你！所以，还请别再闹了，”稍顿，“你不要脸，我还要。”

说完低声向如涧说道：“我们走吧。”便率先越过陈方萍，笔直地向外走了过去。

陈方萍听了淮泗儿的话，原本怔了一怔，但见淮泗儿要走，便又冲过去，要拉扯她的衣服。“脸？原来你还知道要脸！”话音未落，却突然被淮泗儿身后的如涧一把扣住了手腕，狠狠一甩，她穿着高跟鞋，站立不稳，一下子便扑到了一旁的餐桌上。

如涧俯过身来，冰冷冷地盯着她，道：“你要是没疯，还有一丁点理智，不想明天上报纸头条丢你父亲脸的话，就给我安分点，别再闹！”

陈方萍看着如涧眼睛里的阴冷，心头突然有了一丝恐惧感。她一直以为，如涧永远都是国外留学时的那个柔弱羞涩的大家闺秀，却从来都没有想到过，原来柔弱如菟丝花一般的女孩也会有如此阴冷的眼神。

她陈方萍，堂堂北平警备司令的掌上明珠，没有被淮泗儿的冷清怒意威胁到，却被沈如涧的一个眼神吓呆了。

淮泗儿出了餐厅后，在寒风中走了一段路，等情绪稍平复了些，才用冰冷的手指抚了抚红肿的脸颊——陈方萍的这一巴掌下足了力气，她现在半张脸都肿了起来，口腔壁被牙齿碰破了，嘴里有些血腥气，脸被寒风一吹疼痛中隐隐发烫，只怕一时半会儿也难消下去。

小盐看着她红肿的脸，也不敢用手碰，只得一边亦步亦趋地跟着她，一边小声地啜泣着。

如涧上前一步拉住淮泗儿的手，咬了咬下唇。“三嫂，都是我的错，我不该带你来见她……”

“你不要太自责，这不是你的错，这样的人，她是没有什么顾忌的，如果我不来见她，只怕她是真会找到家里去的，到那时，在妈面前恐怕会更闹得下不来台了。”说着又捂了捂脸颊，“这件事不要让你三哥知道。”

小盐最先大声问：“为什么？！”她正想着要向沈如安告状，因为沈如安在她的眼里是无所不能的，所以她一定要让他为淮泗儿出口气。

淮泗儿叹息道：“让他知道了又能怎么样呢？且不说陈方萍是陈司令的女儿这一身份，她是一个女人，三爷能拿她怎么样？打她？还是旁的什么？都不能。”让他知道了，除了心疼，也只能是心疼了。

小盐道：“至少三爷能让她身败名裂！”

淮泗儿听到她这样愤恨的话，突然站住脚，低头看着她，严肃地，一字一句地说：“小盐，你记住，三爷不是这样的人，他也不会做这样的事，你不能将他与曲杼或陈方萍放在一起去比较。女人家吵架打架，那都是女人的事，不要把男人牵扯进去，因为他们还有比这更重要的事情要做。”

一旁的如涧看着红肿了脸的淮泗儿，忽然泪盈于睫。

第十四折

一朝身死无人救 三寸气在千般有

今日春 明日秋

如涧先带着淮泗儿去西医院找西医为淮泗儿消肿，但是又因为她怀着身孕不能吃药，便又只得敷一敷冰块作罢，敷了半天，肿才消下去一点点，但脸上红红的指印在短时间内无论如何也消不下去，小盐只得拿着冰块和如涧一块儿坐着生闷气。

淮泗儿接过小盐手里的冰块，敷到脸上，安慰如涧道："你只要想个说辞把妈瞒过去便可以了，你三哥那里，我来说。"

如涧突然将脸埋在她肩上，忍了许久的眼泪终于夺眶而出。"对不起三嫂，真的对不起……"

淮泗儿不动，任她伏在自己肩上哭泣，她知道如涧的伤心不仅仅是因为自己被打，更多的是因为陈方萍今日的所作所为完全辜负了她曾经最为珍贵的那一段美好的友谊，以及那些美好破灭后，隐藏在人性背后的丑陋与不堪。毕竟，她曾真的将陈方萍当作了知交好友。

一直在医院里待到了下午才回沈宅，到了家才知道原来沈夫人被苏太太和另外几位太太找去打麻将了。听到沈夫人不在家，如涧这才稍松了口气，将淮泗儿送回沈如安的院子里，到了院子后，才知道原来沈如安也不在家，是被苏之平找了去。

等如涧走后，小盐照顾着淮泗儿上床休息，末了坐在床前的椅子上，犹豫了一会儿，才嗫嚅着："姐，你……很委屈吧？"

淮泗儿望着床帐，笑了笑，轻声道：“你说什么才叫委屈呢？小盐。这些阵仗这些骂人的话，我们从前听得还少么？”

“可是你已经嫁给三爷了啊，是沈家名正言顺的三少奶奶。”说着又沉默了一下，“太太不喜欢你出去，我晓得，她还是看不起我们……”

“可是够了，小盐，这些就够了，我要的不多，就如同三爷说过的一样，我只要在这个大宅子里，能够安身立命，就足够了，不需要出去看外面的世界。”

“其实，姐心里还是委屈的吧？”

淮泗儿长长出了口气。“我有些累，想睡一会儿，小盐，你去歇着吧。”

小盐走后，她躺在床上，被打的地方仍旧隐隐作痛，昏昏沉沉地想着小盐说过的委屈不委屈的话。

委屈？有什么可委屈的，她并不是一个欲壑难填的人，她心中再明白再知足不过，以她的出身，在这样一个乱世里，能嫁到沈家这样一户人家里，觅到一个真正意义上的良人。旁人羡慕还不够，还有什么委屈可言？

外人怎样看她怎样骂她，她早已不在乎。她对现状知足，只想守着自己爱的男人，还有将来的孩子，平淡地过完这一辈子。

沈如安回来的时候，淮泗儿还在屋子里睡觉。他推开门，见屋子里昏昏暗暗的，淮泗儿在床上躺着也不开灯，他走到床前低下身子，试探地叫了声：“泗儿？”

淮泗儿低低地应了一声：“嗯，你回来了？”

沈如安把灯开了，在床头坐下。“是不是身体不舒服？我听她们说你在屋里躺了一个下午了，怎么了？”

淮泗儿笑笑说：“你是知道的，我总是容易累，今天在外头时间长了些，便想多歇会儿，你别多心了。”

“你不是说同如涧出去见陈方萍？怎么样，没有为难你吧？”

“她为难我做什么？我同她无冤无仇的，不过是闲话了些家常罢了。”

沈如安笑着伸手拂开她脸上的乱发。“我竟不知道，原来你还会闲话家常？看来还是妈和大嫂……”手拂到她的脸上便觉出了几分异样来，手伸到她的后脑，将她的头往上抬了抬，借着灯光凝神一看，便是脸色一沉，“谁打了你？”

淮泗儿抿嘴一笑，问他：“是不是不好看了？”

沈如安只是眉目严肃地盯着她的脸，拇指轻轻抚着她的脸颊。“怎么回事？”

淮泗儿甩了甩脑袋，想要挣脱他的钳制。“你知道的，我同曲杼交往过，他的妻子不喜欢我，也是正常的。”

“不喜欢你，就能打你了？”沈如安只觉得全身被无处可发泄的气闷涨满，他站起身在屋子里走了一圈，忽然抬脚重重踹在了一旁的凳子上，凳子应声砸在了一旁的脸盆架上，和架子上的脸盆一起掉落在地上，发出“咚”的一声巨响。

淮泗儿吓了一跳，忙从床上下来，扑过去抓住他的手，急声道：“如安，你不要发脾气，我也打她了，我还手了，真的，她也没有比我好到哪里去……”

沈如安扭头，昏黄的灯光下，她的脸色看起来非常苍白，他收敛了脾气，搂住她。“你别害怕，我不是冲你发脾气，我就是……”他皱着眉，说不出口。妻子被人打了，他却无法为她讨回公道。是个男人都觉得憋屈。

“我知道，我都知道。可是我们没有办法。”她没有了往日的冷静和条理分明，沈如安真的吓到她了，她紧紧抱住他的腰身，口中混乱不清地说着：“你有大事要做，为了你大哥，为了你二哥，为了这个家……我知道你的，我知道你做不到旁人那样无耻地钻营，更何况还要帮助那些需要我们帮助的人……我们只能忍，忍着，忍到我们终于可以光明正大地站起来的那一天……如安，你要忍着……”

话未说完，却突然被沈如安吻住了嘴唇，恶狠狠地辗转厮磨着，过了好半晌才放开她，额头抵着她的额头，低低地说："等开了春，我送你们离开北平。"

"你呢？"淮泗儿问。

"之平说动苏司令，等到时机成熟，他就会带着愿意投诚的部下起义，但是在此之前，必须要先把家眷送离北平才会放心，所以，我同之平商量好了，两家人一块儿走。"

淮泗儿不理会他说的那些，只是一个劲地问："你呢？一起离开么？"

沈如安摇头："我不能，我在北平还有许多的工作，高小玉死后，她的工作由我接手了。"

"那我也不走，我陪着你。"

"不行，你必须要走，你在这里我放不开手脚。"

可淮泗儿却比他还要固执。"沈如安，当初我不愿跟着你，是你死活非要将我与你绑在一块儿，如今我离不开你了，你却又想将我送走，这是不可以的。你说我胡闹、不懂事、给你捣乱都好，我都不能离开你，因为我是依附于你的，没有了你，我不知道该怎样生活。"

"那孩子呢？泗儿，你若是没怀孕，我自然是不舍得你走，可是如今不同了，你得给我留条根！"

"你在哪儿，根就在哪儿。你活着，咱们一家三口在一起，你死了，咱们一家三口也在一起。"

沈如安看着她沉静却又决绝的脸庞，忽然哑然。

淮泗儿在这件事上的坚决，远超出他的想象。

苏司令早有引退之意，只是如今被儿子说动，改变了政治立场，于是也便打消了引退的念头，只是起义一事不是简单筹划一下就能进行的，总要先保证了家人的安全，所以沈苏两家现在是言行合一，迁离北平之事在沈如安的安排下悄然进行。

天气稍暖以后，淮泗儿脱掉了棉衣，也已经不能再穿旗袍了，显了怀，肚子也大了不少，连走路都迟缓了许多，一家人护着她，越发地如宝似贝，就盼着几个月后她的肚子争气，能够一举得男，为沈家再添上一个男丁。

不过对于得男得女之事，沈如安倒是坦然得很，淮泗儿若是生儿子，固然全家高兴，但若是生女儿，他也不偏不倚一样喜爱。他曾对淮泗儿说过："只要是来自你的，我都爱。"

淮泗儿含笑不语，她也从未将此事放在心上。对于她来说，孩子生下后是男是女沈家重不重视，她都不在意，只要生下来，能够得到她和沈如安的疼爱，那就够了。

这样，在并不安稳的现世之下，淮泗儿过着相对平静的日子，倒也算得上是十分的幸福了。

没过几天，沈夫人突然召集了淮泗儿和大少奶奶到前厅，说是商量事。

两人到了才知道，原来是要商量给如涧准备嫁妆的事。

"裴家请了媒人来，商量裴粟铭和如涧的婚事。"沈夫人的脸上，说不出是高兴还是不高兴，是很复杂的样子。

大少奶奶闻言却是很高兴。"这是好事啊！裴家家大势大，裴少青年才俊，又打小就对五妹好，五妹嫁过去，不吃亏！"

沈夫人叹口气，道："我也不知道是不是好事，就总是觉得那裴粟铭比你五妹大了几岁，心眼又委实不少，你五妹这样单纯的人，嫁过去，不算好事……"

"妈，你真是多虑了！"大少奶奶道，"苏家、我娘家、裴家，还有咱们家，说起来，也都是几十年的老交情了，裴少跟三弟要好，打小就往咱们家跑，也算是您和爸爸看着他长大的，他的人品如何，您还能不知道？不怕他对五妹不好。"

沈夫人道："裴粟铭这个人的人品我倒是不担心，我唯一担心的就是他是个当兵的……"要说，裴家门第高，裴粟铭出身好，又是

个万里挑一的人物，这条件原是没得说的。但是看现在这时局，跟日本人早晚是要打一仗的，裴家是个军阀世家，说上战场，那还不是一句话的事儿？将来若真要是上了战场，裴粟铭没事便好，若是有事，那如涧要怎么办？但要说不同意，这么短期内如涧还上哪儿找个门第、人品像裴粟铭这般好的去？

一时间左右为难。

沈如安明白沈夫人的心事，便直接道："妈，您放心吧，裴粟铭是我帮五妹挑的，他和苏之平不一样，但以后也绝对不会让如涧受苦的。"

沈夫人左右为难，听了大少奶奶的劝，又看了看一旁一直没出声的淮泗儿，问道："你怎么看？"

沈夫人为了如涧的幸福左右为难看什么都不如意的面孔，不知怎的，她突然想，也不知沈夫人有没有为了沈如安这样殚精竭虑过？

这样想着的时候，听到沈夫人忽然发问，于是，她想也不想地道："嫁给裴家好。"

"好在哪里？"

淮泗儿望着她，将自己的想法据实以告。"对如安好，对沈家好。"

沈夫人一愣。"你——"她望着眼前的淮泗儿，说不出话来。

她说得不对么？对的。如涧嫁到裴家去，沈家就再添一助力，多一个靠山，在这乱世中，就多了一条活路，这对如安，对沈家，都是百利无一害。沈夫人也明白，这话淮泗儿是站在沈家，站在如安的立场上说的，这样看来，她真的是沈家合格的儿媳，是如安的贤内助。

可是不知怎么，她听着，却觉得刺心。

大少奶奶见沈夫人变了脸色，忙笑着插话："妈，爸爸呢？"

沈夫人看了淮泗儿一眼，缓了脸色，道："裴军长请了他去喝茶。"

大少奶奶便眉开眼笑地道："看来裴家也是有心结这门亲的。"

沈夫人道："裴军长儿子不少，但出自正房，又有出息的，就这

么一个，自然是说什么应什么。”

大少奶奶插科打诨着，话题便渐渐转到了如涧的嫁妆上，沈夫人也开始高兴了起来。

离开正厅后，大少奶奶问淮泗儿：“你怎么想着跟妈说那样的话？”

淮泗儿道：“这是事实。”

大少奶奶叹口气，道：“我们都知道这是事实，可是不能说出来，说出来了，就跟沈家卖女求荣似的，太扎妈的心了。”

淮泗儿想到沈如安的如履薄冰，声音沉了下去，有些冷淡：“如安太难了。”

大少奶奶拍拍她的手。“我们都知道，三弟一个人撑着这个家，不容易。”

话题逐渐沉闷，索性都不再说。

订婚的吉日选好了，就在四日后。

裴家是军阀门第，规矩多，订婚宴要大操大办，到时候北平的各界名流也都要请到，媒人便一趟趟地往沈家跑，商量这个商量那个。沈家这边因为是女方，倒也没有什么要操办的，只是到时候裴家要派人来转龙凤帖，又要送彩金又要送聘礼，而沈家也是有门户的人家，自然也不能失了体面，大少奶奶一早就不停指挥着人打扫院子，收拾花园，因为是件难得的喜事，沈家上上下下也都充斥着一股子喜气洋洋的味道。

到了订婚那一日，裴家在北平饭店为裴粟铭和沈如涧举行订婚宴，所以沈家一家人早早吃了饭，就齐聚在主院等着媒人过来，到了半晌的时候，裴家那边的四个媒人带着聘礼进了门，聘礼从珠宝首饰到貂皮裘衣，再从果子蜜饯到水酒肉食，果是金银玉器一应俱全，瞧得看热闹的人都羡慕得红了眼。

转了龙凤帖和六万块钱的彩金后，沈夫人按照裴府送来的礼品每样对半给回过去之外，又回了一万块钱，着沈家这边的四个媒人一道回裴府，八大媒人齐齐到了裴家举办宴席的北平饭店，至此，

便算是礼成了。

小盐也自认是见过大场面的人了，这一回见着裴家的聘礼，也同淮泗儿咂舌。“哎呀，姐，这五小姐的订婚宴可比当初四小姐的还排场呢！你看那些聘礼，都是值大钱的！”

淮泗儿微笑着道：“裴家门第高，送的聘礼自然都是最好的。”

“可是，太太把这些聘礼每样都回了一半过去，又回了一万块钱，可真是舍得……”

“这是表现出了沈家的诚意和气度，将来五小姐进了裴家门，才不会被人瞧不起。”

小盐想了想道：“那也是，沈家有的是钱，又不在乎这些。”

淮泗儿笑笑。这些钱，沈家是不放在眼里的，他们在乎的只有如涧将来过得好不好。裴家一门三个司令，半个北方的兵权都在裴家手里，如涧嫁到裴家，是高攀。

都说士农工商，当权的虽说大多都同做生意的交好，但他们还是不太将商人放在眼里的。一个商人之家，不仅和苏家联了姻，现在又和裴家联了姻，莫不是这沈家还想学上海的宋家？靠着嫁女儿，生生把门第抬到了权势的顶上，要当这北平第一外戚不成？这个真是了不得了，将来谁还敢惹沈家人？恐怕到时候就连沈家出去买菜的丫头，都是抬着头走路，跑腿的下人，都比街上的警察威风。

于是，沈家一时间，在北平风头无两，似乎一切都在朝着最美好的方向进行着。

但这美好的一切，却在几天后结束了。

日军在上海发动战火后，驻防上海的十九路军奋起抗战。但蒋委员长却坚持不抵抗政策，强令十九路军撤离上海。最终，在英国、美国、法国等国的“调停”下，于三月二日，在十九路军被迫撤出上海的前夕，临时行动委员会发表《中国国民党临时行动委员会对上海事件紧急宣言》，宣布停战。

三月十四日，中日双方代表在英国驻上海总领事馆进行初次谈判。

就在这天夜里凌晨三点多，沈如安的房门被下人敲响。“三少爷！三少爷快开门，出事了，出大事啦！”

门刚被敲响的时候淮泗儿便醒了，她推了推沈如安，说道：“如安，你醒醒。”

沈如安睁开眼睛，没有睡醒，脑子里有些迷糊，口齿不清地问她：“怎么了？”

淮泗儿道：“你听，有人敲门。”

门砰砰地响着。“三少爷，三少爷您快开门！”

沈如安一个激灵，顿时清醒了过来，见淮泗儿要下床，便拦住了她。“你别动，我去开门。”说完便忙下床拉开灯，去开门。

开了门才知道外头叫门的是沈夫人身边的丫头沈菊，沈如安心头一沉，一把抓住沈菊厉声问：“出了什么事？是不是我爸妈怎么了？”说完松开沈菊就往前院跑。

沈菊跟在后面道：“三少爷，不是老爷和太太，是苏家！苏家出事了！”

沈如安顿住脚，回头问：“苏家？苏家出了什么事？是不是如沐？”

沈菊道：“不是四小姐，说是苏司令和苏太太。我也不太清楚，总之您到了前院就知道了，老爷和太太都已经起来了。”

沈菊说得不清不楚，沈如安的心却一直往下沉，不知道苏家到底出了什么事。准备了那么久的起义，莫非是被人察觉了？

他赶到前院的时候，沈老爷和沈夫人都已经穿戴整齐，在吆喝着下人备车了，大少奶奶和如涧还有淮泗儿赶到后，沈老爷才神色凝重地道：“苏司令和苏太太被人杀害了。”

此言一出犹如一道惊雷横空劈过，连同沈如安和淮泗儿在内所有人都被震惊了。

“怎……”如涧大惊之下脸色剧变，险些连话都说不完整，“怎

么会被人杀害？那……四姐呢？四姐怎么样了？”

沈夫人红着眼眶道：“你四姐没事，不过现在苏家乱成了一锅粥，之平和如沐他们不定吓成什么样子了，我跟你爸爸你三哥先过去，你们天亮后再去吧。”

沈如安一言不发，转身就往外走，沈夫人用帕子拭着泪，叹了声：“苏家的天塌了，天塌了啊……这可怎么办？”

大少奶奶安慰着她：“妈您先别急，到苏家看看再说，要不我先跟您去，我去看看如沐，现在苏家正乱，想来也没人能照顾她。”

沈夫人看着她，点头说：“也好，我就担心，她怀着身孕，别也跟着出事才好。”

沈老爷大步往外走。“你不要乱想了，咱们先过去看看再说。”

沈夫人临走前向如涧和淮泗儿道：“你们先在家里，等天亮了也去吧。”说罢又嘱咐了淮泗儿小心身子，这才擦着眼泪去了苏家。

如涧无论如何也想不明白，究竟是谁同苏司令有如此大的仇恨，竟连同苏太太都一并给杀害了，这心也未免太狠了。便问淮泗儿：“三嫂，你说究竟是谁杀了苏司令和苏太太？”

淮泗儿轻轻地摇头，慢慢地坐在沙发上。她不晓得究竟是谁杀了苏司令夫妇，她只知道，苏司令这一死，沈如安之前做的许多工作便都成了徒劳，甚至他的许多计划都要随之破灭，这对沈如安现在举步维艰的工作来说，是极大的打击。

那么，苏司令和苏太太的死，和中日停战会议有没有关系呢？

谁都知道，在十九路军在上海与日本人血战时，蒋氏之所以不肯往上海增派援兵，坚持停战，其根本原因就是要留着兵力围剿共产党，而苏司令已经有了投共的打算。估计有人知道了内情，出卖了苏司令。

天亮后，淮泗儿和如涧便坐车往苏家赶过去。刚到苏宅大门口，便听到里面传来撕心裂肺的哭声，整个宅子都笼罩在愁云惨雾之中。

苏宅内，下人们三五成群躲在一处议论着，有哭的有叫的，又

到处都是端着枪的士兵和警察，各阶官员们进进出出，整座苏宅再无往日井井有条的模样，正如沈夫人说的一般——苏家的天塌了！

淮泗儿和如涧先去见了沈氏夫妇，然后便去了楼上看望如沐。

进了屋就看到如沐整张脸浮肿憔悴，头发也没有梳，就那样凌乱地散在肩膀上。大少奶奶坐在她床边上正不停地宽慰着她，见到淮泗儿和如涧来了，便向她们招招手道："你们快来劝劝四妹吧，这一直哭可怎么好，肚子里还有孩子呢！"

淮泗儿暗叹一声，尚未来得及上前一步，如涧却先呜咽着叫了一声："四姐！"便冲过去抱住如沐，开始大哭了起来。如沐才稍稍止住的眼泪，被她这么一哭又勾了出来，姐妹二人搂在一处抱头痛哭。

大少奶奶拿帕子抹了抹眼泪，轻轻打了如涧一下，责备道："这个五妹，叫你来是宽慰四妹的，不是让你来招她的眼泪的！这可倒好，我才劝得她收住了眼泪，你又来陪着她哭一场！"

如涧这才松开了如沐，替她擦了擦眼泪，颤声道："四姐，你别哭了……"

淮泗儿在床另一边坐下，叫了一声："四妹。"

如沐紧紧抓住淮泗儿的手，哭着道："三嫂……"

淮泗儿掏出帕子递到她手边。"过于悲伤最伤身，你怀着身孕，最忌这个，对孩子不好。"

如沐接过帕子，捂着脸哭道："我知道，这些我都知道……可是，可是我公公婆婆他们就住在楼下，我都听到枪声了……他们……他们……满身的血啊！"

如沐在出嫁前，是个出了名的女公子，总以为自己胆子大得很，万事都不怕，天天闹着要参加革命，说什么为国牺牲虽死犹荣。但说来说去，总归她也没有见识过真正的死亡，毕竟自小被父兄护得紧紧地，并不知道什么叫作真正的恐怖与可怕。所以当她看到了真正的死亡时，当她看到苏氏夫妇满身是血地倒在地上的时候，当下便惊叫一声，昏了过去。

淮泗儿问她："苏之平呢？"

如沐哭得越发地伤心，说："我也不知道，我晕倒之后被他们送到了这里，之后就再也没有见到之平了，他……他……也不知道他怎么样了……"

淮泗儿道："他必然不会比你好。能不能承受得了这样的打击，都还说不定。"

如沐含泪看着她，突然掀开被子就要起来。"我要去看看他！"

如涧和大少奶奶一边一个按住她，大少奶奶急道："你找他有什么用？陪他一起哭么？有爸妈和三弟在，他出不了什么事的！"

"可是我不放心他，我不放心……"

大少奶奶道："四妹，苏司令和苏太太都过世了，而之平的弟弟妹妹都还小，现在苏家就剩你们两人撑着了。之平一夜之间失去父母，必然会因为接受不了这个打击而有很长一阵子萎靡不振，但如果你也同他一般，那这个家不就真的垮了么？"她顿了一顿，"你是之平的妻子，在他遭受到了这样的打击的时候，要做的不是陪着他悲伤难过，而是站起来，帮他撑住这个家，让他觉得这个家还没有垮！"

如涧在边上给如沐擦着眼泪，闻言点头道："大嫂说得对，现在苏家就靠你和姐夫了，你要站出来撑事，真撑不起来，咱们家帮你撑着！"

大少奶奶又抚了抚她隆起的肚子，低声说："大嫂再说句不吉利的话吧，你现在这个样子，要是因为悲伤过度再出点什么事，那对之平来说，可不就是雪上加霜吗？你可忍心？"

如沐抹着眼睛，哽咽道："你们说的这些道理我都懂，可我就是止不住的难过。你们知道的，自我嫁到苏家来，我公公婆婆待我犹如亲生，我是个横冲直撞的性子，向来想到什么说什么，有时候不免说错话，可他们却从未因此而责备过我，待我极亲厚。如今他们遭了这样的难，我……我……"

淮泗儿坐在一旁，平静地问："你又能怎么样呢？你能端着枪去

找别人报仇？那人都死了，你还能找谁去？”

如涧忙问：“是谁？杀死苏司令和苏太太的是谁？”

如沐咬牙切齿地道：“是我公公手下的一个叫杨使正的副官！”

“他为什么要杀苏司令？”

“我也不知道！”如沐捏紧了拳头，用极憎恨的语气道，“昨天晚上还同我公公婆婆有说有笑的，还说什么到星期天带着之信和之雅去骑马！可到了半夜他就把我公公婆婆给杀了……人面兽心，人面兽心！”她狠狠地捶着床，真恨不得亲手杀了那个杨使正。

淮泗儿低眉听着，突然问：“那个副官死了么？”

“逃跑的时候被一个警卫打死了。”

淮泗儿沉默不语，大少奶奶见她突然问这个，便问：“怎么了？你在想什么？”

淮泗儿摇摇头，又问如沐：“那个副官同苏司令可有旧仇？”

如沐想了想，摇摇头。“我没有听之平提起过，不过应该没有。我曾听我婆婆说过，这个人在战场上救过我公公的命，很忠心，我公公视他为亲信，待他也不薄，他之所以能平步青云做到副官这个位子，都是我公公一手提拔的。他们若是有旧仇，又怎么可能……我怎么都想不通，他为什么要杀我公公婆婆？他们待他那么好！”

淮泗儿眉峰微蹙，那就不对了，平白无故的，这个副官他为什么要杀自己救过的，又对自己有知遇、提拔之恩的苏司令？这总得有个原因吧。

只是可惜，这个副官死了，所有的事便都成了一个谜。

在苏家陪了如沐一整天，到了晚上淮泗儿才和大少奶奶、如涧一起回沈宅，沈氏夫妇和沈如安留在了苏家帮着为苏司令夫妇打理后事。

淮泗儿知道苏家这一出事，是整个天都塌了。虽然有沈氏夫妇坐镇，指挥着大局，但他们到底是年迈之人，最后所有的事还得由

沈如安来操心，沈如安又要有好一阵子的忙碌了，尤其是这几日，日夜都要留在苏家，一边打理苏氏夫妇的后事，一边留意着苏之平——连她都看得出来苏司令死得太过蹊跷，不信沈如安和苏之平没有看出来。

好端端的，副官为什么要杀苏氏夫妇？为什么就那么凑巧，在逃跑的时候副官就被警卫打死了？杀人与被杀的过程都太过简单了。

夜里小盐抱着被褥执意要睡在外间，淮泗儿不许，但小盐也许真的被苏司令夫妇的死给吓到了，她对淮泗儿道："老爷太太还有三爷都不在家，这大宅院里除了门房和几个下人外，就只剩下一群女人了，现在世道这么乱，那些人连苏司令和苏太太都敢杀，可见是没有什么顾忌心的。三爷不在，你一个人睡在这儿，我可不放心，我得在外头守着你。"

淮泗儿道："要真有事，你一个小姑娘家，守着跟没守着，有什么区别？"

小盐瞪眼。"区别可大了，至少我能保护你！"

淮泗儿摇头，都还不知道要谁保护谁呢！但既然小盐坚持，那她也不多拦着，便让小盐在外间的长沙发上睡下了，她一个人坐在被窝里，了无睡意。

淮泗儿发现近来她对沈如安的依赖愈发地严重，已经到了他不在身边便睡不着觉的地步。在嫁给沈如安之前，她从来都没有，亦从来都不曾想过，有一天，她淮泗儿也会对一个男人如此依赖。即便这个男人是她的丈夫。

腿又开始抽筋，疼得厉害，她伸着双手去捏有些浮肿的小腿，却怎么也捏不好，越捏越疼，可越是这样，她便越是想沈如安——以往每天晚上，他都要先帮她捏捏小腿才睡觉的，所以她的腿每一抽筋，沈如安便能很快地帮她恢复。

疼得狠了，她叫了声："……小盐。"

她声音里有着往日没有的异样，小盐听到后一骨碌起来，便冲了进去。

“怎么了姐？”

淮泗儿一边害怕压着肚子里的孩子，一边努力捏着小腿，道：“我的腿抽筋了……”

小盐坐到床沿将她的腿置到自己腿上，不轻不重地帮她捏着，边笑道：“姐你吓我一跳，我还以为出什么事了呢！亏得当初我和三爷学了怎样捏腿，要不然非得急死了不可！”

次日淮泗儿才刚起床，便看到沈如安匆匆回来了，她忙迎上去：“怎么回来了？吃饭了没有？”

沈如安脸色有几分疲惫，不及同她多说闲话，便道：“不吃了，我回来换件衣服，还要马上过去。”声音里透着暗哑，显然这一天一夜没少劳累。

淮泗儿有些心疼，将他的长衫找出来，边帮他换上，边道：“要不要我同你一道去？”

沈如安道：“你身子不能累着，这样来回跑着我不放心，再说你去了也济不到什么事，就留在家里吧，让大嫂去照顾如沐就可以了。”

淮泗儿点点头，帮他扣着盘扣，缓缓地道：“如安，你觉不觉得苏司令和苏太太的死，有些蹊跷？”想了想，又加上一句，“还有那个副官。”

沈如安长叹了一声，点头说：“这个我知道，但是昨天夜里事情太突然了，我去的时候苏家早就乱成了一锅粥，之平完全乱了神志，等我问明白后去找那个警卫的时候，他已经失踪了。”

“你要怎么办？”

沈如安摇头。“还没有想好，先把苏司令和苏太太的后事办了再说。”说着就边往外走，边交代同他一块儿出来的淮泗儿，“你好好在家待着，要出门就带上沈实，不过现在街上日本人很多，你能不

出去就别出去了。”

淮泗儿道：“嗯，我晓得。”

沈如安驻足，摸了摸她的肚子。“我这几天都会留在苏府，晚上不回来睡，我不在，晚上就让小盐陪着你。”见淮泗儿微笑着点点头，这才重重亲了她一下，快步离开。

淮泗儿站在原地看着沈如安出了拱门，消失在长廊处，心底莫名地有了一种悲悽之感。紧了紧身上丝质的披肩，突然觉得春寒料峭，又升出了几分冷意。

小盐站在她身后，叫她：“姐，三爷都走远啦，看不到啦！”含笑的声音里带着几分打趣，这个孩子，还是那个无忧无虑的性子。

大少奶奶和如涧随着沈如安一同去了苏家，只是如涧到了下午的时候去了公司——沈氏产业南迁的事情还没有处理完，沈如安在忙苏家的事，公司南迁的事便由如涧接手了。

晚上如涧回来，先去看了淮泗儿，两人说了一会儿话，大少奶奶也回来了，略讲了些如沐和苏之平的情况，又讲了今天前去吊唁的各个官员对于苏司令遇害之事的反应。

淮泗儿向大少奶奶道：“大嫂，依你看，谁的反应最值得注意？”

大少奶奶道：“我一个寡妇家家的，不好到楼下人堆里去，也就是在楼上远远地看了几眼，”想了想，“就觉得……各人的反应不一，有真伤心的有假难过的。哦，陈司令也去了，坐着轮椅去的，他倒是挺镇定的。”

淮泗儿眉梢动了动。“陈司令？”

陈英汉目前还是北平警备司令部的司令。也不知道当局是不是都在忙上海的事情，按说陈英汉瘫了，已经不能再担任此职了，但当局至今没有派人来接手，也不知有没有文件下达，但一日没有派人到北平，陈英汉就还是北平警备司令部的司令。

大少奶奶道：“也说不上是镇定吧，我就是觉得这陈司令的神色

上有些怪，太……太平静。你们想啊，苏司令怎么也算得上是十三师里面名气不小的一个师长，他在北平被人暗害了，这是多大的一件事情，我听爸爸说，政府已经通电警备司令部问责，并要求陈司令就此事给出解释，还有远在东北的宋军长和张师长等许多将军都亲发慰问电报来了，按说陈司令应该压力极大才对。”

如涧道：“这不奇怪啊，苏司令和陈司令向来不和，我估摸着苏司令死了陈司令才高兴呢！”

“话是这样说没有错，但我还是觉得有些……”大少奶奶想了想，“这种感觉说不上来。”见淮泗儿一直不说话，便问她，“泗儿，你怎么看？”

淮泗儿想了想，道：“沈家同苏家关系甚深，虽不能说一荣俱荣一损俱损，但苏家落败，对沈家是只有坏处没有好处。还是……早做打算的好。”

她不愿去费脑子想苏司令的死同陈司令有多少关系，在这乱世里，光有钱是不行的，必须要有强硬的政治后台支撑着才行，显而易见，苏家一败落，沈家便失去了最强的政治后台，以后的路只怕会更难走，落到有心人眼里，只怕苏家的结局，下一个就会摊到沈家头上。她之所以会想到这些，是因为沈如安曾将苏、沈两家的关系解释给她听过，只怕那天夜里苏氏夫妇遇害的消息一传到沈家，沈如安脑子里便已经将这些过了个遍，甚至比她想得更深更远。

如涧皱着眉看她。“三嫂你想的这些，我从来都没有去想过。你怎么想到这些的？”

淮泗儿笑了笑。“听你三哥说得多了，便也记住了一些。”

淮泗儿所说的利害关系，如涧或许不懂，但大少奶奶却是多少知道些的，便沉思了一下，点头道：“你说得对，是要早做打算了。”

沈如安晚上依然没有回来，只有沈老爷和沈夫人回来了，说是

明天就要大殓出殡了，今天晚上回来好好休息，明天还有得忙。他们这两天大概也是累极了，晚饭都没有吃便回房去睡了，淮泗儿和大少奶奶还有如涧对付着吃了一些，也没有多余的心思说闲话，便都回了各自的院子。

淮泗儿收拾了沈如安的两件衣服出来，交给沈实，要他给沈如安送过去，想必他也会很累，就不要让他来回跑了，在苏家好好休息一晚，因为明天才是最累的一天。

晚上睡觉的时候，小盐一边帮淮泗儿捏着腿，一边问她："姐，你说，苏司令和苏太太都死了，这剩下姑爷和四小姐该怎么办呢？我听说，姑爷还有两个十多岁的弟弟和妹妹呢，多可怜呀！"

淮泗儿道："等最伤心的这一段日子过去就好了。"

小盐却又笑起来。"我知道，三爷肯定会帮他们的！"她双眼亮晶晶地看着淮泗儿，极肯定地说，"三爷是好人！"

淮泗儿也忍不住抿嘴笑："就算他不是好人，也要帮他们呀，如沐可是他的亲妹妹。"

小盐不以为然。"那可不一样，就算四小姐不是三爷的亲妹妹，三爷也一样会帮他们的！三爷说话向来算数。"

淮泗儿含笑问："三爷同你说他会帮他们了？"

小盐将她的腿放进被窝里，说："那倒没有。"想了想，又问，"姐，你说，三爷会帮姑爷为苏司令报仇么？"

淮泗儿一怔。"为什么要这样问？"

小盐理所当然地回答道："因为苏司令和苏太太是被人家害死的呀，姑爷定想替爹娘报仇，自然得找三爷帮忙啊！"

淮泗儿微叹："小盐，你记住，三爷不是无所不能的，他只是一个商人而已。在这世上，有太多事情是他办不了做不成的，他也会受制于人，也会受人威胁，也会看人脸色，他……并不如表面上的风光。"稍顿，"再说，苏之平就算是想要报仇，他也不会找三爷，因为他比谁都明白，三爷现在的处境有多么地如履薄冰。"

见小盐张张嘴，还想要说些什么，便又道：“睡吧，小盐，不要再去猜测那些与你无关的事了。”

小盐小心地看了看她的神色，低声应了一声，去了外间。

淮泗儿一个人在床上坐了许久，才慢慢地躺下。

第十五折
金乌玉兔东西走　断送一生休

苏氏夫妇出殡，大少奶奶和如涧都去苏家帮忙，但沈夫人没有让淮泗儿去，正好淮泗儿也不爱那样的热闹，留在家里倒也合她的意。

沈夫人的意思是，她觉着淮泗儿怀着身孕，而苏家现在是大丧，怕冲撞了她，不吉利，再说到时候整个苏家都乱糟糟的，要是不小心磕着碰着了，那才要命呢！

淮泗儿遵从沈夫人的意思留在家里，午后她坐在院子里一边晒太阳，一边耐心地教小盐认字。又有几个丫头老妈子在边上做针线，她们也都知道这个三少奶奶是个喜静不喜闹的主，所以也都压着声音聊天。

淮泗儿手里拿着书，听着边上丫头老妈子轻声细语地聊着些闲言碎语，忍不住微微地笑，她心里面一直向往的，便是这样的生活吧！

临近下午四点的时候，沈夫人带着大少奶奶和如涧回来了，淮泗儿迎过去，才发现和她们一道回来的还有挺着肚子重孝在身的如沐。

沈夫人对淮泗儿道："苏司令和苏太太已经下葬了，现在苏家乱糟糟的，你四妹怀着身孕，我担心那些下人不用心伺候，就把她带回来了。你们俩在一处，照顾起来也方便。"

淮泗儿陪着她们将神色憔悴不堪的如沐送到如涧的院子里去，看着她躺到床上之后，才跟着她们出来。

沈夫人边抹着眼泪，边抱怨着："还怀着孕呢，就遭这样的罪，得罪谁了呀这是……"

大少奶奶道：“好在咱们把四妹接回来了，咱们自己照顾着，也放心些。”

沈夫人道：“我担心的是以后。就说之平吧，满打满算也才二十二岁，在我看来都还是个孩子呢！虽说是结婚了，但也是自小娇宠着的，这么些年也都在读书，也没历练过，他懂得什么叫当家呀！再过几个月如沐就要生了，他家里还有两个年幼的弟弟妹妹，你说这将来怎么办？怎么办？”

大少奶奶这会子也答不上来了，沈夫人叹了一声：“怎么就出了这事！”抹着泪便自顾自地走了。

如涧回头看了一眼如沐的屋子，黯然道：“只怕将来四姐和姐夫要为难了。”

沈如安是入夜的时候回的沈家，也没吃饭，匆匆洗了澡就上床了，淮泗儿知道他累极了，也不打搅他，想让他安稳地睡个觉。

但上了床沈如安却又翻来覆去地睡不着了，揽过淮泗儿将她搂进怀里，问她：“四妹怎么样了？”

淮泗儿道：“身子还好，就是精神有些不济。”

沈如安叹息：“之平整个人垮了一半，之信和之雅天天躲在房里哭，”又长长叹了口气，“天塌地陷了一样。”

“对于他们来说，就是天塌地陷了，”淮泗儿抬头看着他长出了青色胡茬的下巴，“对苏司令被害一事，你怎样看？”

沈如安道：“那个警卫找到了，不过是具尸体。事情很明显了，杨使正和那个警卫都是棋子，真正要害死苏司令的，另有其人。”

“太显而易见了，但问题是对方做得太干净了，这两天我一直在查，但一点线索都没有。”

“那……”淮泗儿想起小盐说过的苏之平会去为父母报仇之事，“苏之平知道吗？”

沈如安道：“我就是不说，他也猜得出来。苏司令有几个忠心的

部下也在查这件事，我想，之平会去找他们，一旦让他们查出最可疑的人是谁……”他再次长叹，没有说下去。

苏之平平日看来不是个冲动的人，但这是杀害父母的血海深仇，一旦让他查出来，就算是再冷静的人，也会在冲动之下干出傻事。

“你要怎么做？”

“我要做的，就是看紧之平。”稍顿，沈如安慢慢地道，“其实，这事要是真深究起来，倒也不难查。苏司令在北平树敌不多，说是仇杀，我看倒不像；再有就是有所图，苏家能有什么可让人图的？说来说去，也就只有苏司令身处的那个位子罢了。去年苏司令因不满当局而萌生退意，这事他自然也会同身边的人说起，如此一来，对于那些一直觊觎那个位子的人来说，自然是一件天大的好事。但是后来因为之平的劝说，苏司令有了起义之心，那退位之说，自然也就不会再提，那些人见他不再提退位的事，等不下去了，起了杀心，也是正常。”

淮泗儿皱眉，支起上半身看着沈如安：“你是说，苏司令的继任，才是最值得怀疑的？”

沈如安沉思着，模棱两可地道：“也不一定。这些不过是我的猜测而已，真相究竟是什么，还要等以后查出来再说。”

淮泗儿沉默了一下，才微叹：“那就查吧，你小心些。”

沈如安将她搂在怀里，道：“会小心的，你不用担心。”

淮泗儿不语，不是她想要担心，只是局势如此，苏家已经败落了，沈家现在在北平是如履薄冰，稍有差错给人抓住了把柄，只怕就是万劫不复了。

许是因为身孕的缘故，她现在愈发地多愁善感起来，心里想的事情也多了，就再也恢复不到从前清清净净的样子。

沈如安开玩笑说她这是人间烟火吃得多了，自然就改了性子，像是个平凡人的样子了，沈如安总是说她性子太清冷了，要多笑一笑多同人交流才好。她笑而不语，其实她心里头明白，她这是与沈

家人处得久了，便有些感情了，懂得了为沈如安担心，为沈家担心。不过这样也好，至少她已经将自己当作了沈家人，为沈家之忧而忧，为沈家之喜而喜。

苏氏夫妇头七的前一天，如沐回了苏家，她到底是不放心苏之平和他的弟弟妹妹们，也不为别的原因，总觉得要同他们守在一处，心里才会感觉好过一些。

近些日子，苏之平一直很颓废，晚上成夜成夜地待在苏司令的书房里，苏之信和苏之雅也停了学业，一直留在家里，沈如安担心如沐一个人照看不过来，便时常同大少奶奶还有如涧去看望他们，有时也会带着淮泗儿一道去。

苏氏夫妇二七过后，顶替苏司令位子的人选也终于定下来了，并非是政府直接下派的，而是十三师里一个默默无闻的副司令。这人同苏司令交往甚少，且所属军部也不同，就算苏司令真退了，接位的人也一定不会轮到他，对于接替苏司令之位，连他本人都对此非常惊讶。所有人都相信，他根本不可能会去害苏司令。苏之平听到这个消息，并没有太大的反应，他近来稍有了些精神，偶尔也会笑一下，似乎已自丧亲的悲痛中走了出来。

沈家人一直悬着的心，这才稍稍放下了些，连如沐都觉得，这件事总算是要慢慢过去了。

但沈如安的心却并没有真正地放下，只要苏之平一日不放弃追查此事，他便一日不会放心，几乎是要沈实找人日夜盯着他了。但也因为他对苏之平看得太紧了，连沈夫人都觉得沈如安这回是真的多虑了。

然而几天后苏之平的失踪证实了沈如安并不是多虑。

那天苏之平拿了苏司令的配枪离开家没多久，沈实便将消息传给了沈如安，沈如安一边要沈实务必拦住他，绝不可让他惹出祸事出来，一边坐上车赶过去。

淮泗儿看着沈如安匆匆离去的背影，心中明白，沈如安的顾虑成了真，苏之平要是不出事便罢，若他出事，那就真是大事了。

沈如安走了不久，如沐便哭着回来了，冲到淮泗儿那儿要找沈如安。

淮泗儿劝她道："你放心吧，你三哥已经去找他了，沈实就在那儿拦着他，不会出事的。"

如沐眼泪汪汪地看着淮泗儿，哽咽半天，叫了一声："三嫂！"便一头扎进了淮泗儿的怀里哭得肝肠寸断。

沈氏夫妇和大少奶奶听了消息赶过来，沈夫人看到如沐的样子，眼泪便忍不住吧嗒吧嗒地往下掉，娘俩个便又搂着哭作了一团。

哭了半晌，沈夫人才安慰如沐说："没事的，等你三哥把之平带回来后，就把他锁到这儿来，你带着之信和之雅也回家里来住，咱们都守在一处，咱们全家人一块儿看着他！"

如沐哭着道："这些日子眼见着他一天天好起来，我以为他就要过了这道坎了，没想到……没想到，他现在竟然要同我离婚，他连我和孩子都不要了！"

沈夫人为她抹着泪，道："不妨事不妨事，他这些日子伤心难过，做什么事情都没有理智的，算不得真，等他回来了，就让你三哥好好教训他一顿！"

如沐抓着沈夫人的衣袖，摇着头说："是真的，妈，他跟我离婚，让我带着之信和之雅回来，他这是要做傻事啊！妈，你们得救救他，得救救他呀……"

如沐这样一说，沈夫人和大少奶奶也都害怕了，沈老爷道："你哭也没有用，等老三把他带回来再说吧！"再看如沐憔悴的模样，叹了口气，"瞧瞧你现在的模样，让你嫂子带着你去休息吧，等一觉醒过来，你三哥就把之平带回来了。"

如沐嘴唇嚅动了一下，原想说她要等苏之平回来，但沈老爷脸色一板，沉声道："去！"

如沐怔怔地坐了会儿，才随大少奶奶和淮泗儿走，她怀着身孕，精神原本就脆弱，而这段时间苏家又连续出事，她早就神志全乱。回到娘家，幸好有沈老爷和沈如安万事为她做主，帮她撑着。她一心认定只要有爸爸和三哥在，苏之平就出不了事，只要等他回来了，让爸爸和三哥好好劝说他，他便再也不会想要同她离婚，再也不会干傻事了，这样他们便还能好好过日子，这才稍稍松下心里那根弦。

大少奶奶和淮泗儿照顾着如沐睡下后，回到大院，与沈氏夫妇对望叹息，都在等着沈如安回来。谁都看得出来，如沐现在这副样子，眼见着是不能再受什么刺激了，否则非得出事不可。

时间一点一点地挨过去，等到天黑透了的时候，沈如安才一脸凝重地回来，沈夫人冲过去抓住沈如安，一迭声地问："之平呢？苏之平你带回来了没有？他没有出什么事吧？"

沈如安黯然摇头："他打伤了沈实，我赶到的时候，人已经不见了。"

沈夫人啊了一声，掩住嘴，泪珠子断了线似的往下掉。"这个小混账他究竟要做什么呀！这要是出了事，可不得要了如沐的命么！"

沈老爷握着烟嘴，紧了又紧，沉声道："不要让如沐知道老三回来了，她要是问起来，就说找到苏之平了，老三带着他去了别的地方。"稍顿，又道，"还有，他失踪的消息不可传出去，如安去苏家把他弟弟和妹妹带回来，就说他现在在咱们家，你现在就去。"

沈如安应了一声，便匆匆走了，留下一家人面面相觑，饭摆上了桌子，谁都没有心思吃，只着厨房给如沐和淮泗儿另外备了端到她们院里去吃。

淮泗儿给如沐这一哭，心思也有些沉重，胃口不佳，只是随便吃了几口便搁了筷子，站在门口等着沈如安回来。北平的天气，到了四月底虽说已经渐渐暖了起来，但到了晚上还是有些冷，小盐将披肩给她裹在肩上，劝道："姐，你先回屋吧，我来等门，等三爷回来了我再叫你。"

淮泗儿道：“我没有事，你先去睡吧，反正我也睡不着。”

小盐又劝了两句，被淮泗儿打发去睡了。深夜时，淮泗儿一个人清清冷冷地站在门口，心思飘飘荡荡地不停游移着，也不知在想些什么，或该想些什么。

外头一天一个变化，苏家的倾覆不就是沈家的前车之鉴？现在每回沈如安出门许久不归，她心里都会不自觉地在心中升起一股恐惧之感。从前她不害怕任何人任何事，可是现在只要事关沈如安，她便会不由得害怕、担心、恐惧。

沈如安去苏家一夜未归，淮泗儿在屋子里坐了整整一夜，眼睛都没有合上一下。天色尚未大亮的时候，小盐推开门跑过来，叫她：“姐，三爷回来了，才刚到大院。”

听到小盐的话，淮泗儿猛地站起来，就要往外头走，但因为坐了一夜，手足早就僵硬了，她这一站起来，腿脚便不听使唤，若不是小盐眼疾手快一把扶住了她，只怕她一下就要栽到地上去了。

“姐，三爷没事，全须全尾地回来了！”

淮泗儿看了看小盐，略有些茫然地点点头，定了定神，这才慢慢地往大院去。

到了前厅，就看见沈如安一脸疲惫地坐在沙发上，神色间有几分掩不住的焦灼。他身边坐着两个十多岁的孩子，正搂在一块儿泣不成声，淮泗儿认得他们，正是苏之平的弟弟和妹妹——苏之信和苏之雅。

“如安。”她叫了一声。

沈如安抬眼看到淮泗儿，身体稍放松了一下。“你起来了？”

淮泗儿还没有来得及说话，沈氏夫妇便进来了，见到沈如安劈头便问：“你怎么一夜都没有回来？可是出了什么事了？”

沈如安抹了把脸，又润了润嘴唇，踌躇了好一会儿，才叹了口气，道：“之平被抓了。”

这句话犹如晴天霹雳，沈夫人连同随后赶过来的大少奶奶和如涧全都目瞪口呆，沈老爷沉声问：“怎么会被抓的？”

沈如安道：“暗杀北平军需处处长未遂，被捕。”

沈夫人这才回过神来，掩嘴大哭：“这个祖宗！他到底要干什么啊！”

沈老爷问他：“能救么？”

沈如安道：“能保他一条命，但就怕……节外生枝，再闹出点别的事来。他这一回是被人下了套的，”说着又咬牙，狠狠拍了一下桌子，“简直就是在添乱！”

这时候，抱在一起哭的苏氏兄妹突然一齐扑到沈氏夫妇和沈如安的面前齐齐扑通跪下，拉着沈老爷和沈如安的衣角哭道：“沈伯伯，三哥，求你们救救我大哥吧！求你们了……”

沈老爷将两个孩子扶起来，道：“我们正在想法子，你们放心吧，定然会救你们大哥的。”

如涧想不明白：“他为什么要去暗杀军需处的处长？”

“因为苏司令和苏太太就是死在曲杼手里。”

大少奶奶不解道：“为什么？这个曲杼为什么要杀苏司令？杀了他们对他有什么好处？他没有理由要这样做啊！”

沈如安摇头：“我也是昨天才查出来的，还没来得及去找之平，他就先行动了。”

正说着，突然就听到外头丫头惊叫的声音：“呀！四小姐！四小姐你怎么了？快快快来人啊，老爷太太四小姐不好了——”

厅里所有人心下都是一惊，冲到外面就看到如沐栽倒在地上紧闭着眼睛一动不动，上身被丫头搂着，地上流了一摊血，裙子上全湿透了，触目惊心的红。

沈夫人惊呼一声，随即晕了过去，之后整座沈宅便是人仰马翻。

如沐被沈如安抱走后，沈夫人也被送回了房间里，由淮泗儿在边上照看着，其余人便都去照顾如沐了。沈夫人醒过来的时候，已

经是四个小时之后了，见淮泗儿一个人坐在她床边，起先还不明白发生了什么事，等到脑子清醒过来后，才大哭着下床要去看如沐。

淮泗儿扶着她来到如沐的房门外，就看到一盆一盆的血水从房间里往外头端，沈夫人脚下一软，亏得淮泗儿扶得牢实，才没有栽在地上。

大少奶奶赶过来在另一边扶着她。“妈，医生说，她早先就有流产的迹象，这一跤又跌得太狠了，孩子怕是保不住了。”

沈夫人茫然地看了大少奶奶一眼，又转眼看了淮泗儿一眼，怔怔地掉着泪珠子，喃喃地叫着：“我的儿啊……我的儿……”

沈如安拍了拍淮泗儿，淮泗儿让开，他便扶住沈夫人，哑声道：“妈，四妹没事，就是……孩子没了。”

沈夫人泣不成声：“那还不是一样要了如沐的命……”

话没有说完，就看到房门开了，一个老妈子端着一盆子带血的水，里头有一个手脚齐全已经成了形的婴孩。

老妈子低声道：“是个男孩儿。”

大少奶奶和如涧哭出声来，连淮泗儿也红了眼眶，一把捂住嘴，不忍心看。

沈夫人双唇不停地打战，抖着手，想触一触水盆里的孩子的小身躯，但伸到一半却突然手握成拳，捣住胸口不停地捶着，撕心裂肺地大哭：“要活活疼死我啊！”

沈老爷看着孩子，慢慢地挥了挥手，低声道：“埋……埋了吧！”那老妈子应了一声，端着盆就要走，沈老爷又加了一句，“好好地……要好好地埋了……”

一时间，院子里不管是主子还是下人，都抹着眼泪泣不成声。想如沐未嫁之时一向活泼开朗，不管对谁，总是会给上三分的笑脸，沈家上下哪个不喜欢这位美丽大方的四小姐？如今她出了这样的事，都替她难过。

没过多久如沐便醒了过来，知道自己流产了竟也不哭，直着眼

睛看着帐顶，任沈夫人怎样唤都不肯开口说句话，直到所有人都慌了神的时候，她才轻轻嚅动了一下干裂的嘴唇："三哥，之平……还能救得回来么？"

沈如安看如沐的样子，眼睛一酸，连心都是疼的，低声道："放心吧，三哥一定会把他救出来，好模好样地送到你跟前来。"

如沐微微点了点头，又沙哑地道："三哥，你也要小心一些……"

沈如安闭了闭眼睛，在这个房间里再也待不下去，便转身离开了。

淮泗儿看着如沐有沈氏夫妇和大少奶奶、如涧围着，便也不凑上前去了，悄悄出了房门，去追沈如安。

沈如安坐在廊檐下，一动不动，淮泗儿走过去，握住他的手，轻轻触了触他冰冷的脸。沈如安抬头，看到她眼睛里的心疼，突然就再也撑不住，将头埋进她怀里，轻轻圈住她圆圆的腰身。

他是真的很累啊！

淮泗儿抚着他浓密漆黑的头发，如同抚摸婴儿一般地慢慢拍着他的后背，温柔地轻声道："会好的，都会好的……"

如涧追问苏之平到底是怎么样中了别人的圈套的，沈如安却没有太多的时间同她们多做解释，只说是苏司令的一个部下同曲杼利用苏之平想复仇的心理，设下了这个圈套，目的就是要彻底整垮苏家。

沈如安这些日子早出晚归，联合了苏司令的一些老部下，他不出面，由另一德高望重的老部下与曲杼交涉，想法子救苏之平。而淮泗儿的肚子也一天比一天大起来，行动也有些吃力，沈家既要照料好如沐，又要照顾着淮泗儿，加上沈夫人这些日子身子也越发地不好了，整个沈家都笼罩在愁云惨雾之中。

此后又过十余天，就在眼见着救出苏之平有望之时，淮泗儿和沈如安最担心的事情突然爆发了。

中央调查科北平站的情报员在夜里抓捕了一名修鞋匠，并在其家中搜到了一部电台。

沈如安知道那个修鞋匠，苏之平告诉过他，在北平地下党组织中，一直都是由他在跟那个修鞋匠单线联络，修鞋匠的一切任务都是在他的安排下进行的。这个时候，修鞋匠被抓，若是他扛不住调查科的拷打，把苏之平招出来，那这对于营救苏之平来说，是绝对的雪上加霜。

淮泗儿开始坐卧不安，她知道自从这个消息传出来之后，沈如安就在秘密策划一个大的行动，他绝口不同她提一个字，显然是怕她担心，淮泗儿也不过问，但是无论如何都忍不住心中的焦躁与担忧。

小盐捧着一包东西进来，笑眯眯地道："姐，方才一个叫什么张福记银楼的伙计送来一包首饰，说是三爷之前给你定做的，今天三爷不在家，太太就让我给你拿过来了。"

淮泗儿挑了挑眉梢，沈如安这些日子忙得焦头烂额，怎么会想起来给她定做首饰？而且，他明知道她并不喜欢金银的。接过来打开来看，见是一对明晃晃的银手镯，镯身花纹繁复，可见做工的细致精巧，但是仔细看，却又看到一只镯子的花叶处有一条极细小的纹路，用手细细抚摸了一下，发现应该是可以打开的。

她心中一动，突然想起，这个张福记银楼的老板不就是小玉死的那一天阻拦了沈如安去得顺茶楼的那个张宝恭吗？她记得沈如安同她提及过，张老板其实是个老地下党员。

想到这些，便抬头对小盐道："我想一个人看会儿书。"

小盐笑眯眯地点点头，临走前又不放心地叮嘱她："不能看得时间长了，要多休息。"

她含笑点了点头，看到小盐掀帘子走远了，才拿起那只镯子，用手指掐着，掰了掰，但是没有掰开，她皱眉，莫非是自己猜错了？

再加了些力气，就听到啪的一声，镯子被她掰开了，一条凹下去的细缝里塞着一张卷着的纸条。

她看着塞在镯子里的那张纸条，一动不动，过了一时，重又将镯子扣上，紧紧捏了捏，又左右看了看，见严丝合缝，同刚拿来时

一模一样，才将它慢慢戴在手腕子上。

沈如安回来的时候已经是下半夜了，淮泗儿还在等他，见淮泗儿瞪着清亮的眼睛看着他，便有些歉意地笑笑：“说了你不必等我的，早些睡，否则你身子怎么顶得住。”

淮泗儿道：“你身子也顶不住吧？”

沈如安同她一块坐到床上，轻抚着她圆滚滚的肚子，道：“我倒是没有事，不过就是坏消息一桩接着一桩，有些焦头烂额而已。”

淮泗儿将腕子上的镯子摘下来，递给沈如安：“这是今天张福记银楼的伙计送来的。”

沈如安接过镯子，稍端详了一下，便将那镯子给掰开了，取出里面的纸条，看了半晌，默然不语。

淮泗儿看他脸色越发凝重，忍不住问：“怎么了？”

“七号叛变，速速撤离。”这是纸条上的字，她是看过的，只是却不明白七号是谁。后来才想明白，应该是那个被抓的修鞋匠。

“是不是那个修鞋匠？”

沈如安点点头，下床找到火柴，将纸条烧成了灰，才又上床。

“我还不能走，就算不为如沐，我也得把之平给救出来。”

淮泗儿默然，她晓得沈如安心里在想什么，在顾虑什么，虽然为他担心，但却不打算阻拦他，他要做的事情总有他的道理，她是他的女人，哪怕天塌下来，只要能守在他身边，她也不怕。

“明天让沈实去趟张福记。”

淮泗儿想了想，沈实去比沈如安自己去被暴露的可能性还要大，便道：“我去。”

沈如安想也不想便拒绝：“不行。”

她极坚定地道：“我去让他们帮我改首饰，这个镯子有些大了，我戴着不舒服。”语气中带着不容拒绝的坚持。

沈如安仍旧拒绝：“不行，我不放心。”

淮泗儿笑道：“没有谁去比我更安全了。这些日子周医生回老家

了，小盐说我的补药也快要断了，明日就先去医院拿几服补药，再转去改首饰。你放心，很快就会回来了，不然你就找人跟着我。”

沈如安仍旧是不同意。

“你没有别的法子了，让你身边的人去，会引起旁人的怀疑，让如涧或者下人去，你都不会放心。如果我猜得没错，曲杼现在已经盯上你了，不论你在计划些什么，都要加上十二万分的小心。但是我就不同了，我一个怀了孕的女人家，他必然怀疑不到我身上。”说罢也不管沈如安想要说什么，便拉着他睡下，此事就此决定，不再更改。

次日一早醒过来，沈如安已经不在了，她起身梳洗过后，去向沈氏夫妇请安，如涧还没有去公司，等吃了早饭，还没等淮泗儿开口，如涧却先说了："爸爸妈妈，三哥昨天跟我说要我今天陪着三嫂去医院让医生给做检查，等下我就陪她出去了。”

这些日子沈夫人一心都扑在了如沐身上，对淮泗儿倒也不如之前那般事事管得紧了，便道："你三嫂身子重，你们去的时候多带几个下人，要坐车去，万万不可在路上同人家挤，要照顾好你三嫂。”

如涧一一应下来，淮泗儿看着默然坐在一旁的如沐道："四妹，你同我们一道去吧，当是散散心。”

她这样一说，沈氏夫妇他们便也都劝着如沐，让她一道去，但如沐却是摇摇头，道:"你们去吧，我不去。”现在的如沐阴郁而忧愁，再也不复从前的欢乐跳脱。

如涧抱着她的胳膊，央求她："去吧四姐，让大嫂也一起去，咱们一道多热闹啊！”

但如沐却还是摇头不去，大少奶奶便道："五妹你陪泗儿去吧，我在家陪着四妹。”

如涧只好怏怏不乐地放手，看了看神色黯然的沈氏夫妇，再看看大少奶奶和淮泗儿，一声叹息。

淮泗儿和如涧带着小盐、沈兰坐车先去了医院。原本淮泗儿是要去中医诊所的，但如涧却更信得过西医，淮泗儿看她同那洋人大夫用英文聊得很好，便也就随了她，洋大夫给她开了一些瓶瓶罐罐的药，让她每日各服用一颗，她点头应下了。

离开医院的时候，如涧同淮泗儿道："三嫂，你可不要小瞧这些，这些都是洋人用的玩意，吃着极好的，尤其是对你。"

淮泗儿微笑不语。

一行人刚走到医院门外，还没有来得及上车，便有两辆车停在了她们边上，车门打开后，从里面下来一个矮胖的中年男人，男人下车，看淮泗儿和如涧两个并排立在台阶上，尤其是看到如涧的时候，眼睛里闪过一抹惊艳。

淮泗儿对这种眼光看得多了，本能地感觉到了恶意，尤其是对如涧这样一个还没有出嫁的姑娘家，于是，对挽着她手臂的如涧道："咱们走。"

如涧毕竟是出国留过洋的，又跟着沈如安学做生意，也是见过世面的，只是搭眼一看这中年男人的样子便知道不是中国人，沈兰开了车门，她便随着淮泗儿要往车上坐。但哪知那中年男人却突然拦住了她们，脸上堆满了笑容，对着如涧说着她们听不懂的话。

如涧一听这话便明白了，在淮泗儿耳边低声道："三嫂，小心点，这是个日本人。"

淮泗儿后退一步，将如涧拦在了后身，向中年男人微欠了欠身，便又携如涧绕向一旁，哪知那中年男人转身又拦住了她们。淮泗儿眉头紧皱，也不管那人说的是什么，只将如涧挡在身后，冷冷地道："请您让开。"

那人笑着又说了句什么，但她们都听不懂，淮泗儿便又重复了一遍："请您让开！"

正在这时，身后传来一个熟悉的声音："池内先生。"

淮泗儿转头看过去，不是曲杼又是谁？

曲杼先向池内行了礼，才又转向淮泗儿和如涧，含笑道：“原来是淮泗儿和沈五小姐，久违了。”

如涧冷着脸哼了一声，淮泗儿淡淡地道了一声：“告辞。”说完，带着如涧就要走。

池内又说了句什么，曲杼微怔了一下，随后点头，向淮泗儿道：“池内先生想请你们吃个饭。”

淮泗儿低眉淡然说道：“不方便。”绕过他们，便坐进了车里，车子一溜烟飞快地开走了，没有看到池内脸上显现的那一抹玩味的笑。

等车子真正走了，小盐和沈兰才长出了一口气，小盐拉着淮泗儿问她：“姐，方才你都不怕么？”

“怕什么？”淮泗儿反问她。

小盐道：“那是日本人啊！日本人杀人放火糟蹋姑娘，什么坏事都做的！”

如涧想了想道：“现在很多日本人，打着在中国做生意的名目，四处活动，其实是在替日本军人窃取我们的情报，曲杼和日本人扯上关系，看来是想做汉奸了。”

淮泗儿微微一笑道：“不管他想做什么，都跟我们没有关系。”

车子很快驶到张福记银楼，小盐扶着淮泗儿下了车，一行人便进了铺子里，到了柜台，便有伙计迎了过来，笑问：“几位太太小姐，想看什么？”

如涧道：“找掌柜的。”

伙计道：“掌柜的在里头，小姐有什么需要的，我给小姐拿来看。”

淮泗儿从手提包里拿出个布包，打开来，露出里面的一对银镯，对伙计道：“我要改个镯子，须得你们掌柜的亲自来改。”

伙计看到镯子，又飞快地抬眼看了一眼淮泗儿，便又笑道：“原来太太是要改首饰，”接过镯子仔细端详了一下，“哟，这镯子还真不好改，看来还得我们掌柜的出马才行。”说着打了个手势，“几位太太小姐先进去内堂喝杯茶稍等片刻，我这就去请我们老掌柜的。”

伙计把淮泗儿和如涧几个引进了内堂，奉了茶之后，才捧着镯子离开。

内堂只有她们四个人，如涧突然扑哧一声笑了出来："三哥大早上巴巴地跑来找我，说是要我陪你出来改首饰，我还道是什么值钱的首饰呢，却原来就是为这么一只不值钱的银镯子啊？"

小盐喜滋滋地道："这是昨天才送来的，是三爷亲自为我姐定做的！五小姐你可不知道，在我们乡下啊，哪个姑娘家要是能有这样一只银镯子啊，那就是顶顶了不起了，可不知道要眼红多少人呢！"

如涧笑道："那行，我也买一只给你，回头你戴着回家，也让人家眼红去！"

小盐大喜过望："可是真的？"

"自然是真的！"

正说着，后堂的门开了，走进来一名四十岁上下身穿长衫的男人，戴着一副黑框的眼镜，颇有几分前清酸儒的味道。进门便道："请问，哪位是沈家三少奶奶？"

淮泗儿起身，欠了欠身，道："我就是。"

此人忙施礼，道："在下不才，正是掌柜的，"说着扬起手中的那只银镯，"这只镯子做工繁复细致，花纹与镯身相谐一致，稍作修改润色的话，只怕会失去了镯子本身的情致。您执意要改么？"

淮泗儿道："是的，一定要改。"

掌柜的摇头道："不，您还是拿回去吧，不能改。我的手艺同从前不一样了，这就如同作画一般，得一气呵成，现在是改不了了。"

小盐奇道："来您这儿修改首饰的多了去了，您怎么就偏这只不改呢？"

淮泗儿看着掌柜的道："我给您双倍的钱。"

掌柜的道："您就是给我四倍的钱，我也不改，"说着，将镯子递到淮泗儿跟前，"您请收好。"

淮泗儿无奈接过镯子。"您真固执。"

掌柜的笑道："再过几天，我就要离开北平回老家养老了，"轻轻拍了拍胸口上些微的白粉印子，"现在北平太乱了，还是能躲就躲了吧！"

淮泗儿道："回乡下避难是对的，只是在北平这么些年了，多多少少还是会有些牵挂，总是要把这些牵挂人心的安置妥当了，才能放心离开不是。"

临离开的时候如涧叫银楼的伙计帮她拿了一只做工细致的镯子，付了钱，交给了小盐。"呐，说好了要送给你的。"

小盐惊喜："您还真送啊？我还以为您是说笑呢……"

如涧笑道："我可不是说笑，说了要送你的，便一定会送你。"

其实如涧对小盐如此另眼相待，也大多因为小盐和淮泗儿的关系在那搁着，她自然也不能拿小盐当下人看待，有时同她说说笑笑的，也多是拿她当个能聊天说笑的朋友。

第十六折
新书远寄桃花扇　旧院常关燕子楼

当晚淮泗儿便将今日在张福记银楼同那个掌柜的说的那番话一字不差地转述给了沈如安，沈如安听完这些话，打开镯子看了里面的纸条，也没有让淮泗儿看，便直接烧了。

淮泗儿知道，那纸条上必然写了一些极重要的话，沈如安怕她担心，便不给她看。她也不多过问，只当自己不知道。

只是未过几天，沈夫人身旁的丫头突然来请她去大院，说是春申班的班主阳叔来府里找她。

淮泗儿心下稍疑，自她入了沈府阳叔便不曾来找过她，她晓得阳叔是怕他来得多了，让沈家人心里头不舒服，毕竟不是什么好的出身，怕丢她的脸，有钱人家最忌讳的便是这个。

但这个时候却突然来沈家找她，莫不是出了什么事了？

因为淮泗儿这个时候已经是七个月的身孕了，身子重，腿脚也有些浮肿，走得不快，小盐等不及她，便让沈兰扶着淮泗儿，自己倒是先跑去大院了。

等淮泗儿到主厅的时候，阳叔已经等了多时了，沈夫人见淮泗儿来了，才道了乏，同阳叔说了些客气话，便自去了里头，留下淮泗儿、小盐和阳叔说话。

淮泗儿见阳叔面上颇有难色，犹豫了半天也没有说话，她便先问了出来："阳叔，您今儿来是有事吧？"

阳叔勉强笑笑，不经意地瞄了一眼她的肚子，有些吞吞吐吐地

说道:“也……也……有……有些事情……”

他越是如此,淮泗儿心下便越是生疑。“您说。”

“这……”阳叔尴尬地看着她,“这要我怎么说得出口!”

淮泗儿也不接话,只等着他说下去。

“说来说去也都怨我!当初你劝我散了班子,可是我被钱迷了心,嘴上说要散,心里还是不愿意。原本都还好,可自从出了小玉那事之后,咱们班子就一天不如一天了,可我还是舍不得散,硬是把它给撑下来了,这下子可好了,”说着往自己脸上狠狠打了一巴掌,“怎么惹出了这样的事!”

淮泗儿问:“什么事?”

“就是……就是前几天,一个人来班子里,说是要请班子过府,我就带着班子过去了,到了那儿才知道,原来是日本人要看的,我心里原本也不乐意,可是再一想,既然来了,总不能掉头就走吧?不能走,那唱就唱吧,可是演了几出,那日本人就是不满意。也不知道在哪里听说你的扮相好,就非要我找你出场不可,否则……否则……”说着老泪纵横,哭了起来,“你那些师妹们都被他们给扣下了……”

淮泗儿安静地听他讲完,淡淡地道:“阳叔,您看我现在还能唱么?”

阳叔看着她的肚子,语塞。

淮泗儿又道:“莫说我现在不能唱,就算是能唱,我也不会再唱,要说的话,当初离开班子的时候我就说过了,现在不多说。阳叔,您去同那些日本人说,我现在是别人家的媳妇,早已经不唱了,他们要找,北平城里比我扮相好唱得好的多的是,”稍顿,“还是阳叔您现在就想逼我出去唱?”

阳叔面有难色。“这……这……”

小盐听不下去了,瞪圆了一双大眼睛,接口道:“阳叔,还要找我姐扮戏,这样的话你怎么还能说得出口!”

阳叔老脸羞红，

淮泗儿清冷冷的眼睛直直地看着阳叔。“阳叔，旁的话我不多说，以后若是别的事，您来找我，我必义不容辞，只是这个忙我帮不上您。”

阳叔支吾了半晌，才又讷讷地道：“泗儿你看，能不能请三爷帮个忙？”

没等淮泗儿说话，小盐便道：“阳叔，我看你还是别找三爷了，他都忙得天天不着家了，我姐都很少……”

淮泗儿制止她，对阳叔道：“阳叔，不是我推托，三爷他也帮不上您这个忙，您招惹的是日本人，这是谁都没有办法的。”想了想，“今儿我就同您交个底吧，沈家没有外头传的那么呼风唤雨，沈如安也没有那么厉害。再者现在这个时局，沈家已经是树大招风了，北平城里有太多人眼巴巴等着捏他的短呢！早些时候苏家出事，您应该也是听说了的，三爷现在每日焦头烂额，若是再惹上点什么事，只怕连他都要自身难保了，又如何还能帮您？”

阳叔沉默了下来，安静地听她说完，突然就笑了一下，抬头看看外面的天，轻声道：“泗儿啊，你倒是同出嫁前不一样了，懂得处处想着你婆家。今儿我来求你，本也没打算着你真能帮我，我不是爹不是你亲戚，不过就是个小时候常常打你的师父罢了，你现在出息了，身份不一般了，咱们这些下九流，也求不着你了。行了，我走了。”说完站起身便出去了。

小盐哎了一声，忙追过去。“师父，我姐也有她的难处，她跟你说的都是真的……”

淮泗儿静静坐着，一动也没有动，说她没良心也好，说她忘恩负义也罢，她不是搪塞也没有推诿，全是照实了说的，阳叔不愿信，她也没法子。沈家没有外表的风光，沈如安也确实帮不了他，再说，在这个节骨眼上，她也不可能再给沈如安添乱。

小盐气冲冲地回来，甩着脸子坐在她跟前。“阳叔说话太不中听了！”

淮泗儿道："他生气是应该的，那些话不要说是他听着，就是我自己说着都觉得是在搪塞。"

小盐目瞪口呆。"姐你真的是在搪塞阳叔啊？"

"不是，我说的都是真的。不过听起来却像是假的。"

"要我说，都是阳叔自己招的！当初你就劝他把班子散了，可他就是不听你的，现在好了吧，闹成这样，又来找你……不过姐，就真的不能帮阳叔啦？"

"帮不了。"这是个非常时期，日本人是最招惹不起的，她不能为了帮阳叔，而把沈家推入火坑。

小盐迟疑："可是……班子里那些师姐妹……"

淮泗儿站起身，双手抚在肚子上，对小盐淡淡地道："小盐，不要怪我无情无义，我是有心无力。"说罢也不等小盐扶她，便一个人走了出去。

就如同阳叔说的一般，他不是她爹不是她亲戚，所以她做不到义无反顾。说她冷血也好无情也罢，她不过是个女人家，做不到豪情万丈情义当先，力所能及的事情她不推诿，但无能为力的，她也绝不逞强。

现在，不扯沈如安的后腿，不让他为难，便是她唯一能做的了。

旁人怎么样想她，她管不了。

沈夫人没有问淮泗儿阳叔来的目的，淮泗儿也没有说，只是沈如安夜里的时候问了一句，想来是家里的下人告诉他的。

"没有事，就是过来看看我。"

"真的么？"沈如安显然不信，"但我怎么听说，阳叔走的时候气冲冲的。是不是有什么事？"

淮泗儿仍旧摇头："没有事，你不要乱想。"

沈如安看着她。"有事你不要瞒着我。"

淮泗儿反诘："难道你没有事瞒着我？"

沈如安语塞。

淮泗儿拿扇子给他轻轻扇着，轻声道：“你这些时候太累了，快点睡吧。”

沈如安拿过扇子，扶着她躺好。“你也睡吧。”

他这些日子为了苏家和苏之平的事心力交瘁，也便没有多问淮泗儿的事了。调查科已经对苏之平用了刑，说是打得不轻，他曾打通关系到牢里去看他，但调查科的人现在对苏之平以通共罪论处，看管得太紧，见了面也没能说出该说的话。他知道这样下去不是办法，也不知道苏之平还能撑多久，他没有太多的时间了。

但是没有想到的是，阳叔来访后的第二天，沈家又来了一位不速之客——曲杼。

这是个不受沈家人欢迎的人。

“小侄不请自来，叨扰了伯父伯母，还请二位见谅。”台面上的话，讲的是极为客气。

沈夫人沉着脸不看他一眼，沈老爷含笑同他客套：“曲处长纡尊降贵大驾光临，着实令寒舍蓬荜生辉。就是不知曲处长所来何事？”

曲杼笑道：“伯父您客气了，小侄今天来没别的事，就是想请五小姐出来一见。”

躲在后面的大少奶奶轻轻拍了拍淮泗儿，在她耳边悄声问：“他找五妹做什么？”

这个也是淮泗儿疑惑的，她没有说话，继续听着外头的对话。

沈夫人冷冷地问道：“曲处长有事同我们说也一样，我们五小姐不便见外客。”

曲杼道：“真是对不住了，伯母，小侄还真必须得见到她。您还是请她出来吧！”

沈夫人重重地拍了一下桌子，声音里含了许多怒气：“这里是我们沈家，不是你的军需处！我女儿不是谁想见就能见的！”

曲杼却仍旧是不紧不慢有恃无恐的语气："可是，要见您家五小姐的，不是我，而是北平日本居留民团调查委员会行政长官——池内先生。"稍顿，"当然，要是您二老执意不肯让五小姐出来的话，那么就请贵府三少奶奶出来也一样的。"

淮泗儿一听到"池内先生"这几个字，心下便是一沉，立刻便想起了那日和如涧在医院门口碰到的那个矮胖的日本中年男人。几乎是一瞬间，她立刻就明白了，她做错了一件事，那天不该去医院！

那个日本人看如涧的眼光不一样，她应该要警惕的。

"你——"

沈夫人怒目而视，还没说出别的话来，淮泗儿已经自内堂出来了。"曲处长，五小姐不在府中，您有什么事，就说吧。"

曲杼抬眼深深看了她一眼，见她神色一如过去，淡淡的，心中突然就是一滞：差一点点，就差一点点，她就是他的了。没想到最终还是便宜了沈如安！

"三少奶奶，池内先生是想邀请五小姐吃个饭，所以让我来请。顺便的，他爱看中国戏，听闻您的扮相好，对您也是十分仰慕，所以也请您过府演出。"

淮泗儿冷笑反问："您见过哪个大肚子的女人有好扮相？"

曲杼啧了一声。"也是，不过春申班的阳叔一口咬定了您是班子里的头牌，池内先生听了就更感兴趣了，他可不管您大不大肚子，他要看戏，就只管让我来请了。"说着挠了挠鼻尖，"请您和五小姐一同前去吧。"

淮泗儿还没答话，如涧的声音便从外面传来，带着清清冷冷的味道。

"可我也没打算赏脸！"

曲杼笑道："那可由不得五小姐您了，日本人来到中国是为了帮我们实现大东亚共荣，是来帮助我们的。而且委员长也说过了，对待日本人我们要友善为之，绝不可寻衅滋事。池内先生是基于礼貌

托我来请二位的，二位要是不给池内先生这个面子，那可就真对不住政府为了百姓维护与日和平的一片苦心了……”

他说得冠冕堂皇，如涧气得差点咬碎一口银牙，“呸！”几乎一口唾沫吐到他脸上，咬牙切齿地吐出两个字，“汉奸！”

沈老爷这才出声：“如涧，不得无礼，”说着转向曲杼，“你去转告池内先生，小女已有婚约在身，不便随意外出与男客相见，请他见谅。以后我自会让沈如安和裴少亲自登门致歉。”

沈老爷说出“裴少”二字，令曲杼又向如涧多看了一眼。他诡异一笑，心想裴家怎么了？难道比蒋家还了不得？日本人在上海杀了多少人，蒋氏都不敢真刀真枪地和日本人干，在日本人面前，还不是只有低三下四的份？裴家？嘁！

但是话说到这份上，多说已经无用，他又不能直接自沈府抢人，再说沈家人得罪日本人，也正是他所乐见的，便一笑，道：“既然如此，那我也不便多说了，告辞。”

沈老爷颔首：“慢走，不送。”

曲杼转身时才发现，如沐不知道什么时候竟然站在了他的身后，双目阴冷，带着浓浓的杀气。

“曲杼。”

曲杼微笑。“原来是四小姐，听闻了府上的事，您节哀。”

如沐扯开嘴角，直直地盯着他，一字一顿地说：“你总会有报应的，曲杼。”

曲杼笑道：“不明白您的意思。”

如沐手指着外面，说：“我的意思是，马上从我家滚出去！”

曲杼眯起眼瞧着如沐，从来没有人这样同他说过话，尤其是在他当上军需处处长之后。

如沐见曲杼还不走，伸手捞起桌子上的一杯水，哗地泼到了他脸上，逼近他，死死揪着他的前襟，咬牙冷冷地道：“我丈夫死活我不管了，你们要杀要剐都随便，但是你要是敢动我沈家人一根毫毛，

老娘跟你拼命！”

曲杼被她泼了一脸水，有些狼狈，这时候见如沐还在威胁他，便彻底被她激怒了，一把挥开如沐的手，强忍着怒气道：“四小姐遭逢巨变，神志不清，我不跟你计较。但是我告诉你，苏之平这个共产党他死定了！你们沈家有没有跟他同流合污的，等查出来了，一个也别想跑掉！”说完掉头就走。

如沐冷冷瞧着他的背影，喃喃地说了一句：“那我就跟你同归于尽。”

这话被如涧听到，吓得一把拽住她，惊呼：“四姐，你瞎说什么呢！”

如沐看看她，淡淡地笑道：“我什么也没有说。”

待曲杼走后，沈夫人突然重重地一拍桌子，怒声责问：“泗儿，如涧，你们说清楚，这到底是怎么一回事？”

从那一次淮泗儿直言说了如涧嫁给裴粟铭对沈如安好的话，沈夫人明面上待她依旧关怀有加，但心里总是存了疙瘩，此刻见她和如涧惹了这样的麻烦，便再也忍不住了。

淮泗儿也没有想到会惹出这样的风波来，正欲照实答了，却听如涧抢了先说道：“那日三嫂本要去中医诊所的，可我就觉得西医好，就硬拉了她去西医院，哪里知道会在医院门口碰到一个日本人啊，但是没有说话，就只是打了个照面，我们都没有往心里去，哪承想，会……会惹了这样的事啊！”

沈夫人脸都白了，戳着她的额头，恨恨地道：“祖宗，那是日本人！他们糟蹋了多少中国女人你们不知道啊！好好的中医你不看，看什么西医啊，那洋人的玩意就那么好啊！闹这样的事，还嫌咱们家不够乱是不是！”

如涧捂着头分辩道：“我哪里知道会在那里碰到一个好色的日本人啊，要是知道我也不领着三嫂去啊！”

淮泗儿低眉不说话，沈夫人虽没有指责她，但那话里还是连她

一并骂进去了，招惹了这样的事，原也是她没有想到的。这样看来，那天阳叔无缘无故来求她登台，也不是没有理由，而日本人非要听她唱戏，只怕这里面牵线搭桥的，还是曲杼。

沈老爷道：“你现在责备她们也没有用，先让如涧离开北平才是真的。”

如涧的倔劲上来了，转头不应：“我不走！”

沈夫人打了她一下，厉声道：“你不走也得走，你同你三嫂不一样，她是我们家正经的儿媳妇，日本人就是再明目张胆，他们也不敢直接抢了咱们家的儿媳妇去。但你是个姑娘家啊，虽说你跟裴粟铭定了亲，但是万一哪天真碰上了日本人，出点什么事，你让裴家怎么看你？你还要不要活了？”

淮泗儿道：“只怕是走不掉的。”

一屋子人都看着她，不明白她话里的意思。但是淮泗儿毕竟同曲杼是旧识，没有谁比她更了解曲杼。

“他必然会防着我们偷偷离开北平。”

大少奶奶也急了，拉着淮泗儿问：“那咱们该怎么办呀！”说着，她问沈老爷，“或者找裴少？”

如涧转身便往外跑，道：“我自己去找他！”一阵风似的跑不见了踪影。

沈夫人直跺脚，招了下人。“快快，跟紧了她！”

如涧回来得很快，跟着她的，还有沈如安和裴粟铭。

沈如安先向沈氏夫妇告罪：这事不怪如涧，是他的责任，是他让如涧带着淮泗儿去医院的，这事自然是由他来想办法。

沈夫人垂泪道：“你媳妇怀着七八个月的身孕，你妹妹又没有嫁人，现在惹上了日本人，你说说该怎么办？除非咱们家现在就离开北平！”

沈如安道：“走是一定要走的，我都打点好了，这几天我们就离开北平。家里的东西值不了几个钱，都不要了，轻装简行，只要人

走了就行了。”

沈夫人道：“可是泗儿说咱们走不掉啊！”

“这个您二老不必担心，我和裴少都安排好了，你们会顺利出城的。”

裴粟铭点头，道：“二老放心，我会亲自护送你们上火车，一路上都由我的警卫队负责保护你们，火车站里我也已经打点好了，到了钱塘会有人接你们的。北平这边的事，你们就不必担心了，一切有我和如安呢。”

“那……我们回了钱塘，”沈夫人看看如涧，迟疑了一下，还是问出了口，“你跟如涧的婚事……岂不是要耽搁？”

裴粟铭微笑看向脸色一下子转红的如涧，对沈夫人道：“又不是隔着千山万水，日子到了，自然就能结婚。”

这话让沈夫人稍稍安了心，她最怕的就是一家人搬到了钱塘，反倒把如涧的婚事给耽误了。有了裴粟铭的这番保证，她还怕什么？想了想，又不放心苏之平，便多问一句：“还有之平呢？咱们不管他啦？如沐这阵子不知道是想通了还是怎么，就是有些怪，不提之平的事了，我倒还真有些不放心。”

沈如安拍了拍沈夫人的手，说：“您别问了，一切有我呢，”说完看了看一切了然于胸的沈老爷，点了点头，“天不早了，您二老先休息吧。”

送了沈老爷和沈夫人去休息，沈如安便和裴粟铭去了书房，过了一个小时才出来。

裴粟铭离开后，他才回到自己的院子里，淮泗儿果然还在等他，他拿了一把小巧精致的手枪递给她。“这是我托人从外国买回来的，你拿着。”

淮泗儿不接。“我又不会使。”

“我教你啊。”说着，他将怎样上保险、扣扳机、瞄准一一教给她。

淮泗儿还是不接。“我用不着它。”

沈如安将枪交到她手上。“这是让你防身用的。你带着它，我不在时，也放心些。”

淮泗儿看着手里的枪，沉甸甸的有几分重量，终于问出口：“如安，你告诉我你是不是想要救苏之平？”

沈如安笑道：“我一直在想办法救他。”

“你懂我说的意思，这样做太冒险了。”

沈如安揽着她，将手轻轻放在她的肚子上，微叹：“想不犯险，是救不出来他的。放心吧，我都计划好了，裴粟铭会派人护送你们离开北平的。”

“那你呢？”

沈如安亲了亲她。“自然是和你一起走。”

次日，沈夫人带着淮泗儿正忙着指点丫头下人收拾打点行装，大少奶奶一脸担忧地过来，和她道：“四妹非要留在这里等之平，我怎么劝都不行，要不您去和她说一说？”

苏夫人闻言恨极。“我当初怎么就同意如沐嫁给那苏之平了！后悔呀，我真是后悔！我真恨不得捶死他！”说着就是一阵猛烈的咳嗽。

大少奶奶轻轻拍着她的背，帮她缓着气，细声细气地道：“妈，这些话当着四妹的面儿，您可别说了，我看她这些日子才好一些。慢慢儿地就过去了。”

沈夫人气道：“我看是过不去！这些日子，家里头三天两头地出事，我真是……”她回头看了一眼坐在沙发里沉默不语的沈老爷，“她要是老老实实跟我们走，那就最好，她要是不肯走，就绑了她上火车！”

大少奶奶张张嘴，没能说出话来。

沈夫人又问淮泗儿的身子：“快八个月了吧？这么重的身子，要长途跋涉的，我也担心。”

淮泗儿道：“没有事的，您不必担心，我会照顾好自己。”

沈夫人不住地叹气，她都不放心，不放心如安，不放心如沐，不放心如涧，不放心淮泗儿。“我昨天夜里，做了个梦，梦见我不知道怎么回事，就跑到了水里面去了，那水深啊把我头顶都给淹了，我出都出不去，我就急啊，正想着要怎么办呢，就一下子看见了你们，就是如安、如沐、如涧，你们一个个都卷进了一个旋涡里，出都出不来，都跟那儿哭着喊我呢！我急得不行，就去拉你们，可是越拉你们就离我越远，慢慢地就见不着了，可我怎么着都动不了了，哎哟，我就哭啊，不住气地哭，可是哭着哭着，也不知道是哪儿打枪呢，我吓坏了，就一下子醒了。醒了才知道原来是个梦，可是这梦让我越想越害怕，我这一夜都没有睡。”

沈如安笑道：“妈，这不过是个梦而已。”

沈夫人皱眉：“这可不是什么好梦，不是好兆头！”

大少奶奶也笑着宽慰她：“人家说梦都是反的，妈您可别乱想了，这是好兆头的梦，”说着转向淮泗儿，“泗儿你说是不是？”

淮泗儿点点头。“是。”

但凭他们如何宽慰，沈夫人就是不放心，一个劲皱眉叹气。

也不知道是不是裴家在中间使了力气，那日曲杼上门挑衅之后，倒也没了别的动静，既没上门抢人，也没有再登门拜访。

沈夫人便忍不住地想，曲杼或那个日本人再厉害，裴家未过门的儿媳妇他们还是不敢轻易惹的。

这也总算是一件让人宽心的事情了，只是这心头却还是高兴不起来。

公司的事已经处理好了，沈如安这两天也没有再外出过，专心在家陪着淮泗儿，如沐也没有问他有关苏之平的事，只是性子越来越阴郁沉闷，成天也不见说句话。只有苏家兄妹，偶尔会缠着沈如安问他苏之平什么时候回来，沈如安也都耐心地告诉他们：很快，他很快就回来了。

沈如安陪着淮泗儿，看她跟大少奶奶学着为如涧准备嫁妆，笨拙地坐在树荫下一针一线地绣着富贵花开的样子，便觉得人生如此，夫复何求？

虽然她仍旧寡言少语，性子依然是有些淡淡的，不喜掺和太多事，但自同他结婚以来，沈家发生的任何事，她也从来都没有置身事外过，且不管她参与了多少，但至少她当自己是沈家人，这就足够了。

“如安，这样绣好看么？”淮泗儿举着刺绣给他看。

他凝神看了一眼，针脚虽不如大嫂绣得细密精致，但大体还是不错的，便笑道：“不错了，可见这些日子你同大嫂学了不少。”

淮泗儿看了看，道：“可我还是觉得这件不如那件青色的好看。”

沈如安失笑。“那是你喜欢的颜色，再说了，如涧是要嫁人，是新婚，怎么能送她那样素淡的颜色？你也是，以后不要总是穿素色的，换换其他的颜色也许会更好看些。”他没有告诉她，沈夫人已经同他说了好几次，但因为有大少奶奶那一层在，便没有当着人前说，只是背地里同他说，青色那是寡妇穿的颜色，不能再让她穿了，犯忌讳！

淮泗儿不懂得这些，只是觉得自己喜欢那个颜色，就要穿那个，便道：“可我就喜欢那个颜色。”

沈如安笑着抱住她，轻声说：“好，喜欢你就穿，赶明等孩子生下来了，我找人给你做一堆，让你一天穿一件，穿一辈子都穿不完。”

淮泗儿抿嘴笑了笑。

沈如安又抚着她的肚子叹道：“再有两个月就要生了，生下来了，我也安心了，看看，现在抱都没法抱。”

淮泗儿想了想，有意问他：“妈总说是个男孩儿，可万一要是生个女儿呢？”

沈如安道：“若是个女儿，那也是我的长女，咱们家的长孙女，那咱们就比爸妈宠四妹五妹还宠她，娇着她，惯着她，把她捧在手心里，当宝贝。”

“那若是个儿子呢？”

“是个儿子啊……”沈如安想了想，“那我对他就比爸爸对我还要严厉，要他懂得，要怎么样才能做一个堂堂正正的人。”

淮泗儿又想了想：“若……”

“没有第三种如果了啊！”沈如安没等她说完便打断她，自然不是儿子就是女儿了，难不成她还能生出个不男不女的怪物来？

淮泗儿笑出声来，其实她原想说的是：若他们都无法陪孩子到老呢？可是后来想了想，还是不说了，在这多陪伴一天便是赚一天的局势下，沈如安难得空出时间有心情来特地陪她聊天逗着她笑，她又何必再提那些令人不快的事？

沈如安亲吻着她的脸颊，低声在她耳边说着他极少说的情话：“就是要这样笑，我爱看你笑，你笑起来的样子，比不笑的时候好看。”

淮泗儿便抿起嘴角，眯起眼睛笑给他看。

“我多喜欢你如同方才那样，拿一些琐碎的事情来跟我说，或者，你去跟妈和大嫂学打牌，回来同我讲，你输了多少赢了多少，高不高兴……但是后来又想，若真的那样，你就不是淮泗儿了。淮泗儿，就是淮泗儿才好。”

淮泗儿与他对视，道：“淮泗儿，永远都是淮泗儿，不管变成什么样。”

沈如安笑着搂住她。“是，淮泗儿永远都是淮泗儿！”

晚上时，两个人跟父母道了安，回来路上，淮泗儿突然想去后花园走走，沈如安便扶着她慢慢地往后花园走，有些感叹地道：“感觉许久没有陪你这样慢慢地散步了。”

淮泗儿微微笑了笑：“你总是忙。”

沈如安叹息：“是啊，我总是忙……等我忙完了，便这样天天陪着你散步，我们手牵着手，说些家长里短的闲话……”说着，又笑了起了，“感觉倒像是老夫老妻了。”

淮泗儿道：“若是能够瞬间白头，也是不错的了。”

沈如安一边走，一边说着他的打算：“等孩子生下来了，我带着

你出去走一走，找个清静的地方躲两天，或者我带你去广州玩一玩。”

两个人慢慢走到了拱桥上，四下里静悄悄的，只有偶尔的几声虫鸣会从岸边的草丛里传来，余下的便只有他们夫妻二人悄悄的谈话声。

淮泗儿看着廊檐下的一排排红灯笼，散发着柔和而朦胧的光芒，在这宁静的夏夜里，显得尤为温馨，便微微叹息：“到处都在打仗，哪里会有清静的地方？倒不如躲在家里，过些平平静静的日子。”

沈如安沉默了一下，似是突然想起来，道：“前几个月，打理公司南迁事务的时候，空余了些钱出来，我将那些钱都换成了金条和钻石，存在了交通银行，凭据什么的，我都放在了屋里，你回头收好了。”

淮泗儿看着他。“你换那些东西做什么？”

沈如安道：“以防万一嘛。”

“那你交给爸妈吧，我们也用不着这些。”

“我把钱分成了几份，爸妈养老的那份我已经存了，给如涧置办嫁妆的钱，我存在了爸妈那里，到时候是定要让她风光大嫁的，还有如沐的，大嫂和铮儿的，我也都准备好交给她们了。”

淮泗儿定定地望着他。“你这么早安排这些做什么？”

沈如安搂着她笑。“我说了，是以防万一。你看时局这么乱，以后还不知道要发生什么事呢，我们还是早做准备的好，每个人身边都准备了钱，以后就算有事，也不至于……”

离开北平的这天一早，沈如安才刚起床，沈实便沉着脸，急匆匆跑来，对着沈如安耳语了几句，沈如安听完面容不变，点点头，道了一句：“我知道了，你去备车吧。”

沈实离开了，他便回头，看站在门口的淮泗儿，笑道：“晚上就要离开北平了，本来打算好好陪着你收拾东西，但是刚沈实说银行里有点事情，得要我去一趟。”表情很是遗憾。

淮泗儿点点头，说："那你早些回来。"

说着，回屋给他拿长衫。

沈如安站着不动，看到淮泗儿动作笨拙地从衣架上取下他的长衫，因为侧着脸，所以看不到她的神情。

"泗儿。"他叫了她一声。

淮泗儿回头，看到沈如安静静地站在屋子门口，因为逆着光，所以表情有几分模糊不明，但是她清清楚楚地感觉到了他深沉如海的情意。她微微一笑，柔声说："你去吧，我等着你。"

沈如安看着她笑，便也微微地笑了笑，说道："你哪一回没有在等我？"

淮泗儿抿嘴。"是啊，我总是会等你的。"

他们就这样，一个在屋里，一个在屋外，两两相望，说着一些其实不必说，他们都会明白的话。

"那……"沈如安手动了动，也不知道是想伸出去，还是想要怎样，可是却最终什么也没有做，只是点点头，接过衣服穿上，"我就走了。"转身离开。

看着他清俊的背影一步步地远离，淮泗儿突然快步走出屋子，疾跑了两步，叫他："如安。"

他回过头，见她这样跑出来，不知怎的，忽然就心口一疼，上前一步伸手拉住了她。"都这样了还敢跑，你真想吓我啊？"

淮泗儿靠在他怀里，嘴角动了一下，终于又重复了一遍："我等你回来，你要早点回来。"

沈如安对着她温柔地笑道："好。"

淮泗儿伸手轻轻抚着他的蓝色的盘扣长衫，越发觉得眼前的这个清俊挺拔的男子，是其他人无论如何都比不得的。这样沉默了一下，忽然浅笑。"你回来的时候帮我带些桂花糕，我有些嘴馋。"

沈如安笑着点头。"好，还想吃什么？我一并买回来。"

淮泗儿抿嘴笑。"再买串糖葫芦吧，小盐这两天一直念叨着将来

等孩子出生，她要给孩子买糖葫芦吃。我想，应该是她想吃了才对。”

沈如安也笑道：“也真难为她了，”一边说，一边帮淮泗儿理了理发丝，用拇指轻抚着她柔嫩的脸颊，一举一动之间满是不舍，“我走了。”

淮泗儿笑着点头说：“好。”

沈如安放开了手，便转身离去，等沈如安的背影转过了回廊，再也看不见，淮泗儿又站了一会儿，才转过身来，慢慢地回到屋子里。

她梳妆台旁的抽屉里，放着一叠纸张，都是沈如安存在银行的那些金条和钻石的凭据，她不用去算那些钻石能折多少现，就只是那些金条折算下来也是数目不小的一笔钱了。一旁还放着那日他送她的那把手枪和一封信，信是沈如安写给她的，她昨晚便发现了，也不晓得他是什么时候写的，她也没有看，只是将这封信和那些凭据一道重新锁进了抽屉里，没有拆开来看的打算。

第十七折
试看他富贵和贫贱　都一般白骨葬黄泉

小盐进来说是沈夫人找她去前院，她扶着小盐站起来，慢慢地往前院走，小盐喜滋滋地同她叨念着：“戏文里都说钱塘好，那里是白娘子和许仙住过的地方，去了说不定还能见到雷峰塔呢！就是不知道还有没有金山寺？唉，真想现在就去钱塘啊……”

淮泗儿听着她不停地嘀嘀咕咕，忍不住了笑。“到了钱塘，你想去，那便去看一看好了。”

小盐两眼冒光。“真的呀？那可好了，我要把戏文里说的每一个地方都去看一看！西湖、断桥、金山寺、雷峰塔……”

淮泗儿看着她这样傻气地一遍遍数着只在戏文传说中听到过的名字，忽然心头有些酸涩，她伸手抚了抚小盐的头发，叫她：“小盐。”

“嗯？”小盐笑眯眯地扭头看她。

她道：“到了钱塘，你要好好跟着五小姐……”说到这里，她忽然想着，如涧将来是要嫁到裴府去的，小盐跟过去，也许并不算好，她又改了口，“不，好好跟着大少奶奶，让她将来给你找一个好人嫁了，快快乐乐地过一辈子。”

小盐有些迷惑不解。“我为什么要跟着大少奶奶？我要跟着姐的啊。”说着，她紧张起来，“难道你不要我了吗？”

淮泗儿笑起来。“没有，你不要乱想。”话还没说完，已经到了主院。

于是，话题只好暂时搁浅。

她到了主院的时候，沈家除了沈如安之外的其余人已经全坐齐了，都在等着她一个人，她到了屋里先向沈老爷和沈夫人告罪，沈氏夫妇也知道，她怀着身孕动作本就不快，便也都不以为意。

见人都到齐了，沈老爷屏退了屋里所有的丫头下人，缓缓地道："今天找你们来的目的，我想你们大抵也都猜到了，北平的事，如安都打理好了，咱们今天晚上的火车，直接就走了，这是如安跟裴粟铭都安排好的，万无一失。"

如涧问："就回钱塘了是吗？"

"不，如安昨晚才同我讲的，钱塘暂时不能回了，咱们去广州。"

"一定要走吗？"如沐慢慢地问。

沈老爷道："一定要走，你还有苏家的两个孩子，都跟着一起走。再说，裴粟铭跟你三哥说，裴司令的调令也下来了，有可能会调去广州，咱们就先到那儿安家。他们已经安排了火车，咱们今天晚上就走。"

如涧看看如沐，动了动嘴角，但终究还是没有问出口，最后只得讷讷地回了句："那……那走吧。"

其间，大少奶奶和淮泗儿一直都没有开口，这些事情淮泗儿自然是知道的，沈如安都是同她说了。而大少奶奶是个水晶玻璃的心肝，什么事情都看得明白，她一个寡妇家，沈家怎么安排，她便怎么从命，她心里再明白不过，不论发生任何事，沈如安都是会想法子顾全她和铮儿的。

沈如安早上离开便一直没回来，一家人收拾好了行李，就等他一个。

天黑的时候，行李都装车了，沈如安还是没有回来，沈夫人已经急得团团转了。裴粟铭来了，见沈如安还没有回来，安慰了他们两句，又说今晚不走了，明日乘专列去广州，让他们早些休息，他去寻沈如安。

沈夫人急归急，但看淮泗儿捧着肚子抿紧了嘴唇，如雕塑一般坐着一动不动的样子，还是有些不忍，便安慰了她一句："有裴粟铭在，不必担心。让小盐先扶你回去睡了。"

回到院子里，淮泗儿坐在门口的摇椅上，缓缓地扇着团扇，安静地等着他。

差不多十一点钟的时候小盐走过来，在她身上添了件衣服，轻声道："夜深了，姐你先去睡吧，我来等门。"

淮泗儿摇了摇头，微笑道："我不困，吹会儿风倒也觉得心里舒爽。你去睡吧。"

小盐想了想，道："要不我先去门房看看吧，说不定这时候三爷已经回来了呢。"

淮泗儿也不拦她，只叮嘱："外头黑，你仔细点，可别摔了。"

小盐脆声应着，人却已经出了门了。

淮泗儿笑着摇头，这个丫头，永远改不了毛躁的性子。早上她还一心盼着去钱塘看看戏文里白娘子住过的地方呢，却没想到，临时改了行程，不去钱塘，要改去广州了。

看来，这世事就真的像人们常说的那样，这世间的事情，你永远不晓得下一秒会发生些什么让你意想不到的事情。

拉了拉身上的衣服，又想着，如安也该回来了，还会带着给她买的桂花糕。

就这样有一搭没一搭地胡思乱想着，也不知过了多久，有跌跌撞撞的声音从院外传了进来，小盐连滚带爬地跑过来，变了调的声音极细地尖叫着："姐——姐——"

淮泗儿胸口忽如遭雷击般，小盐的声音如同一根细细的丝线，一下子便死死缠住了她的心，血色从她的脸上一点点地褪去，她的双手突然就抖得不成样子，她僵硬着转过头，看向小盐，看到小盐的脸苍白如纸。

"姐，你快去看看……三爷他……"

淮泗儿极安静地盯着她。

“三爷他不行了！”

她慢慢地自摇椅上站起来，忽觉一阵天旋地转，下意识地用手扶住一旁的门框，才算站得稳，她木然地看着小盐，极缓慢地问：“你……说三爷怎么了？”

小盐带着哭腔抓住她的手。“姐，姐你快去看看三爷吧，他刚刚被沈实背回来……”

话未说完，淮泗儿突然反手紧紧钳住了小盐的手，面无表情却双眼死死盯着小盐，目光森寒。“不要乱说话，小盐。”

“姐！”小盐急得跺脚，拉着她就往主院跑，“三爷要见你，你再不去他就来不及看你最后一眼了！”

淮泗儿被小盐连拉带拽地出了院子，她抬眼看四周，从他们的院子到主厅，这一路可真是远啊，为什么平时就没觉得呢？这些长廊，这些明亮的宫灯，一盏盏地透着吉祥的光晕，装点得整个府邸都喜气洋洋的。

跑着的时候，突然觉得冷，分明是六七月的天，怎么还这么冷呢？是了，这家国天下都在败退，没了暖意，这夏天自然同冬天一样也是冷的。

又忽然想起，啊，她要沈如安帮她买的桂花糕也不晓得买回来了没有。

近了，更近了，终于到了灯火通明的大厅。她站了住脚步，厅里围满了人，有哭的有叫的，天塌地陷了一般乱成一团，可是躺在地上的那个浑身是血的又是谁？

那是谁？

是谁？

她生生站在门口，一步也不肯再往前去，就死死盯着那个人，这天地人间，忽然变得寂静一片，只余下沉重的呼吸声。

他是谁？为什么有着和沈如安同样的一张脸？

但他不是沈如安，沈如安的脸是干净的，从来不会染上血；沈如安穿着素净的长衫永远都是服帖又得体的，从来不会这样脏乱，她晌午才帮他理了衣服的，她知道沈如安永远都不会把自己的衣服弄得这样脏。

她的神色越发地清冷下去，扭过头，转身就要走，小盐惊慌失措地一把抱住了她，尖叫着："姐，你干什么去？你快来看看三爷，三爷不行了！三爷不行了！"

她猛地一把推开小盐，深一脚浅一脚地往回走，大少奶奶哭着跑过来拉她。"你还往哪儿走啊，快跟我走，他要跟你说话！"

淮泗儿咬着牙一声不吭，突然如同疯了一般，开始剧烈挣扎，死命地想要挣脱开大少奶奶的钳制，她的力气突然之间大得惊人，大少奶奶和小盐不敢使力，怕伤了她肚子里的孩子，根本就制不住她。

大少奶奶眼见那边沈如安攒着一口气就想见她最后一面，她却在这儿闹了起来，心中又是难过又是愤怒，再也忍不住，扬手一巴掌打到了她脸上，声嘶力竭地喊了一声："你想让他死不瞑目是不是？"

大少奶奶这一巴掌使了大力气，淮泗儿的头嗡的一声懵了，脑子里就只剩下那一句。"你想让他死不瞑目是不是？"

大少奶奶管不了她现在心里想的是什么，和小盐一边一个把她架到了浑身是血的沈如安身边。

沈如安这个时候已经说不出话来了，他吃力地伸出手，想对她露出一个微笑来，苍白的脸上满是鲜血，鲜血淋漓的手一下子抓住她的手，单薄的唇颤抖着，可却说不出一个字。

淮泗儿看向他另一只手，紧紧抓着一个被血浸透了的纸包，肚子突然一阵痉挛地疼痛，她看着他，终于让自己相信他是沈如安，他真的是沈如安！可是明明是好好地送他离开家的，怎么就这样回来了呢？不是去银行查账了么？不是说好明天一起离开北平的么？

怎么会这样？

沈如安的脸越发地扭曲，那样俊朗的一张脸，全然变了形，他

死死抓住她的手，他把她死灰一般的脸色看在了眼里，身边泣不成声的如涧托起他的上半身，让他凑近了淮泗儿的脸，他终于几不可闻地发出几个字："我……舍……舍……不……得……"

我舍不得。

淮泗儿如遭雷击，终于死死盯着沈如安，慢慢地伸手将他的头抱进怀里，紧紧地搂着他，看着他挣扎着不愿离去。他抓住她，越来越紧，越来越紧。终于，如同绷到了极致的琴弦一样，砰的一声，断了。

怀里的身躯一下子软了下去，一动不动。

他的身体还是温热的，他的指尖还放在她的手心里面。但他的表情却平静了下来，依然睁着的眼睛里面还有不舍，还有对她千万般的情爱。

她搂着他，嘴唇落在他冰冷的唇上。他的嘴唇一直都是温暖的，但为什么这一次却是冰冷的？六月的天，却带着冰雪的味道。

"如安……"她低低地唤他。

"如安……"她叫他。

"沈如安……"

突然肚子剧烈地疼痛起来，她再也忍不住，抱着沈如安，一头栽倒在了地上。

然后是小盐和如涧的尖叫。

"姐——"

"三嫂——"

沈家究竟乱成了什么样，淮泗儿不知道，她动了胎气，早产了。被送进房间里的时候，已经失去了知觉，府里几个有经验的老妈子和如沐在房里忙着，丫头端着水，进进出出。

老妈子掐她的人中，见她醒了，便低声叫着："三少奶奶，您使点劲，孩子要出来了……"

淮泗儿睁着眼睛，浑身没有一丝力气，昏昏沉沉地躺着，连那钻心的疼痛也感觉不到了。如沐紧握着她的手，丫头婆子们来来回回地走着，给她擦着汗，让她使劲，她一声不响，灵魂似乎已经剥离了出来，冷眼看着她们的忙乱。

却不知道她们究竟是为谁忙，为谁乱。

婆子急得团团转，不住地叫着："怎么办怎么办？三少奶奶这样不行，再这样下去就得是一尸两命了！"

门砰的一声被撞开，小盐和如涧冲进来，围在床边哭叫着。

太乱了，一个老妈子拉开如涧和小盐，急叫着："姑娘们快出去，这里不是你们能待的地方！"

如沐急红了眼，扑到淮泗儿眼前，攥住她的衣服，狠声叫："淮泗儿！你就是想死也得把孩子给我生下来再死，这是我三哥唯一的命根子，你不能带着他死，你不能！"

沈如安唯一的命根子？

淮泗儿终于动了动眼珠子，看向如沐，如沐转而捧住她的脸，急声说："三嫂三嫂，我三哥就死在了外头，现在还在外头，他死都没有瞑目，这孩子是他唯一的希望，你不能……你绝不能让我三哥绝了后，你得活着，你得活着生下这个孩子，给我三哥留个后，留条根！"

淮泗儿眼睛眨了眨，沈如安就那么浑身是血地死在了她怀里，他就那么死了，这个世上最爱她的那个人，就那么死了，她唯一还牵挂着的，她唯一的亲人，就那么死了……

一阵剧痛袭来，她张了张嘴，终于使劲地"啊"了一下，眼泪随着汗珠落进头发里。

沈如安的尸体仍然安放在大院，下半夜，淮泗儿终于生下了早产子——是个儿子。

沈夫人得了讯，挣扎着爬下床，跌跌撞撞地跑到天井里，一头

栽在地上，撕心裂肺地捶地大哭："老天爷！老天爷啊——"

之后便趴在地上一动不动了，等丫头跑过来扶她时，才发现她已经断了气！

淮泗儿浑浑噩噩地躺在床上，隐隐听到大院里传来的哭声，忽然就想起了沈如安曾经同她说过的一些话。

"若是生个女儿呢？"

"若是个女儿，那也是我的长女，咱们家的长孙女，那咱们就比爸妈宠四妹五妹还宠她，娇着她，惯着她，把她捧在手心里，当宝贝。"

"那若是个儿子呢？"

"那我对他就比爸爸对我还要严厉，要他懂得，要怎么样才能做一个堂堂正正的人。"

她嘴角忽然泛起了一抹奇异的笑。沈如安，你说过的话做过的事，桩桩件件历历在目，可你竟然说话不算数，你竟然食言！

你口口声声舍不得，可最终却舍我而去，你明知你是我在这世上唯一的依靠，可你终究还是丢下了我一个人，你要给我一个交代，要给我一个交代的！

屋子里只有小盐一个人在陪着她，坐在边上不停地啜泣，可又怕打扰到她，不敢出声，除了前院传来的哭声外，这个屋子里只有她压抑的低泣声。

淮泗儿睁开眼睛，突然开口问："桂花糕呢？"

小盐正抹着眼泪呢，听到淮泗儿突然叫她，吓了一跳，忙扑过来问："姐，姐你怎么样了？是不是哪儿不舒服？"

"桂花糕呢？"淮泗儿又重复了一遍。

小盐先是愣了一下，接着才跳起来，急道："你等着，我去拿！"

桂花糕，嘴馋了，就想吃桂花糕。

小盐将那带血的油纸包还有一碗粥一并端过来，淮泗儿挣扎着坐起来，将那油纸包打开来，里面的桂花糕竟然都没碎也没脏。细细地闻，还能闻到一股子桂花的香味。

她拿起来，一口一口地吃着，用手接着，一点渣子也没掉，全都吃进了嘴里。小盐见她肯吃东西，哽咽地捧着碗。

“姐，你喝口粥吧。”

淮泗儿不理她，径自大口地吃着，吃完了，又把那带着沈如安血的油纸摊平了，叠得整整齐齐，放在枕头边上。又重新躺下来，对小盐道：“你出去吧。”

她自醒过来就没有问过一声孩子，连哭一声都没有，小盐害怕，不放心她，自然是不肯出去。小盐俯在她床边，拉着她的手哭：“姐，你哭一下吧，你哭一下心里也好受一点。”

淮泗儿闭上眼睛不理她。

哭？人都死了，哭有什么用？

小盐哭得越发地大声了，她抽搐着，断断续续地说：“你不知道，老爷病倒在床，太太也……也死了，你刚把孩子……孩子生下来，她就死……就死了，姐……沈家这是怎么了？”

沈夫人也死了？是啊，沈如安是唯一守在她身边的儿子，沈如安一死，可不就是要了她的命了么。不过也好，死是解脱，从此这人世间的悲伤难过就都与他们无关了，倒真是落了个清静自在。

天将明未明的时候，沈实在屋外低声叫：“三少奶奶，我是沈实，要见您。”

淮泗儿闭目不答，小盐看了看淮泗儿惨白的脸，想了想，无论如何也要让沈实同姐解释清楚三爷的死因，不能让姐不明不白，便起身开门让沈实进来了。

沈实走过来，七尺高的汉子，满身是血，扑通一声跪在了床前，哭道：“三少奶奶，都是我的错，是我没保护好三爷，您杀了我吧！”说着自怀里掏出一把手枪，双手一托，捧到了淮泗儿手边。

淮泗儿没动，也没有睁眼，只是沙哑地开口问：“他是怎么死的？”

沈实哽咽道：“姑爷被调查科的人抓了，打得快不行了，三爷担心夜长梦多，所以一早就安排好了，趁着今日离开北平，调查科的

人不防备的时候去救姑爷，原本一切都很顺利，没有费多大劲就把姑爷救出来了，可是没想到回来的时候路上戒严，三爷眼见躲不过去，就让我带人护着姑爷先跑，他去把人引开……就这样……”说着泣不成声，再也说不下去了。

“是谁杀的他？”

沈实抹了把眼泪。“是曲杼，我们都没有想到是他带人追的。我后来跑到半路碰上了裴少，把姑爷托付给他后，去救三爷，没想到已经晚了……”

“沈如安的身份已经曝光了？”

“是，多亏了裴少护着我们回来，还带兵先曲杼一步把宅子给围了。”

淮泗儿不再言语，沈实还举着枪。“三少奶奶，您杀了我吧！”

“调查科的人定然要四处抓你，你躲起来吧，想办法离开北平。”

沈实道：“不，三少奶奶，我得护着您，护着小少爷。”

淮泗儿不再理会他，翻身又睡了过去。小盐见状，便拉了拉沈实，示意他跟她出去。

淮泗儿自生了孩子便一直在床上躺着，不下床，不说话，也不看孩子。小盐抱着孩子给她看，强笑着告诉她：“老爷给取了名字了，叫沈继。取意血脉传承，继承三爷之愿的意思。老爷说，沈继是三爷的根，要你务必要好好抚养他长大成人，将来像三爷一样，”顿了顿，又道，“姐，我想给孩子取个小名，咱们叫他铄儿好不好？戏文里说，铄是光明美好的意思。”

淮泗儿不说好，也不说不好，伸手接过孩子，看了看他因为早产而稍显瘦弱的小身子，看了看小盐腿上绑着的白布条和头上卡的白花。“沈如安呢？”

小盐迟疑了一下，道：“裴少把三爷的事解决了，说是一定要在报纸上发讣告，明天和太太一起大葬。”

淮泗儿闭上眼睛，不再说话。

人都死了，弄这些，做给谁看？

“……还有，四小姐已经登报声明，跟姑爷离婚了……”

沈如安之死，小盐那天在淮泗儿床前听沈实说了大概，知道他是为了救苏之平才死的，心中也是怨恨不已，要不是苏之平非要去报什么杀父母的大仇，三爷也不会死，姐也不会孩子一生下来母子两人就变成了孤儿寡母，沈家也不会落到这般田地。如沐同苏之平离婚了，她都还觉得不解气。

淮泗儿不言语。如沐要同苏之平怎么闹，与她无关。她心里再清楚不过，沈如安要去救苏之平并不仅仅因为苏之平是他妹夫，更重要的是因为苏之平是地下党，他落到调查科手里，早晚要出大事。所以，沈如安无论如何都要救他。

次日沈如安和沈夫人下葬，淮泗儿仍旧没有戴孝哭灵，也没人说什么。沈家早就乱了套。裴粟铭虽然是同如涧订了婚，但到底还不是沈家的女婿，不能天天守在沈家，围在沈家的兵也撤了大半，只余大少奶奶和如涧两个人根本应付不过来，又怎么会再关注到她？

葬礼第二天，如沐的丫头沈绿发现如沐失踪了，大少奶奶急得团团转，又不敢把这事告诉沈老爷，生怕再把他激出个好歹来，只得暗地里派人去找，可找了一天，也没有找到。

淮泗儿抱着孩子坐在门口，大少奶奶身边的丫头突然跑过来，叫道：“三少奶奶，军需处的曲处长突然带兵围了宅子，说是要找您。还有，四小姐也被他抓了！”

淮泗儿嘴角泛起一抹冷笑，将孩子交给小盐，进屋去换了件黑色的长袖旗袍，又把头发绾了髻，梳得一丝不苟，在鬓边戴了朵白色绒花，最后又在柜子里找了一把小巧的匕首出来，小心地藏在袖子里，这才出了门。

到了大院远远地便看到曲杼穿着一身笔挺的军装正负手站在厅里，大少奶奶和如涧站在一处对他怒目而视。

她清清冷冷地站在厅口，平静地叫：“曲杼。”

曲杼猛地回头，看到她肚子已经平了下来，人也清减了许多，梳着髻，穿一身黑色的旗袍，清冷地站在外面，神情淡漠，不悲不伤，就犹如当年初见时的模样。他心里不知怎么了，忽然升起了一种守得云开见月明的感觉，不由自主地便微微笑了一下：“泗儿。”

淮泗儿进了厅里，站到他面前，等着他开口。

曲杼笑着道：“我这一回来的目的同上一次一样，是池内先生想邀请五小姐吃饭，正好你也生了孩子，可以登台唱戏了，池内先生很高兴。”

淮泗儿淡淡地问：“沈如沐被你抓了？”

曲杼开心地笑：“可不是，持枪进我的公馆，说要杀我。你说，这女人是不是跟她丈夫一样，都没脑子！”

“你放了她。”

曲杼嗤笑：“我为什么要放了她？”

“阳叔和春申班的人，也都放了。”

曲杼还是那一句：“我为什么要放了他们？”

“放了他们我跟你走。”

大少奶奶和如涧同时惊呼，曲杼道：“我就是不放他们，你也得跟我走！你没有选择的。”

“谁跟你说我没有选择？”说着突然将手心里的匕首露出来抵住了自己的脖子。

曲杼先是脸色一变，随后又有些恼怒。“你还来这一套把戏，我告诉你，我早就不吃你这一套了！”

淮泗儿轻轻扬起嘴角。“那我就让你什么都捞不到！”

曲杼眼神逐渐变冷。“你死了，我就把沈家踏平！”他手指着大少奶奶和如涧，还有随后抱着孩子跟进来的小盐，脸色开始狰狞，“沈家所有人，包括你儿子，我就让他们一个都活不成！”

“那你就去杀，沈家本就没什么人了，他们死了，就当是给沈如安陪葬了。”

曲杼皱眉。“沈家人里面包括你儿子！”

“我本就没打算生他，就是活下来也是个没爹没娘的孩子，何必留在世间受罪，死了干脆，黄泉路上他们父子正好做伴。”

淮泗儿的话让曲杼有些骇然，他不知道原来这个女人的血竟然真的是冷的，她居然可以亲口说出让自己亲生儿子死了这样的话。

她真的什么都不在乎，这才是真真正正的冷血无情。

“我不杀他，我留着他，我替你养着他！你们不是骂我是汉奸么，我将来让他也当汉奸！”

“他要是真当了汉奸，那他也不配当沈如安的儿子，活该他成了孤儿。”

“你——”曲杼没有办法了，一直都是这样，他所有的心机和权谋放到她的面前都是没有用的，他一直都拿她没有办法。

“三天之内，”淮泗儿一字一句，“把沈如沐和春申班的人放出来，我跟你走。”

“为什么是三天，今天就跟我走。”

淮泗儿一动不动。“我说三天就三天。”

曲杼最终点点头。“好，三天后我再来！”说着转向如涧，刚要说话，淮泗儿却已经先冷笑了。“有裴粟铭在，你以为你真能动得了她？”

曲杼不屑地用手指点了点她，又点了点如涧。“我看上你了，池内先生看上她了，我把你们一个一个都弄过去，你们一个都跑不掉！”

说完带着人便离开，但是外头的人却没人撤离，仍然围着沈宅。

大少奶奶和如涧见曲杼离开，忙夺了淮泗儿手里的匕首，提着一口气，问她：“你想做什么，泗儿？”

淮泗儿看看她们泛白的脸，低下眉眼。“我不会让你们死的。”沈如安殚精竭虑，做事束手束脚，不就是为了保护他的这些家人？

大少奶奶急道：“我问的不是这个！我是说你为什么要跟那个曲杼走？”

淮泗儿侧过脸，淡淡地说：“好让你们离开。”

大少奶奶急得吼道：“你不跟他走我们也能离开！裴少早就答应了三弟要护送我们离开北平的！你心里打的是别的主意，别以为我们看不出来！”

淮泗儿也不争辩，微微欠了欠身，竟然就这么转身走了。

大少奶奶抓住如涧的手，声音带着惊恐：“她不对劲，真的不对劲。”

如涧的声音变得极平静。“她一直都不对劲。”

谁都看得出来，沈如安死了，她竟然不哭不闹也不伤心，还正常吃喝，这本就是不对劲的，不正常的。

晚上，淮泗儿将沈如安留给她的那些存在银行里的钻石和金条的凭据都找了出来，同时也看到了沈如安留给她的那封信，她看着那信封，面无表情，一动不动，然后便找出沈如安吸烟用的火柴，把信烧了。

她没有看，一直都没有看这封信，她只想听沈如安亲口说，不想看他写下来的。但是现在人都死了，看与不看已无区别。

她将沈如安送给她的手枪放进手提包里，拿着银行的凭据，抱着孩子去找如涧。这让如涧很是惊讶，毕竟，自沈如安死后，淮泗儿便不再与人来往，一个人住在院子里从不出来，更别说主动去找谁了。

她将凭据放到如涧面前的桌子上，说道：“你是沈如安最疼爱的妹妹，如今我有一事相求，你能答应我么？”

如涧看着那些凭据，心里隐约明白她要说的话，可是还是下意识地说：“三嫂你何须用求的？你若有事只需说一声便是，纵是天大的事我也能给你办成了。就像你说的，三哥最疼我，那三哥没了，我自当要照顾好你和铄儿。”

淮泗儿轻轻嗯了一声，看了看怀里熟睡的孩子，沉静的眼眸重又看着如涧，道：“这孩子是沈如安唯一的骨肉，你能做到将他当成

自己亲生的一样，疼爱他，照顾他，教他像他父亲一样做一个正直善良的人，亲眼看他娶妻生子么？”

她这话说得如涧越发地心惊，想想白天她同曲杼说的那番话，看了看淮泗儿怀里的孩子，又看看桌子上的凭据，心里很明白地知道自己一旦承诺下来，代表的是什么。

“他是你的儿子，三嫂，应该由你自己来照顾他。”

“我做不到。”疼爱他，照顾他，教他像他父亲一样正直善良，亲眼看他娶妻生子，这些她统统都做不到。

听着这样的回答，如涧的心慢慢沉下去，但是触及淮泗儿沉静若深潭的眼眸，她却移不开眼睛，只得轻轻地道：“我能做到。”

淮泗儿微欠身，低眉道：“我代沈如安谢谢你，从今而后，我便将孩子托付给你了。”说罢不再看孩子一眼，便站起身离开。

如涧看着她的背影，心里全然明白了她要做什么，或者其实从一开始她就是知道的。

那个依然纤弱，穿着黑色旗袍的凄凉又单薄的身影，即将走出门口，她突然叫住了她：“三嫂！”

淮泗儿站住了脚步，却没有回头。

“三嫂，您和三哥放心，我总能对得起你们。”

淮泗儿没再说什么，渐渐走远，一点点消失在黑夜里。

次日一早裴粟铭带兵把沈宅围得如同铁桶，他同如涧和大少奶奶商量了许久之后，便决定不等沈夫人和沈如安过完头七就走。大少奶奶和如涧在沈老爷的床前将这事说给他知道，哪知向来支持沈家搬离北平的沈老爷竟然不同意走了。

他只道：“你妈，你大哥、三哥的坟都在北平，我得留下陪着他们，再说我活不了两天了，何苦再拖累你们？你们带着孩子走，哪儿安全就躲哪儿去，好歹也算保全了咱们沈家的根，我就是死也瞑目了。”

大少奶奶和如涧好劝歹劝，他就是执意不肯走。无奈之下，如

涧跪在沈老爷床前毅然决然道："既然爸爸不肯走，那我们也不走，咱们全家都不走，要留留一块，要死死一块儿！"

沈老爷无力地说道："如涧，我活着跟死了没有两样，咱们家出了这样的事，你二哥到现在也没个音信，也不知是死了还是活着。如今这个家，就剩你们几个了，必然要遭人欺辱，既然裴少有这个心帮咱们，那你就跟你大嫂三嫂还有你四姐走，走得越远越好，好好地活着。"

沈老爷不肯走，大少奶奶和如涧劝不住，但也不可能丢下老爷子一走了之，无奈之下如涧只能让裴粟铭先送大少奶奶两母子和苏之信苏之雅离开，起先大少奶奶不同意，但如涧劝她要为铮儿想，大少奶奶这才动摇，到底还是铮儿最重要，别的都可以不顾，但孩子不能不顾，便只得依了如涧的意思。

决定下来后，大少奶奶去找淮泗儿，她隐隐猜到淮泗儿想做什么，便想着先带着沈继一起走，沈如安已经不在了，万一淮泗儿也出了什么事，那这孩子不就成了没爹没娘的苦命人儿？她带着孩子走，至少还能保全这孩子的一条小命，她怎么也能将孩子养大成人。

淮泗儿告诉她："沈继我已经托付给五妹了。"

大少奶奶皱眉，说："五妹她还没有结婚，你把孩子托付给她，那她将来……"说着叹了一声，"泗儿你是不是信不过大嫂？那现在大嫂就在这儿跟你立个誓，我必将铄儿当我的亲生儿子来对待，我待铮儿怎样，就待他怎样……"

淮泗儿打断她："不是信不过，是你养不了那么多。"

大少奶奶起先怔了一下，而后才明白过来。她一个女人要带着铮儿还有苏家兄妹到人生地不熟的广州讨生活，原就不易，现在又要再添一个尚在襁褓中的婴儿，确实是太难为她了。这些大少奶奶倒是没有想到，她只想着现在能多带走一个便多一个希望。

淮泗儿也不看她，只是淡淡地说："沈家没人了，这是她的亲侄子，由她来养着原就是应该的。"

大少奶奶看了看她，没有搭话，隔了一会儿，才又道："我明天一早就走了，这一走，往后还能不能再见上面也不好说，但是临走之前我还是想跟你说……"她微叹了一口气，"你性子冷清，说话也直，不懂得拐弯抹角，其实这也不好。你呀，现在心里是个什么滋味我最清楚，毕竟我也是这么过来的，但是人还是得往前看不是？我也寻死过，我也曾觉得心死如灰，觉得活着一点念想都没了，但是我不也活到现在了？你不想别的，你也得为孩子想一想啊，他一出生就没有了爹，你不能让他连娘也没有吧？是不是？咱们当娘的，不能这么狠心！"

看淮泗儿面无表情地看着窗外的样子，心中恻然。"不是嫂子狠心戳你的伤，那天夜里我看着三弟舍不得的样子，我就……我这心里就……"掏出帕子捂住嘴，泪珠便扑簌扑簌地往下掉，"咱们俩的命一样，可是有什么法子呢？嫁给了沈家的男人，就注定了要承受这样的命运……"她擦了擦眼泪，"命虽如此，但咱们不能就这么不管不顾地随他去啊！你不能忘了你们还有孩子，这是三弟留给你的。哪怕五妹是孩子的亲姑姑，那也不如你自己养着，你自己生的就得自己养，不能转交给别人！泗儿，我说这些你懂么？"

淮泗儿黑漆漆的眼珠子静静地看着她，听她说完，便平静地道："大嫂，您说的我都懂，您回去吧，走的时候我就不送您了，您……好好活着。"

话说到这个地步，大少奶奶知道她再说什么也没意义，泗儿是听懂了，但却没听进去，她既然能狠下心来不要孩子，那她就是铁了心的，任谁劝都没有用。大少奶奶便也不再多说，起身离开了。

第十八折
美人公子飘零尽　一树桃花似往年

裴粟铭亲自送大少奶奶等人离开，曲杼找人阻拦，但到底不如裴粟铭强硬，眼睁睁看着他亲自将大少奶奶和几个孩子送上专车，又亲眼看着裴粟铭的一队亲卫上了火车护卫，然后汽笛声响起，火车便轰隆隆地开走了。

从火车站回到城里，曲杼径直去了沈家。

如涧正在遣散下人，不管是愿意走的，还是不愿走的，都给了十块大洋，遣散了。下人一走，偌大的沈家也就空了下来，死气沉沉的，没有生气。

曲杼进来的时候，只有小盐蹲在主院里给沈老爷熬药，看到曲杼带着一群人进来，她站起来，怒目而视，手中的蒲扇啪的一声扔在了曲杼脚边，恨恨地道："你来干什么！"

小盐本就不招曲杼喜欢，此时他更是懒得拿正眼瞧她，只是径直走到厅里坐下，跷起腿，道："去叫你姐。"

小盐恨不过，瞪了他半晌，不再理会他，便重又蹲下把砂锅里的药滤进碗里，要去端给沈老爷。

突然身后一名端着枪穿着长筒皮靴的警卫一脚踹过来，将她狠狠踢倒在地上，碗里滚烫的药汁尽数洒在了她手上，她叫了一声，疼得直掉泪，转头恶狠狠瞪着那名警卫，突然翻身起来，狠狠地朝那警卫撞过去，一下子便将他撞翻在了地上。那警卫大怒，拉起枪栓就要朝她开枪，曲杼坐在沙发上一动不动，看着小盐如狼崽子一

般地将警卫撞倒在地的时候，他甚至还微微地笑了一下。

恰好这个时候如涧和裴粟铭抱着沈继过来，看到那士兵要对着小盐开枪，便大叫了一声："你们干什么！"

曲杼站起来，笑道："裴参谋，五小姐。"

如涧伸手将小盐拉到身后，直视曲杼。"你来做什么？"

曲杼答非所问："淮泗儿呢？"

不等如涧说话，不远处便传来清冷的声音："沈如沐呢？"

曲杼走到淮泗儿面前，说："我想来想去，我不能先把沈如沐放了，否则我怕到时候会鸡飞蛋打。"

"你想要什么把戏？"

"到底是谁在要把戏？淮泗儿，我没有这个空闲陪你玩下去了，你要是跟我走，那就走，不走，就别怪我不客气。"

"你放了沈如沐，我就跟你走。"

曲杼点头说："沈如沐现在就在我那儿，只要你跟我走，我立马把她放了！"

"阳叔呢？"

"那狗东西我已经一枪把他毙了！他把你害苦了，你就别再惦记他了！"

如涧心下一紧，跑过去一把攥住淮泗儿的手，急声道："你不能跟他走，三嫂，你不能去！"

小盐也跑过来抓住她另一只手道："姐，姐你不能去，你去我也去！"

曲杼也不阻止如涧和小盐，就直直地盯着淮泗儿，淮泗儿无动于衷，神情淡漠地看着曲杼，极淡然地吐出两个字："我去。"

"姐——"

裴粟铭走过去，将如涧和小盐拉开，淮泗儿挽上手提包，眼神慢慢地从如涧、沈继和小盐的身上扫过，然后对着裴粟铭欠了欠身。"裴参谋，一切有劳了。"说完便跟着曲杼走了。

如涧泪如泉涌，看着淮泗儿纤细的背影，突然叫了一声："三嫂，就算是为了我三哥！你不要去。"

但淮泗儿却如同没有听到这句话，甚至连脚步都没有停顿一下，任由如涧和小盐在身后大哭大叫。

为了沈如安？没有错，就是为了沈如安。

到了曲公馆，淮泗儿站在院子里不肯再往前一步。

"曲杼，沈如沐呢？"

曲杼回头看着她清清冷冷的样子，七月的天，她的声音却犹如清涧雪流一般地冷意彻骨，他心里忽然想起了他初到北平的那一天，她一个人静静地站在老槐树下等着他的样子，她那个样子最吸引他，他这一辈子都忘不了，但是他也知道，只要他现在放了沈如沐，依她的性子，只怕立刻就会死在他跟前。

"阳叔那老东西跟池内先生说你扮什么都最好看，比沈如涧还好看，池内先生现在就在这里，他要等着听你唱戏……"他咬牙切齿地说完这些话，顿了一顿，才又道，"你去见了池内，我就放了沈如沐。"

淮泗儿冷冷地盯着他，终于退步，道："好。"

曲杼带着淮泗儿进了屋，往二楼走。"池内先生中意的是沈如涧，他今天只是想听你唱戏，你放心吧，以后你就在这儿了，我会护着你的。"

他带着她上了二楼，但是却又突然停了下来，回首静静地看着她，突然一下子便将她抱进了怀里，拼命地亲吻着她的脸和脖颈，一点点地往下移，淮泗儿也不挣扎，任凭他施为。

但曲杼却又停了下来，头埋在她的脖颈处不停地喘息。"我真恨，我居然要亲自把你送过去……先是沈如安，再是……我他妈就是这么无能！"

淮泗儿不接他的话，他只好又替她理了理头发和旗袍，带着她

在一个朱红漆的门口停下来，再看了她一眼，深吸了一口气，推开了门。

门开了，淮泗儿便看到在沙发上坐着的那个她曾见过的日本中年男人，曲杼带着她进去，用蹩脚的日本话同那中年男人说了几句，便不安地看了淮泗儿一眼，转身离开，顺手带上了门。

他在门口站了一会儿，听到里面隐隐传来池内的声音，然后是脚步声，再然后……他再也听不下去，颓然下了楼，坐在楼下客厅的沙发上，捂着脸，突然狠狠地捶了两下沙发。

“哼，抢了别人的女人，倒跟自己戴了顶绿帽子似的！也不觉得羞耻！”

陈方萍刺耳的声音如同刀子一般地刮过来，他猛然抬起头，一言不发地起身走过去，甩手就是两个耳光，将她打得扑倒在地上，才指着她咬牙切齿地道：“以后再敢在我面前说这样的话，我听到一次打一次！”

陈方萍红肿着脸一跃而起，扑到他身上，推搡着他，尖声大叫着：“你打啊你打啊，你打死我算了！我当初就是瞎了眼才会看上你这种人面兽心的东西！用不着你见一次打一次，你现在就打死我算了，我不活了！我不活了！”

她是真的不想活了。爸爸瘫了，虽说顶着个司令的名头，可是已经没有几个人服他了，那些人都听陈司令的女婿曲杼的，而曲杼又听日本人的。他眼见爸爸倒下，便靠着日本人，收拢爸爸的部下，拿到了实权。现在的他就连做戏都不肯做，使劲儿地作践她，欺辱她，让她生不如死。

这地狱一般的日子，她真的活不下去了。

曲杼将她一把甩开，咬牙掏出配枪，对着陈方萍，尚未扣动扳机，却突然听到一声巨响。

“砰——”

声音是从楼上传来的，陈方萍吓呆了，曲杼突然反应过来，拼

命地往楼上跑，踹开门，就看到池内头部中枪，倒在了血泊里，而淮泗儿脸色微微泛白，怔怔地坐在地上，手里还拿着一把冒着青烟的小巧手枪。

曲杼的心蓦然一紧，根本就来不及多想，便冲进去一把抱住了淮泗儿，连声问道："你杀了池内？你杀了池内？泗儿泗儿！"

淮泗儿抬起清冷冷的眸子，轻笑了一下，道："没错，是我杀了他。"

曲杼骇然，问道："你为什么要这么做？"话音刚落，却突然发现自己腰间被一把手枪顶住了，他惊叫，"泗儿？你还要杀我？"

这时门口已经被曲公馆的警卫围住了，淮泗儿拉着他起身，将枪移到他头上，冷冷地道："放了沈如沐！"

曲杼深知淮泗儿的性子，他一动不敢动，小心翼翼地道："好好，我放了她，泗儿，你别乱来，小心枪走了火，你放心，我一定会保你性命的！你不要胡闹了。"

淮泗儿并不理会他在说什么，只是钳制着他一步步出房门，下楼，到了院子里。"放了沈如沐。"

曲杼忙叫："去，放了沈如沐！"

卫兵忙去带如沐，不一会儿孱弱不堪的如沐被带了过来，先是看到院子里的阵仗，而后才看到钳制住曲杼的淮泗儿，瞪大了眼睛惊呼了一声："三嫂！"

淮泗儿见如沐完好无损，手上便又使了些力气，说道："放她走！"

曲杼此时对淮泗儿是有求必应，忙对卫兵道："放她走！"

如沐被强行带出去，一路上仍然不停地叫着三嫂。淮泗儿心下一松，她知道沈实就在曲公馆外头的小巷子里，方才下车的时候她看到了，只要如沐出了曲公馆就安全了。

正这样想着，突然身后有枪声响起，紧接着后背一阵剧痛，她身子一软，倒在了地上，如沐凄厉的叫声自外面传到她的耳朵里。

"三嫂——"

曲杼眼睁睁看着她倒下，甚至没有回过神来接住她，他抬头，看到陈方萍手里拿着枪正咧嘴笑着，枪口仍指着淮泗儿，他双目赤红，突然发疯了一般抬起手里的枪对着陈方萍不停地射击。

砰！砰！砰！砰！砰！

直到把陈方萍打成了筛子，直到枪里的子弹全部打完了，还仍然在不停地扣动着扳机。

院子里的警卫们都被这突如其来的变故惊呆了，眼看着曲杼打死了陈方萍，然后丢下枪，疯了一般抱起淮泗儿，不停地说着话。

“泗儿……泗儿……泗儿……你不要死你不要死……”

淮泗儿还没有死，她甚至感觉不到疼，还能够清晰地说着话，她问：“曲杼，沈如安是不是你杀的？”

曲杼这个时候已经乱了神志，根本就没有明白淮泗儿问这话的意思，只是无意识地点着头：“是，是我杀的，泗儿，我求你，别死别死……”

淮泗儿突然扯起嘴角微微笑了笑，点头。“那你死得就不亏了。”

曲杼愕然，一连串的变故之下，他的神志已经彻底混乱了，还没有来得及反应过来，淮泗儿手里的枪已经抵住了他的心口，连犹豫一下都没有，果断地扣动了扳机。

砰！

曲杼不可思议地低下头看着自己鲜血直流的胸口，嘴里已经说不出来话。说到底，他仍然是不了解淮泗儿，他没有想到淮泗儿真下得了手杀他，而且动手还这么快，连一丝的余地都没有留。

当他举起了自己手中那已经没有了子弹的手枪，想要对准她时，却发现自己已经无能为力。

他处心积虑，先谋定而后动，不敢说一切，但初衷绝对是为了这个女人。他始终没有想到，有一天，他会死在自己最爱的这个女人手里。

也许他早就想到过；也许，他真的没有想到。

淮泗儿的全部力气在这一枪之后，到了尽头，终于闭上了眼睛。

沈如安，我真的不怕死，因为你生我生，你死我死。

啪！

荡悠悠一声梆子，曲终人散两阑珊。

尾　声
生前富贵草头露　身后风流陌上花

淮泗儿的死讯传到沈家后，沈老爷也走到了人生的尽头，撒手人寰。

淮泗儿一介弱质女流枪杀日本居留民调查委员会行政长官池内和国民党党内的大汉奸军需处处长曲杼的消息一夜之间传遍北方四省，大小报纸俱是头条，某军著名陈姓师长甚至私下赞叹她为“女中丈夫”。

沈如涧简单地为沈老爷办了丧事后，裴粟铭带着她去了广州，但她却选择了同裴粟铭退婚。

当时，她是这样流着眼泪说的：“我不能嫁给当兵的人，因为我得活着，我要好好抚养我的侄子。”

裴粟铭像小时候一样，摸摸她的头，为她擦掉眼泪，笑着问：“难道嫁给当兵的，就一定会死么？”

沈如涧的眼泪，越流越多：“是的呀，我大哥、我二哥、我三哥，还有我姐夫……死的死，没的没。我的家都没有了，我现在也是顶梁柱了，我得撑着我们家。”

裴粟铭问她：“你要去哪里？”

她道：“我要去美国，美国不打仗，我就能照顾好铄儿。”

裴粟铭道：“好，你去美国等着我，说不定哪一天，我便去找你了。”

到底，裴粟铭没有和她解除婚约。

沈如涧只带了沈继和小盐在身边，她去寻找大少奶奶了。

沈如沐离开北平后，便彻底失踪了，所有人都不知道她的下落。

两个月后，沈如平悄悄出现在广州，他要带着她们走，但沈如涧拒绝了，只让他带走了大少奶奶两母子和打算参加共产党的苏氏兄妹。此外她还变卖了沈氏的全部家产，换成了金条让他带走，用来支援革命。

沈实偷走了淮泗儿的尸体后将她与沈如安合葬，之后也跟了沈如平去参加了共产党。

但沈如涧带着小盐和沈继却没有随他去，他们依然在广州。

一九三七年七月七日，卢沟桥事变，中日战争全面爆发，全国各地战火绵延。沈如涧取出沈如安存在银行里的钻石和金条，带着侄儿沈继和小盐从广州坐船离开战乱中的内地，然后从香港坐飞机去了美国。

这一去便是半个世纪。

公元一九九七年七月一日，香港回归，全世界有华人的地方都沸腾了，半个世纪的休养生息之后，祖国正在一点点地强大起来，所有华人都在为自己的祖国高兴与骄傲。

美国华盛顿，艾汀堡医院。

弥留之际的沈如涧躺在病床上，花白的头发与枕头一样的颜色，脸上深深的皱纹是岁月留下的印记，她躺在床上，安详而平和。

床边围绕着的，是她的亲人们。

裴粟铭一直没有来找她。也许他在国内，另外娶了温柔的娇妻，有了满堂的儿孙。也许他早已死在了战场上。

谁知道呢？

此刻，她努力地伸出手，旁边的人立刻将她的手握住，她努力地张口，一字一句，虽孱弱，却坚定："铄儿，你记住小姑姑的话，我死后，你带着我和你小盐阿姨的骨灰，带着你的妻子和孩子，回中国去，回北平，回家！"喘了口气，停了许久，又说道，"你回去，

一定要找到我们散落的亲人，找到他们，找回咱们在北平的老宅子，咱们一家人，团聚。”

沈继跪在病床边一一应着，含泪哽咽。他有一双与他的父亲沈如安一样的眼睛，但容貌脾性却是承袭了他的母亲淮泗儿。

“小姑姑，您放心，我带您回去，回咱们自己的祖国，回咱们自己的家。”

沈如涧闭上眼睛低低地应着：“你要记得……记得你是沈如安和淮泗儿的儿子，你的大伯父、二伯父，你的父亲，你的母亲……你要为他们骄傲！那一场战争啊……我们家破人亡……”

她的声音越来越低，几乎听不到，沈继将耳朵凑在她的嘴唇边，听到她几不可闻的声音：“三嫂……三嫂……我终不负你所托……铄儿他……就像我三哥一样，正直……善良，我做到了……到了地下我……我也……我只盼……”

终于，她平静地闭上了眼睛，微微张着的嘴唇，似乎是还有话尚未说完。沈继抱着她，将耳朵贴近她的心脏处，却再也听不到心跳的声音。

一九九八年，临近清明节，沈继将沈氏产业全部迁回国内，带着家人与两坛骨灰正式迁居北京。

带着逝者的遗愿与对生者的思念，沈继踏上故土，寻找曾经的那些足迹和曾经的那些人。

沈家老宅所在的那条胡同，此刻胡琴咿咿呀呀，台上名伶扇底秋波，正唱着一段折子戏：

“天上留佳会，年年在斯，却笑他人世情缘顷刻时。”

图书在版编目（CIP）数据

折子戏 / 林佳著. —南京：译林出版社，2016.5
ISBN 978-7-5447-6195-6

Ⅰ. ①折… Ⅱ. ①林… Ⅲ. ①长篇小说－中国－当代
Ⅳ. ①I247.5

中国版本图书馆CIP数据核字（2016）第035663号

书　　名	折子戏
作　　者	林　佳
责任编辑	陆元昶
特约编辑	赵　欢
出版发行	凤凰出版传媒股份有限公司 译林出版社
出版社地址	南京市湖南路1号A楼，邮编：210009
电子信箱	yilin@yilin.com
出版社网址	http://www.yilin.com
印　　刷	三河市冀华印刷有限公司
开　　本	960×640毫米　1/16
印　　张	19.75
字　　数	235千字
版　　次	2016年5月第1版　2016年5月第1次印刷
书　　号	ISBN 978-7-5447-6195-6
定　　价	28.80元

译林版图书若有印装错误可向承印厂调换